海火

徐小斌 著

百花洲文艺出版社
BAIHUAZHOU LITERATURE AND ART PRESS

图书在版编目（CIP）数据

海火 / 徐小斌著. — 南昌 : 百花洲文艺出版社, 2018.11
ISBN 978-7-5500-3046-6

Ⅰ. ①海… Ⅱ. ①徐… Ⅲ. ①长篇小说－中国－当代 Ⅳ. ①I247.5

中国版本图书馆CIP数据核字（2018）第228100号

海火 HAIHUO
徐小斌　著

出 版 人	姚雪雪
出 品 人	柯利明　吴　铭
特约监制	高瑞贤
特约策划	高瑞贤
责任编辑	袁　蓉　李　瑶
特约编辑	青　梧
封面设计	荆棘设计
出版发行	百花洲文艺出版社
社　　址	南昌市红谷滩新区世贸路898号博能中心Ⅰ期A座20楼　邮编 330038
经　　销	全国新华书店
印　　刷	三河市龙林印务有限公司
开　　本	880mm × 1230mm　1/32
印　　张	10
字　　数	238千字
版　　次	2018年11月第1版第1次印刷
书　　号	ISBN 978-7-5500-3046-6
定　　价	45.00元

赣版权登字　05-2018-415

发行电话　0791-86895108　　　　网址　http://www.bhzwy.com
图书若有印装错误，影响阅读，可向承印厂联系调换。

总 序

受伤的翅膀依然能飞翔

——关 于 我 的 创 作

徐小斌

1

霍金离世的时候，我正在海南岛仰望星空，那一颗颗熟悉的星星，如此清晰明亮，可以看到我童年时在北京天文馆的天文望远镜里看到的所有星星……我在想，我热爱的霍金是哪一颗星呢？他一生都在仰望星空——仰望星空的人，最终一定会成为星空。

迷恋霍金是从看了奥斯卡获奖片《万物理论》开始的。那部片子引我数度落泪。二〇一六年四月我应邀参加伦敦书展，书展的间歇，英国 Balestier Press 出版社社长 Tong 先生亲自开车拉我去了剑桥，我当时心怀幻想——想在那里偶遇霍金，当然那并非纯粹的幻想，据说，拥有好运气的剑桥人偶尔是会在校园里见到这位奇人的。

当然未遂。但我仍不死心，签了一本当时新出的书《任性的尘埃》，托社长寄给霍金。社长也是学天体物理出身，早年与霍金有过交道。书是插画本，里面四十五幅画均是我的原创。我有意用了中文：送给霍金先生，徐小斌，丙申年四月。

这本书，不知最后是否到了霍大师的手中——这是我出版的第三十六本书。（当然不包括那些再版或者重版的。据说国图有我八十多部书。）

2

转眼间，我写作已经整整三十七年了（处女作发于一九八一年《北京文学》第二期），三十七年，好恐怖啊！回望三十七年：风云奇诡，沧海桑田。坚守内心世界实在是太难太难了，尽管我不断地转换风格和进行各种文本实验（也由此失去了不少读者），但有三点似乎是始终坚守的。

一是原创写作。

我属于“自虐型”作者，对自己要求特别严苛，既不愿重复别人，更不愿重复自己，希望每一次都把自己最新鲜最深刻的感悟带给读者。也因此，在我的作品中，基本看不到互文关系。我在一九八五年写《对一个精神病患者的调查》，一九九三年写《迷幻花园》《末日的阳光》的时候，还没有看到博尔赫斯、卡尔维诺或者安吉拉·卡特的译本。我拒绝复制，尽管现在基本就是一个复制的时代、一个高仿真的时代，并不那么尊重原创。

有的西方国家非常尊重原创。用最俗的金钱标准来衡量亦如此。譬如好莱坞像一个大工厂，原创的东西只有 A4 纸一页，第二道工序是情节，第三道工序是对话，第四道是幽默，等等，但是最值钱的是那张 A4 纸——简直可以说是价值连城。

原创写作说起来容易，做起来很难。对于我来说，写作的秘密首先当然来源于生活阅历；更重要的是，经常从看似与文学无关的领域获取营养。我的阅读从很小就开始了。阅读的范围很杂，中国的紫薇斗术、奇门遁甲、易经、考古、绘画、话本，西方的哲学、玄学、心理学、占星术、塔罗牌、炼金术甚至博弈论、控制论等，都使我从中体会到一种乐趣和快感。我尤其喜欢追问历史真相，还曾经比较过紫薇斗数与西方占星术，当你找到它们的异同之后，会有一种发现式的快乐——如霍金说的那种“发现”。

最好的小说会有一种混沌、多义之美。王家卫四五年拍一部电影，所有的人都不知他在拍什么。包括他的男女一号。最终剪出来，大家却突然惊奇地发现，他用的是每次剪出来不要的边角料。很多人对此颇不以为然，我却恰恰对此拍案叫绝。我不明白文学中的“准确性”指的什么？如果是通过什么说明了什么，那恰恰证明这作品不够高级。真正好的小说就像是那些被剪裁下来的边角料，貌似游离无用，却在不经意间，呈现出一种高级的美。这是极难拿捏的，如同小说的闲笔，国画的留白，丝绸陈旧的质感，于微妙中可以感知难以传达的美丽。

我很不喜欢那种把神秘与迷信对立的说法。其实神秘与科学只有一步之遥，一旦神秘被科学解释了，神秘就成为了科学。但是，科学是无法穷尽这个世界的，尚未被穷尽的那部分，我们可能称它作神秘。但是也有另一种情况，即：在一些人眼里的现实在我眼里可能就是神秘，在另外一些人眼里的神秘在我眼里可能就是现实。爱幻想的孩子爱做梦，我的梦有时像巴洛克艺术般绚丽，有时又充满黑暗与恐怖。各种怪梦组成了我童年与青少年时代的记忆。即使是在最苦最累的黑龙江，我也会幻想那些碧蓝碧蓝的水泡子下边住着水妖。水妖滴滴答答披着水母般的披风，生着灰色的脸，鲜艳红唇，碧绿眼睛。我心里关于水妖的形象不知如何来的，肯定不是从小时候看过的童话书里来的，那时的童话书，没有那么鲜艳的颜色。在一个暗夜里，或许可以遇见水妖，那时的我这样想。

给我营养的还有电影和绘画，譬如在二十世纪七十年代初万马齐喑的时代，我在故宫博物院一个朋友那儿看到了一本西方的画册，当时极为震撼，特别是莫罗的《幽灵出现》，是一个有关莎乐美和施洗者约翰的故事，莫罗是那种作品色彩非常绚丽的画家，他生前是个隐士，后来我发现我喜欢的人基本都是隐士，我自己也一直过着一种隐士或曰宅女的生活。后来我反复看过这幅画，莎乐美穿着一身纱衣，戴金绿色的阿拉伯宝石。画面的另一端是冉冉升起的约翰的头颅，那颗头颅发出异彩。你可以想象在二十世纪七十年代初看到这样的画是什么感觉。在那之前，我喜欢画古代仕女，而在此之后，我开始画一些稀奇古怪的画。其中有一幅画是《阿波罗死了》，我的一个朋友看到后就说："不得了！你赶紧把这幅画收起来。阿波罗是太阳，你怎么能说太阳死了呢？"我现在还记得画面是我想象中的月亮女神狄安娜双手捧着太阳神的头，天空上的太阳是镂空的，后来这幅画被我伯父母看到，痛斥了我——当时的画主角都是工农兵。但我依然阳奉阴违，我行我素——我不但是做梦的孩子，还是内心极度叛逆的孩子。

最想追求的创作手法，是现实和神秘的圆融合一。

3

二是诚实写作。

自觉在这方面做到了问心无愧。虽然在中央电视台的电视剧中心工作了二十年，但我从来没有违心地接受任何一部编剧任务——哪怕此举会给我带来巨大的利益。

并没有什么硬性任务。简单说，如果做编剧，就会挣大量的银子，如果不写就挣一点底薪。我们的底薪低到不好意思说。

其实如果从另一个角度讲，我很早就"触电"了。一九八六年，与广西电影制片厂张军钊导演合作，把《对一个精神病患者的调查》搬上银幕，这是我第一次“触电”。虽然此片得到了第十六届莫斯科电影节的奖，但我依然失望——这么多年过去，我依旧处理不好文学与影视的关系，尽管我有着双重身份。说到底，我依然把自己的作品看成亲生孩子，很不习惯被别人改头换面。

但我并不拒绝影视创作，前提是必须是我的原创，或者至少是我感兴趣的题材。我很喜欢一位先哲说的话：“人一定要学会爱自己。爱自己，首先就是要让自己在任何情况下不要受到羞辱。”有时候，名利会成为羞辱自己的利剑，如果没有勇气拒绝，就会被无情地钉在耻辱柱上，谁也别想侥幸逃脱。

按照年龄段，我应当属于知青一代，但我并不想搭知青文学的车，岂止是不想搭车，我从小就是一个幻想自由飞翔的人。做知青时干的是最苦的活，每天都在为生存而挣扎，零下四十多度的天气，我们依然要做颗粒肥。那样的冰天雪地居然没有煤烧，为了活下去，我们只好到雪地里扒豆秸，一垛豆秸只够烧一炉，夜晚，全排三十八个女孩围着那一炉火，唯一的精神享受就是听我讲故事。我所有的故事都讲完之后，因为不忍她们失望，只好强迫自己编故事——大约最早的叙事能力就是那样训练出来的——一个十六岁的小女孩，曾经多次病倒住院，几乎死掉，但是在我的书中，除了一篇大散文之外，从来就不曾涉及那段历史。我想如果涉及就要真实，不要任何虚妄与美化。

历史总会开一些残酷的玩笑：当年处于主流的人，现在依旧处于主流。当时被边缘化的人现在仍然处于边缘，这是骨子里的血液决定的——我的血液决定了我拿不到那个通行证。前些时候我看到两位作家的对话，他们说起码我们在文学上还是干净的。我觉得干净这个词用得很好。我想，虽然拿不到通行证，但起码是干净的。血液决定我只能是这样。慎独，干净，爱惜羽毛，为坚守而放弃。

4

三是深度写作。

很多朋友对我说：“你的小说好读，但是难懂。”

的确。我的每一部小说都有着故事背后的象征或隐喻。如果一个小说只有故事，那么作家与记录员也差不多了。我希望表层的故事抓住更多的读者，更希望我的知音能看到我内在的表达。我的书基本上是长销书，很少畅销。《羽蛇》在没有任何宣传的情况下在国内已经出第十五版了，但每一版印得都不多。《德龄公主》相对来说比较畅销。这部小说的表层是个很好读的故事，但我的深层意愿却是要表达一个少女眼中行将没落的帝国。在后宫的锦绣繁华背后，君主制、君主立宪制与共和制的争论贯穿始终。无数志士仁人在寻找救国之路——那实际上是中华民族历史上一个极为重要的节点。《海火》——很少有人相信那是在一九八七年写的；而《敦煌遗梦》终于改编成为电影，制片方还在为挑选演员而费尽心机。在这个玛丽苏或杰克苏的电影时代，我并不看好这部小说的电影命运。

前两年孙郁教授在人民大学文学院为我召开了一个研讨会，是一个无评论家无媒体参加的“裸会”，全部参加者都是年轻的八〇后学人，他们对我小说的认知与评价令我意外并颇受鼓舞。

最近北大读书会又给我开了个讨论会，都是九〇后，其中从美国回来的杜克大学文学硕士、青年文学批评家胡行舟把我的小说总结得很有趣：“如今看来，用‘巫’来定义徐小斌的写作是不准确的。诚然，徐小斌的写作瑰丽幻美，时有神秘心象凭空而起，如宿命低诉、挥之复返，现实历史的背脊上总倚着梦境的层层叠叠，‘巫’的确很容易地传达出这种美学上的‘奇门遁甲’和对于各类中心主义话语的跳脱——然而，‘巫’所不可避免地携带的气场其实与徐小斌其人相去甚远；相反，典雅、正直和纯真才是她的日常属性……而‘妖’‘巫’这种词汇容易找上徐小斌，在一定程度上也是因为我所称之的作为宇宙器官的第二重身体，因为这一身体对正常肉身边际的僭越，无论是以通灵、超然、变形还是别的方式。但这样的定义同时也有一种简单化和安全化的导向。就好像是说，反正这些文字看着挺邪乎的，也搞不太明白，就把它们往神秘的暗域一丢；也好像是说，男人占领了现世的诸种权位，而女性不论如何超拔，也被顺势归置到自然权力的一方，作为被称赏的奇观却不构成实际威胁。而我想要提醒的是，女王以妖巫的面目现身于世或为世人所知，恰恰反映了当前权力结构和文学秩序的某些压抑性，不是值得我们庆幸而是令我们悲哀的。徐小斌所创设的，不仅是炫目的神奇，而且是宏大的爱、家国和正义的命题，是这个时代越来越稀缺越来越被透支的沉重；她的作品给我们打开的，也并非咒语，而是绚烂辽阔的王国。”

——年轻人的鼓励，就是对我的奖赏。

令我惊奇的是，经过数十年后的年轻人，似乎比我的长辈或者同辈朋友更喜欢我的小说，这对于一个爬格子的人来讲真是太幸运了，夫复何求？！

世界如此之大，如同赫尔曼·黑塞所说：“没有任何爱情与风景可以让我们长久地驻足。”少年时我那么渴望飞翔，但是我的翅膀伤得很重。一向绝不自怜，只有寂寞疗伤。终于懂得：人生不要圆满，留个缺口让能量传给他人是一件很美的事。上路，只是为了看到更多的人间奇景，把黑暗留给黑暗，把光明留给整个人类文明。

2018 年 8 月 7 日

目录

CONTENTS

海火

上卷

我上的那所大学并不怎么有名，地理位置却是全国高校中独一无二的。那地方叫银石滩，地处祖国东海和南海的交汇处。

这实在是一片奇异的海域。海岸地貌呈海蚀阶地状。落潮时，可以隐隐看到那道贝壳堤，据说是古海岸线的遗迹。海滩上布满各种形状怪异的砾石。沿着海岸线往西南方向走，便矗立着那片石林——每根石柱上都布满了软体动物腐蚀的斑点和穿透的孔痕。

这里实际上是个伸进海洋的小小半岛。半岛上那座小小的城，叫渠州。听说这儿自古以来便是一片动荡不安的海域。这儿的地质构造运动大概比其他海岸要激烈频繁得多。海陆不断地变迁和更替。当海平面下降的时候，沿海大陆架就变成了陆地。海平面一上升，大片陆地又被海水吞噬，于是小小的半岛与大陆分离。

这学校的历史应该算是很悠久了。是清朝末年的一位爱国华侨闯了南洋之后集资兴办的，升格为大学却只是不久前的事。那位华侨选择了这样一片海域，不能不让人佩服他的胆识。

这儿又有许多传说。最盛传的是关于“海火”的故事。据说，石林的夜晚常有魔鬼出没，而且鬼见到人便附体，于是人也就变成鬼。孤魂野鬼们平时镇在石下，一俟月黑风高之夜便纷纷出来游荡。相传那时的海像着了火似的，亮得灼眼，又忽然化作一片白雪，上面有绿的光，螺旋似的飞快旋开，展示各种美丽的几何形图案。直到三更天后，普陀寺钟声响过，魔鬼才归位。如有求签者，于彼时去石林跪香，没有不灵验的。

初时听到这些传说，我们不过是觉得可笑。又感叹天高皇帝远，封建迷信的东西在这小地方仍有这般市场。真恨不得立即悬张告示，动员附近渔民都来捕鱼。大家商量，一定要找个机会在石林附近闹个通宵，为当地人做个榜样。

校园是美丽极了，真正是依山傍海，海都伸到露天剧场旁边来了。每天傍晚，这儿都有许多来看落日的。长了，仿佛是掐准了点儿，就差喊句一二三，落日便在那一瞬间，像只失了光彩的红色大球，软软地滚落到海平线的那一边。然后就是那些云，浇了浓杏汁似的，恋恋地在天边翻来翻去，一会儿，也隐没了，只留下那群巨人般的石林和侏儒般的人对峙。再过一会儿，终于侏儒们走了，这里就成为巨人们的天下。

开学那天下着蒙蒙细雨，我站在礼堂门口等哥哥。鬼都不知道他为什么销了那个来之不易的北京户口，非要到这所大学的图书馆来工作。谁管得了他的事儿！连爸爸妈妈也管不了。我只好缩脖耸肩地瞪着台阶下面那一片片流动的伞，身上一阵阵发潮发痒，我当时那样儿一定挺傻。伞下众多的脚一步步踏上石阶，离我越来越近，当近到不能再近的时候，那些伞便纷纷扬扬地收拢来，露出一张张陌生的面孔。总会有几滴冰凉的雨水溅到我身上，这一片伞的颜色还是灰的。那是一九七八年，中国刚刚准备甩掉“蓝蚁之国”的名讳，所以突然出现的那一把花绸伞在这许多的伞中显得分外戳眼：浅黄底子，上面绘着咖啡、黑和西洋红三色图案，远看，像滚滚的灰水里漂过来一朵鲜明夺目的花似的。只是那伞打得太低，直到礼堂门前才略向上抬了抬，露出一张线条精致且白得醒目的脸。

这人有点什么与众不同的地方，后来我知道她和我在一个班，名字和肤色一般白，叫小雪。再后来，我明白她的出现给我带来了一点变化。这大概就是我一直期待着的那种变化。那时，我明白我不再期待什么，而我本来的期待也是荒谬可笑的了。

人说三个女的一台戏。我们班有八个女孩子，果然热闹非凡。

头一次上政治经济学大课，三个系都挤到大教室，真真是比肩接踵，连咳嗽放屁都能引起连锁反应。大教室显得挺庄严，玻璃窗太巨大，没安窗帘，阳光便射进来，像一个个明亮的圈儿，九连环似的飘来飘去，光圈中舞动着无数颗金色的尘粒。小时候我曾以为那就是原子，后来父亲费了很大力气才说服我相信那不是原子。让一个孩子相信他（她）看不见的东西很难，却又很容易。说起来，孩子心里总有点儿什么东西，只不过人一长大，就忘了。

我不知道政治经济学是不是非要这样讲法。大概是一定的。因为几位老师，包括今天讲课的权威王教授都是这样讲的。王教授操闽南口音，话不好懂，又兼牙齿暴，讲起话来难免溅出些唾液。那一圈圈明亮的光环里的金色粉尘，忽而都下雨似的沉落。王教授的嘴巴熟练地一张一合，他眼前放着的是用了几十年的讲稿。当然每逢什么特殊的时候要做些增删，但基本内容是永恒不变的，因为这是根据《资本论》中的观点写成的，而马克思的话当然是颠扑不破的真理。我想，如果这位满脸胡须的圣者至今活着，对此不知持何态度？我看着王教授蠕动的嘴巴，硬是听不懂他在讲些什么。只要有一秒钟的松弛，我眼睛便乜向那纷纷下落的金色尘埃。终于，王教授拿起粉笔，很用劲儿地在黑板上写下那个庄严的公式：

一只绵羊＝两把斧子。

于是学生们的头立即沉下去，像一片黑压压的蝗虫，笔尖在纸上啮咬出沙沙的声音。这课堂真是庄严极了。前面一排人那齐刷刷的后背，胖瘦高矮全是一个姿势。头微偏，肩略斜，一式地向左看齐。只有我斜前方那个苗条的后背有些特别，她是笔直坐着，笔直向前倾斜着角度。显然她没有记笔记，而是在看什么东西。她的背影很有韵味，斜削的肩，柔和的腰部曲线，乌发像两道墨线似的垂下来，发梢在我邻桌小胖子王妮妮的铅笔盒上散开，黑羽毛扇似的发出淡淡的幽香。黑发的光波里闪亮着一对红樱桃似的装饰珠子，色彩对比如幻影般强烈。我想她一定是十分地爱整洁，连那两粒珠子都是纤尘不染。什么东西这么吸引她？我左顾右盼地看了好几眼，什么也没看见。

为了显得和大家一样，我强迫自己在笔记本上记下一串莫名其妙的符号。这时我感到一只胖胖的小手正在掏我的口袋，原来王妮妮一直在偷我衣袋里的瓜子吃。发现我觉察到了，立即很自觉地把一块巧克力放进我的手心里，以示交换之意。我们毕竟正在学一只绵羊等于两把斧子呀！我微微一笑，瞟一眼王教授，他没有朝这边看。我慢慢把巧克力推进嘴里，不料这块巧克力里面还包着一颗脆生生的果仁，我的嘴里立刻发出一声清脆的声响，刹那间我呆住了。这一声在我听来不啻炮弹落地，连耳朵都震得麻麻的，立时感到整个教室的目光都在向我压来，威严的王教授正慢慢向我逼近。我听天由命地朝上翻翻眼睛，这才发现谁也没有注意我，只是前面那戴一对红樱桃珠的女孩子回身瞥了我一眼，随即又低着头嫣然一笑。就这样，我一下子喜欢她了。记得见面会时她自我介绍说叫郗小雪，是本地的。听她讲一口纯熟的北京话，有人问她籍贯何处，她笑而不答。她的笑有一种特殊的魅力，不仅能迷男人，还能迷我这样傻乎乎的姑娘。

我又低下头来记笔记，“噗”的一个纸条落在我的活页夹上。眼明手快的王妮妮一把抓过去，展开一看，便趴在桌上笑得死去活来。王妮妮的笑特别富有感染力，笑到极致，大家便都不由自主地笑起来，迮一向严肃的班长郑轩也像被别人掐住颈子的公鸭似的，发出一种沙哑的声音。“王妮妮，你笑了整整五十秒钟，给你掐着表哪！”男同学在后面抗议。

纸条上是幅漫画：一个暴牙老头站在讲台上口沫横飞，下面是满满一屋子打伞的学生。我笑着在上面题字曰：“一句话 = 一百二十把伞”。正在得意，谁知玩笑开过了头。老头循笑声而来，忽然发现了自己的尊容，勃然大怒而去，丢下一屋子呆若木鸡的学生。

前排的袁敏就回过头来了。目光冷冷地扫荡了一番，最后停留在郑轩脸上。郑轩立即作俯首状。袁敏是全班唯一的女党员，而郑轩正在争取入党。同学们呆了一会儿，又都哗然，纷纷离座。袁敏便站起来很严肃地说：“这件事需要追查。”话音未落，正欲冲出教室的何小桃“哎哟”一声跌落尘埃，原来是王妮妮趁乱把小桃那漂亮的亚麻色大辫子一圈圈地绑在椅子背上。王妮妮又笑得背过气去，周围的同学也忍不住笑，唯袁敏冷着脸一声不吭。我这才注意到，满屋子的人只有郗小雪纹丝未动，周围的喧嚣像是要把她抬起来似的，她却静坐其中，安静得像棵植物。

我顺着那溜下来的斜斜肩线看过去，终于发现她手捧着的政治经济学教科书中间还夹着一本薄薄的书，英文的。只是那书里扑腾腾跳出的几幅插图，刺得我视神经直颤，没看上两行便像见了鬼似的把眼皮低下来，一阵脸红耳热。我极尽克制，意守丹田，心诚目洁，把两只眼睛死死盯住黑板上的“一只绵羊 = 两把斧子”。

哥哥是个怪物，从哪一本小说上也找不到他这类人物。我们谁也摸不透他，连梅姐姐那么聪明的人有时也对他感到困惑。提起哥哥，爸爸长叹一声说：“唉，三十好几的人，连个主攻方向都没有！”哥哥的确没什么方向性目的性，他的兴趣一会儿一变，令人眼花缭乱。他会合成各种药水，他用乙烯催熟水果，给家兔移植内脏，把两种完全不同的花朵嫁接起来，得到一个意想不到的新品种，甚至在油漆家具时把高锰酸钾掺进颜料中，从而发现了一种可以乱真的紫檀木的颜色……他能背出百十来种棋局，对集邮史了如指掌……他的故事真是太多了，他的有些发现或发明是完全可以申请专利权的，可惜他从没想过这些。他什么都想尝试，可惜缺少“主攻方向”，所以活得有点儿乱七八糟。梅姐姐高兴起来夸他是个非凡的人，平时却叫他“老奥”（奥勃洛摩夫之意），或者干脆叫“熊”。哥哥真是够懒的，连穿衣服都嫌烦。“生活有三分之一都葬在这种重复中了。最好是发明一种不用穿不用脱不用洗不用缝的衣裳……”哥哥说。“那是皮。”梅姐姐接得很快。他们冷战起来的时候，都迸发出一种精确的幽默感。于是哥哥把袜子缝在裤腿上，他认为这是一种可以节约多余动作的高效率做法。“勤快人只能重复生活。只有懒人才能创造生活。当然，我并不懒。我不过是个‘散淡的人’。”哥哥一边鼓捣他那些玻璃罐子，一边自我表白。他长得挺帅，只是三十岁以后略微有点儿发福，从腰部和髋部悄悄地长出些肉来，幸好被梅姐姐及时发现，采取措施，才算没有蔓延到腹部。应该说，他那双漂亮而狡黠的眼睛和不修边幅的派头儿还是相当有魅力的。夏天他天天游泳，晒得很黑，一进游泳池便能吸引许多目光，不仅有异性还有同性。他以为得意，梅姐姐却说经观察判断那是一种看稀有动物的好奇目光。

哥哥费了好大力气来到这儿的图书馆，却对那些图书毫无兴趣。他常到银石滩去散步，回来时便带着各色小石片，投进他自制的药水中。他像个胆小的男人，他又像个大胆的男子汉。即使石片在药水里化作一股青烟，咕噜噜地冒出来，然后变成一个什么狰狞的怪物，他也一定不感到惊奇。什么都不能使他吃惊，这就是哥哥，现在他正把一只闪闪发光的软体虫拈进玻璃试管，神情严肃得像个男巫。

“你们班有个女同学真有意思，她常来图书馆向我借永远借不着的书。”他忽然一抬眼皮，冒出一句昏话。

漫画事件之后，校领导找班主任，班主任找班长，令速查罪魁。于是大家煞有介事地查了一通。好在已是一九七八年，当年清查天安门事件的劲头早已过去，于是仅作为疑案立此存照而已。

小雪却从此同我亲近起来。她家住得近，上学来放学走，一分钟也不肯在学校多待，话是极少，常用嫣然一笑来作答，那一种妩媚既撩人心意，更令人莫测高深。谁也没见她在自习室里待过，却悠悠然地度过了各种测验考试。谁也不知道她的底牌，谁也不明白她的诀窍，谁也说不出她这个具体的人——她像是这个班上的一个神秘的符号。

她又常穿戴一些漂亮的衣服，另式另样地装饰自己，她那些衣服美得古怪，分明不是国内市场上能买到的。她很会打扮，所有的衣饰都很适合她自己。她常喜欢嚼一颗槟榔，弄得嘴唇红艳艳的，满口都是槟榔的清香气。一起看电影的时候，她轻轻地扇扇子，那一股微风伴着她身上的香气，弄得人痴痴迷迷的，像堕入了温柔乡里。日子长了，我发现和她在一起总感到很舒服，这是因为她极善于照顾人。譬如，我常忘记看课表，因此课间操时间回宿舍便常忘了带书，她总是记得帮我拿出来。我是个粗心的女孩子，有时衣服上不免沾些污迹，她见了，也不说话，悄悄替我洗净。她是那种细心又敏捷的女孩子，能在举手投足间施展温柔和魅力。她可真是个精雕细琢的水晶玻璃人儿，和她在一起我便感到自己粗鄙不堪。将来谁能消受这份福气呀？我悄悄地看着她，觉得自己变成了一个傻瓜。谁在她面前大概都会成为傻瓜。

“只可惜我不是男的，不然，非把你抢到手不可！”有一次我这么开起玩笑。

“哼，不怕人家说你同性恋？”她又是嫣然一笑，把剥好的花生米细细吹了皮，放在我手里，自己从衣兜里掏出个半截的杯子套，拿牙咬着编。

总说这里的气候四季如春，其实不然，特别是近几年，气候差异更是明显。冬天虽说不曾落雪，那雨点竟也是潮冷潮冷的。雨天出去不系围巾，脖子上便起荨麻疹，好在周围的景色中总漾着一派鲜绿，一行行槟榔树，恰似打着绿色羽毛伞的南国少妇，仪态万方地立在绿地里。

我和小雪匆匆穿过这一片明丽的绿，在绿的阴影里，她那乳白色的乐谱绒上装和绾发用的红樱桃装饰珠格外醒目。她边走边编着杯子套，黑发在身后飘飘颤颤，腰身比花瓶颈子粗不了多少，走路像踏着云彩一般，轻盈飘逸。可能由于肤色太白，她的眉眼显得格外黑，眼睛看起来有些古怪——睫毛太长，看上去毛茸茸的，形状倒是很漂亮，可惜看不清眼里的表情，只给人一种厚重的黑天鹅绒似的感觉。

这是开学后的第七个星期天，她头一次邀我上她家去玩，我欣然从命。

我是从工厂考上大学的。初中毕业后我在一个粮食加工厂干了四年，已经出师、调级，当了二级工，带工资上学。厂里给了我一个极好的鉴定，这并不稀奇。从幼儿园开始我就一直在受着别人的夸奖，在他们眼中我是个乖孩子。

可实际上我并不乖，这一点，只有我心里明白。当我恪守着各种规则的时候，我心里总有个什么在发出相反的呼喊。这个叛逆被我牢牢锁在心灵铁窗里，一有机会便要越狱逃跑。我表面上越乖越听话，越遵从这个世界教给我的各种戒律，我心里的那个叛逆就越是激烈地反抗。我狠狠地给它以惩罚，决不让它的欲望得逞。后来，它终于不再挣扎了，它麻木了匍伏在那儿，萎缩成可怜的一点点儿，然而却无法消失，于是我便警惕着。

但做一个好人毕竟很难。当了好人，便要永远当下去，不能中途改变。改变了，还不如从来不当好人。我悄悄羡慕着哥哥轻松散漫的生活，真想再重活一次，以别的面目出现。

小雪的家正如我想象的那样，是一幢南方常见的那种双层小木楼。楼前有几丛竹子、芭蕉什么的，长得毛毛草草，都没修剪，不少芭蕉叶子发了黄。背阴的地方是一片红红绿绿的苔藓，一股潮气扑鼻而来，似乎有许多微小的虫子在空气里颤动，靠房山的地方是株老榕树，显然已死去。树身都蛀空了，湿漉漉的像在淌着黏液，而那古老的胡须却依然垂挂，化石般地不动。

小雪把书包甩给我，钻到背阴处采了许多蘑菇。上楼梯的时候，她居然又在楼梯扶手上发现了几朵木耳。她家这部木楼梯实在是悬，一踩，里面便发出腐朽细碎的毕剥声，真不知有几朝几代的历史了。

“明天我给你找个人来修修！”我说。

“谁？”

“我哥哥。”

她没说话，一手捧蘑菇，一手把钥匙捅进开关里，木门嘎吱吱发出腐朽的声音。在楼梯幽暗的光线中，她的皮肤滑腻有如纯白色绸缎。

“是小雪吗？”一个老妇人的声音，她没应声，里面便响起噼里啪啦的脚步声。

“有人，为什么还要锁门？”我有点奇怪。

她没回答，从容套上门口的那双绿丝绒镶水钻的嵌花拖鞋，然后把另一双亚麻色圆口拖鞋轻轻踢给我。

现在我置身于这间古旧的木房子里了，我面前站着两个陌生女人，年岁大些的那位面色蜡黄，毫无表情，藏青丝绸面的夹袍使她看起来不像这个时代的人。毫无疑问她年轻时是个美人，五官仍很俊秀，甚至没什么皱纹，但给人的感觉却是完全失去了弹性，像张黄色薄纸似的一触即溃。她手里不停地捻着一串长长的琥珀色佛珠，走起路来上身挺得笔直，耳环已卸掉，空留着两个很明显的“耳朵眼儿”，金镯和戒指仍在蜡黄的手上暗暗闪光。找不到她瞳仁的位置，她的眼睛隐没在一团混混沌沌的黑晕里，虽美，却毫无生气。一瞬间我觉得她不过是个假人，是个泥捏的，蜡塑的，像是个浸泡在水银里的木乃伊，见风便会突然衰朽。这想法使我心跳过速。年轻些的那一个，像是个粗人。茶褐色的皮肤倒很漂亮。一双凹进去的黑眼隧洞似的盯人，怪令人害怕的。打扮也挺古怪：全系右衽的亚麻色短上衣，深蓝色（像蜡染那种深蓝）尺把宽的裤腿下露出一双茶褐色的大脚。最古怪的是她的腰腹部竟非常触目地裸着，吊着根银色花纹的裤腰带，很像画报上的“惠安女”。头发很黑很浓，在脑后盘成一个沉甸甸的大发髻，间或一扬眉，竟还带着一段风情。我老早就听说小雪没父亲，现在见了这两个女人，又觉得谁也不像她的母亲，起码不像我想象中她母亲的模样。

“你们快准备饭去吧。”小雪的口气淡淡的，就像下命令，“菜做得淡点儿。昨儿晚上的菜跟打死卖盐的似的，害得我今儿上课老想喝水。”她娇滴滴的，似乎受了无限委屈。那年轻些的早把蘑菇送进厨房，这时又殷勤地弓着腰，小心翼翼地给她刷衣服。

老妇人心不在焉地向我合了合掌，嘴里絮絮叨叨地说：“我说什么来着？昨晚上那盐就是放多了嘛……”

年轻些的立即翻翻那双隧洞似的大黑眼，凶光一闪，像是马上要翻脸，只是看到我在旁边才忍住没说话。我有点尴尬，不知为什么小雪没给我做介绍，她把我扔在这儿自己回房间去了。按说她这个细心人不会有这种礼节上的疏忽。于是我只好找些话说（我想那年岁大些的是小雪的母亲）。

“伯母信佛？”我看着她那琥珠色的佛珠。

“是啊。信了几十年啦。”老妇人说话慢悠悠的，而且特别喜欢重复，“几十年啦。可不是。几十年啦。”

房间里的家具都是旧的，生了层锈似的，擦都擦不出来了。地上有块灰不灰黄不黄的旧地毯，边上的流苏变成了长短不一的线头。墙角放着张摇摇晃晃的枣木桌子。从这儿能看到老太太那间房里有个旧式梳妆台，油漆几乎全部脱落。那片腰子形的镜子也迷迷蒙蒙的，只能照见个影子。

老太太慢悠悠地捻着佛珠：“我这是心到神知，老佛爷不见我的怪……这鬼地方连座寺院也没有，在北京的时候，我是常要去广济寺做佛事的……”

“您家过去在北京？在什么地方？”我随口问。

她显得有些紧张，一双嵌在黑晕里的眼睛直直地盯着我，盯得我很不舒服。

小雪换了件家常穿的藕荷色紧身衫走出来，把一根剥好的大香蕉塞给我。香蕉是本地特产，也是最常见的待客食品。我咬了一口，心还有点儿生。正想开句玩笑，却看见小雪冷着脸向老太太使了个眼色，好像是撵她去帮阿圭做饭。

那老太太竟诺诺连声地去了，我有点儿吃惊。

“哼，给她们点儿好脸儿就蹬鼻子上脸！就这么贱！”她淡淡地说，像是对我解释，我疑惑地望着她，平时那么个温柔娇媚的小人儿怎么换了副嘴脸？

小雪的房间简直是个小型海生物博物馆。什么珊瑚、海星、海葵、海鞘、海菊蛤、海百合的标本摆了一桌子，书倒统统堆在地上。靠墙角的一个旧书架上装了许多造型迥异的美丽海螺和贝壳，只觉得五彩缤纷的一片，奇花异卉似的，美得让人眼晕。

“你可真行，坏孩子！趴在地上读《政治经济学》吗？”

“喜欢吗？”她眯着那双黑茸茸的眼睛笑得很好看。

“太妙了！”我拿起一个海螺细细地看，这泛着夕阳色的海螺像一部盘向古堡尖顶的旋梯。

“可是……”我看着看着，心里忽然有了疑问。

“什么？”

“可这些海底生物标本你是怎么搞来的？”

她笑眯眯的，弯成弧线的嘴唇显得很迷人。

“嘻嘻，我有种本事：我能潜入深海海底。”

“别哄人了！”

“我也没指望让你相信。”她仍在笑，左腮上有个小酒窝在一跳一跳的，挺妩媚，“你既然喜欢这些玩意儿，将来我写遗嘱的时候一定想着你！”

“真的吗？那你最好还写上我哥哥，他要是见到这些宝贝得喜欢疯了！”

“你哥哥？就是图书馆的那个傻大个儿吧？”她捂着嘴咯咯地笑，“他喜欢这些？”

“他就是为了这些来的……”

“你们俩好像挺不一样？”

“是啊，我是书蛀虫，哥哥一点儿不爱念书。”

“我也不爱念书。”她忽然淡淡地，若有所思地托着腮帮子。

我心里一动，忽然想起她上课时看的那本书。那是本关于西方性教育方面的书，当时可是一九七八年，好些东西都没开禁呢——不知她从哪儿搞来的。

“恐怕……你也不是所有的书都不爱看吧？”我笑嘻嘻地挑衅。

“什么意思？”

"哼！还不说实话！那天上大课的时候，你在底下偷偷看什么来着？"我摆出一脸审视的样子，没想到自己的脸倒先红了。

她怔了一下，张开嘴巴："哦——好啊你！你竟敢——还是姐姐哪！……"她满面娇嗔地把一个没编完的杯子套摔在我怀里，低眼看自己的脚尖儿。脚上是双精巧的高跟鞋（当时穿高跟鞋的还屈指可数），脚尖儿跷得高高的，就像灰姑娘的水晶鞋，玲珑得只有她才配得上。我忍不住看看自己的旧丁字皮鞋，这还是在工厂时买的，帮儿都裂了，相比之下像两只大熊掌。

"其实那又有什么？"她抬起眸子冷冷地说，"我倒觉得是人都该看看那本书。省得只会一堆堆地生孩子，白了头发都尝不着甜头儿！"

那时我还不习惯听这种话，只觉得自己的脸蛋热辣辣地红起来。

"你就是告诉老师我也不怕！"

"瞎说什么！我是那种人吗？"我有点儿不高兴了。

她想了一想，眼睛亮晶晶地又挂出笑来："好姐姐，我说着玩哪！上次漫画的事儿我就知道你是信得过的朋友！……别管她们，咱们聊咱们的！"厨房里传来吵吵嚷嚷的声音，我有点儿不安，她倒是司空见惯似的连眉头也不皱一下。

我随手翻翻那个旧书架里面的书，书不多却尽是珍本，还有不少国外出版的中文画报，装帧都十分考究。我想起同学们传的关于她家有海外关系的事。

"别告诉咱班同学我有这些书。"她站在旁边似乎有点儿紧张。

"……你不喜欢念书，干吗还要考大学？"我翻着书不经意地问。

她笑笑，有点诡谲："上大学，主要是为了以后的生活。初中毕业开了两年牛头刨，烦了，想换换胃口。现在这些课有什么可学的？考试前三天复习也能混个好分儿，只要别和老师的观点拧着来就行。混个四年，就能端上好饭碗，这事儿谁不干！”

没想到她会这么说。我虽然也觉着现在的课程味同嚼蜡，可对于考试我一向还是认真对待的。父母老师从小灌注给我的一切很难改变。

“菁菁。”

“嗯？”

“你呀！真该给你启启蒙！”她歪着脑袋像看什么新奇动物似的观察我，我脸红了。

她随手从书架里抽出一本书，是卜迦丘的《十日谈》。“现在你看那本书还不够级别。先瞧瞧这本吧，看看魔鬼是怎样被关进地狱里去的……”她咯咯地笑得很响，嘴里漾出一股淡淡的槟榔香气。

厨房里的吵嚷声越来越大，小雪也有点儿沉不住气了，一脸不耐烦地站起来。

真让人难以相信，那个捻佛珠的老太太此刻正压低了嗓子在骂人，骂的都是些最不堪入耳的难听话。更叫人怕的是那个被叫作阿圭的女佣，她不但毫不在乎，嘴上还挂着一种可怕的笑。那种笑就像是一个法官对着绞索套上脖子的死刑犯时的笑，那些骂人话在这笑容面前是太苍白无力了，我忽然感到这个阿圭身上有点什么可怕的东西，好像是……一种鬼气。

“小雪，你要讲句公道话呀！……阿圭简直要骑到头上来了！只为我说了一句：少放些盐，她就凶得不得了！……”

“太太你说话可讲理？”阿圭嗓子粗得像个男人，带着浓重的闽南口音，“我这里忙得没得命，你一把都不帮还在旁边讲闲话！小姐的口味我是知道的，昨天的菜咸了，就是你老人家后加的盐嘛！”

“天地良心！你这个不得好死的！我加了什么盐？！……不要脸的贱骨头！……”

老妇人气得发抖，齿缝里顶出的气流把火扑得忽明忽灭。本地人用的仍是灶火，阿圭扯起大脚把劈好的木柴往里续，嘴角上仍挂着那种恶毒的笑容。

“银石滩这个鬼地方，产的就是你这样的恶鬼！”老妇人忽然白着脸喊了一句，吓了我一跳。

“太太，谁是鬼谁心下明白！何必……”阿圭的两只大黑眼闪得像两团鬼火。

“得了！你们还有完没完！客人还在这儿！”小雪脸一沉，俨然一家之主的样子，那两个不吭气了。饭菜摆好，小雪只夹了几块春饼递给她们，老太太唠唠叨叨地端回房去了，阿圭扯了个矮板凳，就在灶下坐着吃。

“干吗不同桌吃饭？”我心里老大别扭。

“入乡随俗，各家有各家的规矩。”

我只好坐下来。饭菜不多但味道很好，能看出烹饪的功夫。肉燕汤浓得像奶，肉燕是此地特产，用瘦肉磨成粉碾过，压成薄薄的皮，再细细卷起来，炒菜做汤都极入味。再就是蛎肉春饼，也算是一绝，小雪说阿圭做的蛎肉春饼比外面卖的好吃。牡蛎是刚采来的，很新鲜，用开水氽了，切成丝炒好，和菜一起卷在春饼里，吃起来有点嫩蟹肉的味道。饭菜虽美，只是这气氛别扭。这个家庭的组合和家庭关系都叫人奇怪。

小雪食欲倒是极好，一连吃了三四个春饼，还喝了很多酒。看来她能不动声色地吃光一桌筵席，而别人却无法相信是她吃的。因为她看起来是那么娇弱，一举一动都那么文雅。她酒量惊人，喝起酒来也漂亮。

她从不做出那种仰脖干杯的豪放动作，她口形动作极微小，仿佛有根无形的吸管在协助她，酒杯在红唇边发出珍珠贝的光彩，她的头发如两道墨线映衬着白生生的脸蛋儿。这张脸看起来很美丽又有点儿可怕，因为它竟然可以完全失去表情。这副没表情的白脸看起来已不像我所熟悉的那个温柔可爱的女孩。

“你这人，一定挺厉害！”我看着她那张越来越白的脸，心里有点儿怕。

她笑笑，把最后一点酒底子喝干，然后淡淡地说：“这个阿圭，叫她别叫太太小姐，偏偏改不了口，你听着不习惯吧？”

她把酒杯慢慢推开，斜倚在椅子背上，一副娇懒的样子。

我对小雪的兴趣与日俱增，她是我以前从来没接触过的那一类人。我常常绘声绘色地向哥哥描述她的一举一动，换来的却是不屑的一笑：

“女孩儿在正式谈恋爱之前都会有这么一段儿——爱上一个同性的朋友。”

“你瞎说！”

“不信，咱们就走着瞧，”哥哥摆摆那沉重的大脑袋，“将来你们俩都有了男朋友，关系就自然淡了。”

“我们会做一辈子好朋友的！”

“好好好，你们与众不同，你们伟大的友谊万古长青。”哥哥懒洋洋地挥了挥手。他的小屋乱得像狗窝，被子永远像是快要倒塌的菜窖。他像干其他事儿一样，拖了很长时间才去帮小雪家修楼梯。我问他是不是彻底修好了，他讥讽地笑笑说：“这样的楼梯只有塌了才算彻底好。”多气人！这种人就欠让梅姐姐那样的来治他！

最近梅姐姐来信说她出国读学位的决心已定，只待托福考试一过关就走人。他见信后蔫了两天，然后整夜地泡在银石滩不回来。他大概是全校第一个敢在银石滩过夜的人，消息传开，我们班几个男生跑来问长问短，他只神秘地笑笑，并不说什么。

他对银石滩的兴趣越来越大，和那些石头里生长着的各种藻类和藤壶、软体动物什么的一待就是几个小时。他大概佩服它们固守岩石、抵御风浪冲击的那种本事。有一回，他还在岩石下的洞穴里发现了几条无色素的盲鱼，这些鱼像玻璃一样透明，漂亮极了。他捉了两条，可惜在路上就死了。

“这儿的地貌确实很怪，那种盲鱼根本不该在这种海蚀地貌中出现。古海岸线一般也只有在粉砂淤泥质海岸附近才能保存，可这儿是典型的岩岸。那些石林实际上就是古老的龟裂石，古老到什么程度嘛，”他踌躇满志地笑了笑，“我发现上面有很清楚的三角蛤痕迹，三角蛤知道吗？是侏罗纪时期的一种海生物。……狼没见过银石滩太可惜啦！她要走我也不拦，等我当了海生物博物馆馆长的时候再请她回来。”

“狼”是梅姐姐在哥哥这儿的特殊绰号，他们一狼一熊，不知谁更厉害。

“你见到‘海火’了吗？就是传说中的……”我见他太神气了，不免将他一军。

“没，没有。”他有点沮丧，“说起来倒真是有点怪，我几次在银石滩过夜想看海火都没看成。你可不知道银石滩的夜有多瘆人，那种静，简直是非人间的静，只要你向它走去，它就会像个大罩子似的把你罩住，然后你就像被施了魔法似的禁锢在那儿，好像轻轻一动就会把那种静吓跑了……”

“可海永远是轰轰响的呀！”

“不，海在那时是凝固的，”哥哥眯着一只眼，挺认真的，“根本听不见任何音响，再过一会儿，大概就是南普陀的钟声敲响之前，那种寂静才被打破了，好像有人在唱一支单音节的歌，像海妖的歌声似的，催得人昏昏欲睡……”

“于是你就睡着了？”

“是的。”

我咯咯笑起来。

“你笑什么？不信，你就去试试……”他样子仍挺认真。

“这么说，你相信银石滩的夜里有鬼？”我不免带了几分嘲笑。

他想了想，说：“反正，我相信人类永远别想真正了解自然界的奥秘。”

一九七九年在“拨乱反正”的社论中到来了。班里筹备了一个新年舞会。由袁敏、郑轩、唐晓峰、郎玉生主持。郎玉生是我们班有名的辣子，也是北京人。说来也巧得很，学校为数不多的北方人好像都集中到了我们班。郎玉生说话整个一个京腔儿，吐字珠圆玉润。笑起来更是有特点：像是一串韵味儿十足的乐谱儿，颇有点“丹唇未启笑先闻”的劲头儿。按中国人的审美尺度，她大概不算标准美人儿，可是整个人看上去很舒服：瓜子脸，单眼皮，眼睛不大却顾盼流离，十分灵秀，身材苗条得像根青芦苇。什么人栽到她嘴里就算遭了殃，活着进去，嚼碎了出来，男生没有不怕她的，女生也惧她三分。

记得开学见面会那天，她端坐在那儿，就像上帝委派她来审判全世界似的，对每个人都有评语。有个矮个男生吴德志用英文做自我介绍，郎玉生便悄悄对身旁的小胖子王妮妮说：“嘻，这真是壁虎子掀门帘儿——想露一小手儿！”笑得王妮妮直想从椅子上栽下来。后来有句话大家都听不懂，坐在吴德志旁边的小雪便解释了一下，郎玉生抿嘴一笑：“哟，没想到还来了个侨胞儿，真够‘3.14’（“3.14”圆周率 π。取其谐音“派”）的！”唐晓峰小声提醒她：“小吴多年自学英文，人称约翰牛，不可小视！”郎玉生一撇嘴：“什么约翰牛，我看是串种儿的蜗牛儿罢啦！……”一语未了，王妮妮又乐得栽下来。她说的声音不小，大伙都听见了，吴德志满脸紫红，小雪却翘了一下下巴微微一笑，洁白的下巴颏儿像月亮钩儿似的闪出轻蔑的白光。此后日久，大家便把这件事忘了。谁知有一天下雨，小雪要回家，郑轩便顺手把挂在墙上的雨衣递给她，以为不会出什么差错。郎玉生见了，立即嚷起来：“咦，你这大班长怎么慷别人之慨呀？”把郑轩闹个大红脸。于是周围的男女同学纷纷献出雨具，小雪挑了把伞，对郎玉生温文尔雅地一笑：“别着急，你的雨衣我穿并不合适。”说罢，打着伞仪态万方地走了。郎玉生栽了面儿，从此在小雪面前不大说话，背后却恨成一个洞，又骂男生个个都是贱骨头，专会拍假华侨的马屁。

这假华侨的绰号自然是由于小雪那些美而古怪的衣裳引起的。小雪几乎一天换一套行头，每天都给人一种新鲜感，弄得人眼花缭乱。同学们便传言：“郗小雪家有亲戚在国外。”小雪听了，也不否认。偏郎玉生眼尖，发现她的衣服大多都有拼接痕迹，而且，也根本没有商标。“不定从哪儿弄来的呢！也没准儿是从国外垃圾站捡来的！”听着这话，大伙虽不说什么，心里却觉得郎玉生嘴太刻薄。遇到我在场，便要和她顶起来。郎玉生常笑吟吟地望望我说：“方菁啊方菁，你是没挑儿的好人，我可不敢说你什么，只一样，将来你被人卖了还得帮人数钱哩！……”

说得我直想拧她那张利嘴。

这是全校头一次办舞会，女同学们自然要认真打扮一番。郎玉生吃过晚饭就坐在镜前没动窝儿；何小桃一会儿把大辫子盘成王冠，一会儿又披散下来变成亚麻色的瀑布；袁敏特意烫了刘海儿，没烫好，都变成了死板板的小弯钩儿，这会儿正急着扯平呢；张丹是班上最漂亮的女同学，可惜端庄有余，娇媚不足，天生的不爱打扮也不会打扮；王妮妮和班上的大姐李宝明由于受到形体和年龄的局限，此刻正在为舞会选择舞曲磁带。我帮着打扫完会场，正要回宿舍换衣服，却见小雪在窗外招手叫我。

“哎，上我家去，我给你挑件衣裳。”她温柔地拉起我的手。

我于是糊里糊涂地跟着她走了。

“上回……你不高兴了？为什么一直不来？”她把我领到楼下的一间小房里，温柔地望着我的眼睛，“谢谢你让你哥哥帮我家修楼梯。”

“那有什么？应该的。”我倒有点不好意思了。她从头到脚打量着我：“你好漂亮的身材，为什么不打扮打扮？”

“总觉得没时间呢。再说，太显眼了也有点儿……”

“念书倒有时间？哼！真是本末倒置！”她娇嗔地瞥我一眼，又扑哧一笑。“……好了，我来给你找衣裳。”她打开一个柜门，里面竟满满的都是衣裳，“怎么样？你试试？”

我拣了件蓝丝绒裙子，V 字形大领口，腰带上扣着银扣环，穿起来很有一点高贵幽雅的派头儿，就是胸脯露得太多。从镜子里我看到她的目光锥子似的一闪。

“说实话，这衣裳你穿比我穿合适。”她说。

“怎么呢？”我一面脱一面问，领钩刮住我一缕头发，她上来帮我摘掉。一股幽幽的槟榔清香又在我头顶上漾开。

“这还要问，你的胸脯高，撑得起来呗！”她边说边漫不经心地脱掉衣裳，原来她里面连乳罩也没戴，只穿了件白色网眼的小背心。影影绰绰的，能见到她那一双小乳房，竟像十三四岁刚刚发育的小姑娘似的，那么硬挺稚嫩。“你看，老这么小，真没法子，你是怎么长那么大的？”

我一下子羞红了脸。只好说：“这多半跟遗传有关系。”

她没注意我的窘态，随手抄了件白色乔其纱的裙子穿在身上，对着镜子轻盈地做了几个舞蹈动作。

“你一定是咱班的大‘舞星’。”

“你以为我会跟他们那些人跳舞？”她又连续旋了几圈，像带过一股银色的风，“他们配吗？嗯？”她笑得挺开心。

我也笑，眼睛总舍不得离开她。她实在是太魅人了。若论漂亮，她真算不上什么，比张丹差得多了，可不知是一种什么样的东西使她那么生动、妩媚、光彩照人。

“这些衣裳是谁帮你买的，都挺不错。”我翻着她的这些宝贝，做工都极精致，有些料子也是国内市场从未见过的。

“是……是我的男朋友……他在国外……”她低着头像是有点羞涩。

“你都有男朋友了？你……”我想说：“你才多大？”

“我们从小就认识。”

“他一定挺帅吧！”

她瞧瞧我，脸上露出一种古怪的微笑：“当然。他是我见过的所有男人里最出色、最有魅力的……”

“他在国外做什么工作？”

她怔了怔，嫣然一笑：“这个可是保密的，懂吗？”

我们俩对视了好一会儿，她的眼睛里含着种意味深长的表情，于是我明白我不该再问了。

“那……你有他的照片吗？”我实在按捺不住好奇心。

“你真是的，他既然做那种工作，怎么能把照片随便给人呢？”看看我，她又笑了，打开柜子下面抽屉的锁，递给我一幅肖像画。

油彩画在硬纸板上，一看就不高明，却是十分的细心，连耳轮也是描了又描，显现出许多细密的笔触。画像的人显然并不会画油画，只是凭着一种形的概念在细心涂抹。画上的男人面容苍白瘦削，五官却十分标准，标准得无懈可击。

“怎么样？”

“太漂亮了，漂亮得简直不像真人。”

她好像微微战栗了一下，很快把画收了回去。

外面不知什么时候悄悄地下起雨来。

“我们走吧，舞会大概开始了。”

“不，我不想去了。”她忽然软绵绵地把头靠在窗台上。

这间幽暗的小屋显得零乱不堪，好像从来没有住过人。阳光似乎也从不惠顾，柜子和藤椅的下缘都长了暗暗的霉斑。

“你小时候，信过什么吗？”她突然问我。我完全看不清她脸上的表情。

“信过什么？没……没有……”

“那一定是你忘了。我觉得所有的小孩都信过什么，那好像是一种需要，”她淡淡地一笑，“好像孩子对来到这个世界有一种本能的恐惧……”

“大人不也一样要信点儿什么吗？不然怎么会有信仰……”

“所以人是离不了欺骗的，欺人，也自欺，就说信佛的，难道真的相信有佛，自己死后成佛吗？我就不信。可人心里总得有点什么，所以就只好自己骗自己吧！动物可不一样，它们是只欺人，不自欺，什么时候人到那个份儿上就算是修炼到家了！”她说罢一笑，那笑容像平时一样魅人，我却打了个冷噤。

“告诉你一个秘密，不过你要发誓不告诉任何人。”

我怔怔地看着她，她脸上的那种样子叫人有点儿怕。张张嘴，她并没有发出声音，她的眼睛盯着那扇摇摇晃晃的门。

半掩的门缝处投进一个长长的灰色的影子。

寒假很短，我没有回家。梅姐姐的托福成绩高达五百九十分，却决定暂时不走。她给哥哥来了一封长长的信，信中说北京现在变化很大，形势很好。她是学经济管理的，所以对刚刚开始的经济体制改革甚为关心。她还提到一个叫祝培明的，据说是七七届大学生，最近发表了一篇关于我国市场供求关系方面的文章，引起中央高度重视，在经济学界掀起一场轩然大波，哥哥看了信就去买车票了。

哥哥和梅姐姐已经交往十年了。有天晚上哥哥翻着过去的旧照说：“女人们长得真是太快了，她们善于从你身上吸收养料，一眨眼的工夫就会由小姑娘变成一个全盛时期的妇人。”

于是他常常描绘的一幅图画立即在我眼前出现：在许多年前的一个中午，在北京一条宽阔的柏油马路上，一个少女的声音把所有过往车辆撞得粉碎，在红灯的注视下，飞似的向一个青年跑来，交警们瞠目结舌。刹那间，几乎一切都凝固了，连那朵云也凝在蓝天上，不再飘移。这记忆中的一页永远令哥哥激动不已。那一年，梅若行十九岁。那一声呼唤使年轻小伙子方达立即明白心爱的姑娘已选择了自己。此前，他们已认识了两年，而梅一直在他和一个绰号“山魈”（当然也是她起的）的之间犹豫不定，最后，散漫的“狗熊”战胜了激烈的“山魈”。

“我们去吃冷饮好吗？”年轻小伙子嗫嚅着提议，于是两人跑到西单的冷饮店。不过当时冷饮仅仅意味着冰棍和汽水，而且，为了革命化连“鸳鸯冰棍”也变成了一种奢侈。他们买了两支红果冰棍，不知被什么激发出无限灵感，连珠妙语喷涌而出，每一句话都值得写进名言录。她被逗得哈哈大笑，红果汁儿一直流到下巴颏儿，终于滴落到洗得发白的军衣上。那军衣曾经是神圣的，上面曾经别着一只神圣的红袖章。红卫兵的形象并不像后来人们描述的那么讨厌，那形象对哥哥甚至有种吸引力，因为他生平见到的第一个红卫兵就是她：英姿勃发，口若悬河，正在烈日之下向两千多中学生发表演说。太阳在她的瞳仁里裂成无数金光闪烁的碎片。她的眼睛特别亮，见到他之后尤其亮。他听到本校的反对派们称她为“梅匪”，他并不认为这绰号多么可怕，相反，他觉得够味儿。

梅姐姐也是我整个少女时代崇拜的偶像。小时候我有着比一般小女孩更强的羞怯感，这种羞怯在很长时间内干扰了我的生活，到现在我也没弄明白是怎么回事儿。反正家里来客人我便跑到房间里躲起来，然后跳窗逃跑，幸好那时家里住的是平房。我这种毛病若是在西方大概是要请心理医生治疗的，可中国的父母却不以为意。

梅姐姐来家我当然也是躲起来的，可我喜欢在门后边听她讲话。她的声音有种特殊魅力。渐渐地，我也敢于打开门悄悄地看她了。她有种吸引力，或者说是种蛊惑力。她能让一个清醒的人去杀人放火，也能让一个疯狂的人冷静下来。我开始不知不觉地模仿她了。在人前我不再感到那么手足无措了。我现在明白人生下来就有种表演欲，不过有的人是天生的演员，诸如梅姐姐，也有的人是只能靠效法别人才敢登台的拙劣演员，譬如我。

但我毕竟从一种尴尬的境地里走出来了。确切地说是被梅姐姐救出来的。

可爸爸妈妈却不以为然。特别是妈妈，早就看出了哥哥的“败家气象”，一心想找个温柔贤惠又会当家理财的儿媳妇来挽救败局，谁知儿子偏偏爱上了这么一位喜欢浪迹天涯的“女革命党”！为这个，家里不知闹了多少次，十多年了，双方还是壁垒分明，谁也不肯退让。

对于哥哥来说，梅姐姐是一场火灾，一场龙卷风，不过这种袭击倒往往是他的救命稻草。每次风暴之后，他的精神都为之一振。她一心想出去看世界，决心已定。他们的对比日愈鲜明——她简直成了个竞争狂。而他，竟到海滩来逍遥游了。

不管怎么样他们爱得够味儿。那是他们那个特定年代所能产生的爱情，今后大概是不会再有了，我常悲哀地这么想。这是个代用品的时代，什么都可以代用，货真价实的东西太少了。我未来的命运又会怎样呢？我像任何一个未婚姑娘那样，不断地为自己设计着各种理想模式，然后又一个个地把它们推翻。

寒假，大家都回家了，女生宿舍只剩了我一人，小雪便常来陪住。我们真正地亲密起来，竟谁也离不开谁了。每天傍晚，我们都要去海滩散步，石林的黄昏总带有一种神秘的美，令人无法识破。我常给她背一些我喜欢的诗，间或自己也胡诌两首。她总是含笑听着，手上或钩或绣，反正不闲着。“我这人讲实在，不那么多愁善感！”她的那些作品往往有种独出心裁的美丽，令人惊叹。能创造出这种美的心灵该是颗诗心。我说了这话，她就笑笑说：“我怎么不喜欢诗？也喜欢的！将来一定送你一首我写的诗。”我说一言为定，她就不再答话，一个劲儿地给我讲她那个在国外工作的男朋友。那个人的形象在我脑子里已经鲜活起来了，恐怕见了面不用介绍也会认出来的。

日子长了，我发现她有种讲故事的才能。什么事儿她都能讲得很精彩，连说起她家的事儿她都像是在讲故事。那么曲折离奇又富于戏剧性，让人听了都不像真的了。据她说，她父亲祖籍此地，早年离家在铁路上混事儿，不过是个小职员，只是偶然认识了她的外祖父并且在一件很小的事上帮了他，便赚得了一位名门闺秀。实际上她母亲那个家族当时已经没落了。外祖父以执教为生，全靠祖传的一些房产才算没吃什么苦头。她母亲中学毕业之后，本来还想接着上大学的，可后来不知为什会匆匆忙忙地结了婚。婚后不久她父亲就失业了，后来在北京定居，靠吃房产过日子。

“那现在呢？难道现在还靠吃房产？”我有点惊异。

“嗯。京津一带有我们家许多私房，吃息都吃不完。”

原来这是她家的经济来源！过去我可从来没想到过。

“难道你爸爸解放后也不工作？”

她没说话，飞快地移动着钩针，钩出一行行的花边。

“那后来为什么又迁到这儿来了？”

她叹一声，有点不耐烦了：“你的好奇心真强，其实也没什么奇怪的，一九六七年，我父亲死了，我家的房产都被没收了，没办法只好回到这儿来。这栋小木楼是父亲老家留下的。阿圭家也离这里很近的，实在没法子的时候她就回家乡卖一回绣活，赚些钱再回来。那几年就这么凑凑合合，多亏家里还有点底子，才算没受罪。”

“阿圭像是惠安人嘛！”

“是惠安人，苦得很。……你看她有多大年纪？”

“五十来岁吧？”

“她刚刚四十出头！”她轻笑一声，“她十五岁出嫁，按惠安人的规矩，新婚第二天就得回娘家，只有生了孩子以后才有权在婆家住，你说怪不怪？婚后一年她也没生出孩子来，男人就去了外省，再没回来。她一辈子都想有个孩子，自己没有就拼命疼我，把我都给宠坏啦！”

“难怪你在家称王称霸的……”我想起她对那两位老妇人的态度。

“你信吗？阿圭年轻时风流得很哪！就是这几年才老下来的……”

天色暗下来，海滩上看落日的人散了。海风卷着退潮，发出一种晶莹透明的声音，像一支遥远的少女合唱队。我忽然想起哥哥讲过的海妖的歌唱，那该是种什么样的歌声呢？

“回去吧，晚了。”她温柔地勾勾我的手指。

“以后咱们拣个日子在这儿玩它一夜，怎么样？我想这儿的夜晚一定很美。”

她盯了我一眼，“难道你不害怕？”

“怕什么？难道你也信封建迷信那一套？”

她不作声。

我忽然觉得她的笑容有点儿阴险。

南国的春天确有一种独特的诗意。光是那色彩便动人心弦，那是画家的调色板无论如何也调不出的颜色。在阳光下，色彩是流动着的，甚至能流到海里。潮汐一过，海便呈现出一派翡翠般透明的绿。岩岸上的生物群越发活跃，我怀疑这些小小的藤壶或软体虫什么的能在静悄悄的夜里发出音响，我也曾扒开那些石林下被蚀穿的洞穴，却根本没见过什么美丽的盲鱼，那一定又是哥哥杜撰出来的。可我确实见到石林上那种三角蛤的化石痕迹，这么说，这古老的石林起码在侏罗纪时期之前就存在了。那时大陆架的飘移又是怎样的呢？四亿年前的泥盆纪，真的有一支鱼的队伍最早登陆，后来发展为两栖动物了吗？这一切都像神话一样。大千世界，大概真的什么都会发生吧？不知为什么我近来对这些越来越关心了，我这人可真容易受人影响。

定在三月中旬春游。图书馆和校办的几个年轻人也加入了我们的队伍，地点自然是银石滩。说好了，要在这儿闹个通宵。“一定得帮当地人破除迷信！”以郑轩、唐晓峰为首的一帮男生宣称。

吃的不用愁，每人都带了两三样，全班四十人，外加图书馆和校办的，食品丰富是不必说的了。大家就在海边听音乐、跳舞，然后开联欢会，把旧毯子往岩岸上一铺，摆上吃的，大家边吃边聊。

哥哥超了两天假才回来。别看他这人懒散得出奇，可不管到哪儿，还自有一批朋友。只要大伙儿一聚，他往往就成为谈话中心。这时他正发表关于应当在此地建立自然保护区的高论。“银石滩这种地貌可以说是全国独一无二！”他边说边撕着一只扒鸡的大腿，一点儿不耽误工夫，“大概是那些传说起了点作用，这儿的生态保护还是相对好的，你们哥儿几个可别干那种号召附近渔民捕鱼的蠢事儿，”他又咬了一大口抹好果酱的面包，呜噜着说，“咱们算算这笔账吧：假如咱们午餐吃了一条鱼，重一百克，那么这条鱼大概要耗掉十万克海洋生物，因为每十克浮游植物只能产生一克浮游动物，每十克浮游动物只能变成一克小虾或鱼。这样咱们可以算出一吨鱼消耗多少海洋生物，然后再用水产消费量去乘，结果数字大得惊人，照人类这么捕下去，海洋鱼类很快就要绝种了！”

哥哥滔滔不绝，大家都听得入了迷。袁敏似笑非笑地说：“这么一说，以后我们连鱼也不敢吃了！”郎玉生、王妮妮她们一直在烤鱼，听见这话便说：“你们都不吃才好呢！我们正愁不够分。”香味已飘了过来，男生们咕噜噜地咽着唾沫围过去。

“那么今天就算是告别宴会吧！吃过之后，从此不沾鱼腥！怎么样小伙子们？”哥哥终于也忍受不住了。男生们齐声说好。有拿叉子有拿筷子的，都动起手来。郎玉生不慌不忙地笑笑：“吃吧吃吧，这可是蓑鲉！”蓑鲉是本地一种最漂亮的毒鱼，只要被其鳍刺中，十有九亡。哥哥听了，很有绅士风度地笑笑：“我们连你们都不怕，还怕蓑鲉吗？”男生顿时哈哈大笑，女生也撑不住，跟着笑起来。小雪笑得一口汽水呛了嗓子，咳了半天。事后很长时间，她还会惟妙惟肖地学着哥哥那故作正经的滑稽样儿：“我们连你们都不怕，还怕蓑鲉吗？”

男生们便天南海北地神聊，有的提起美国巨型油轮“阿莫柯·卡迪兹”号，在法国布勒塔尼海岸线触礁事件，据说那条油轮在海上漏油达二十二吨，无数的海洋生物在劫难逃；有的说中国也应当成立生态保护委员会，成立绿党；还有的说起现在海洋严重污染问题，越说越邪乎，像是世界末日即将到来了似的。袁敏和班主任杨老师大概很不愿意一个春天假日的气氛变得如此沉重，便由袁敏建议玩击“锅”传“鱼”的游戏。天色渐暗，夕阳偏不似每天那般漂亮，惨白地陷在混混沌沌的云里。小雪坐在我对面，她今天一直挺快活，这时却显得有些心不在焉。“鱼”忽然传到她手里，打开鱼嘴里的条子一看，上写：“以‘历史’为题即兴作诗一首。限五分钟内完成，过时须学三声犬吠。”真不知哪个促狭鬼干的。我正替她犯愁，她却站起来，仿佛胸有成竹似的。到两分零九秒的时候，她说她作好了。

人哪，又爱又怕的傻瓜，
你不知道全部历史
就是因为照下太多面孔而发疯的一面
镜子。

大家好像都没听清，她又说了一遍，有几个男同学就鼓起掌来。我听着这诗竟觉得有点耳熟，一时想不起来，便沉默着。袁敏说：“这好像不大像诗呢。”唐晓峰便笑嘻嘻地解释：“你们不知道，北京现在有几个年轻人专写这种诗，有人给这种诗起了个名字叫朦胧诗呢！老方，你听她这诗是不是有点朦胧诗的味道？”于是大家又谈诗，谈北京形势，谈刚刚方兴未艾的经济改革，谈最近发生的各种新闻、事件和小道消息，又有人说和北京比，我们这里太闭塞，学生的思想也太不活跃了，若是常有人带来些新信息才好。然后又是唐晓峰跳出来说：“你们知道吗？这学期咱们要增一门写作基础课，猜猜谁教？唐放！对对对，就是那个青年评论家！写过《论陀斯妥耶夫斯基》的！”袁敏便问：“真的是他要来么吗？”在得到杨老师肯定的答复之后，她又小声说了一句：“我爸爸知道他，他那篇评论的责编是我爸的老同学。”声音虽小，大家却都听见了，郎玉生悄悄撇了一下嘴。

对于北京的新形势，哥哥回来后已给我讲了许多，谈话没能引起我的兴趣。不知怎么，我脑子里一直在默默地回旋着那首诗。我确实在什么地方见过它。哦……想起来了，这是美国诗人保罗·安格尔的一首诗中的最后几句。全诗大概是：

我到处走
手里拿着一面镜子
我不敢看
害怕有一张嘴会谴责我
或者
有一只手会伸出来
打我
或者
有一个舌头
会讥笑我
我听见镜子向我的眼睛
喊叫——
我像什么样子
我是什么颜色？
玻璃在金光中闪亮
我把它翻转过来
背面涂着黑釉色的油泥
镜子的种种反映
所有那些痛苦和美丽的眼睛

都堕进玻璃的深潭里
沉没在那层薄薄的泥灰里
我把玻璃转过来
对着我
一张嘴在那儿尖叫：
人哪，又爱又怕的傻瓜
你不知道全部历史就是
因为照下太多面孔而发疯的一面
镜子。

怎么会是这样呢？小雪干吗要这样做？坦率地说引用就是了嘛，为什么要把别人的诗算在自己头上？我心里嘀咕的时候，忽然觉得眼前一亮，原来是同学们已把篝火点燃，纷纷攘攘的，火星在岩石上敲出暗绿的光泽，小雪和郑轩过来拉我，我才恍然，同学们已经围成圈子，准备围着火堆跳舞了。

我心不在焉地随着大家甩手伸腿，完全合不上音乐节拍。王妮妮像是在火光的那一边望着我笑。忽然，王妮妮的形象不见了。火光毕毕剥剥地发出一种难听的音响，我仿佛闻见焦糊的臭味，仿佛有许多史前生物在脚下蠕动，有一条奇大的蓑鱿盘成一个美丽的结，游进火的中心，定睛看去原来是小雪的美而古怪的衣服。一道冰凌般的白光突然把岩石劈裂，于是听见有人叫着：“快走快走，变天了！”

我这才听到海发出震耳欲聋的轰鸣。风一下子转了向，打起旋儿，简直是劈头盖脸的。一阵飞沙走石，我站立不稳，几乎栽倒。浓云聚成一张狞恶的巨脸俯视大地，空气中有什么越压越低的东西在慢慢地撕割人的皮肤。

“别慌别慌，你们先把杨老师扶走……”混乱中我听见哥哥的声音。接着黑乎乎地伸过来一只大手，我也顾不得许多了，一把抓住那只手，跌跌撞撞地跟着跑，一边大声喊着小雪的名字。那么娇弱的一个小人儿，可别被丢下呀！跑出石林，我才看清拉着我跑的是郑轩。

海浪卷成巨大的冰柱向石林扑去，石林一下子变得很低矮。一道道冰凌般的白光把海浪和石林统统击得粉碎，天空断裂成无数深谷，隆隆巨响，升腾起一片浓紫的雾。同学们瞪着眼睛看呆了，在自然界可怕的暴虐前变成了一群木偶。大家分头找小雪，根本不见她的影子，我急得要命，郎玉生和何小桃都说刚才还看见她裹了一条毯子跟着跑，一眨眼就没了。于是我和哥哥、郑轩、唐晓峰又一起往回找，风沙很快就迷住我的眼睛，什么也看不清。

直到曙色微明，才渐渐地风平浪止。在石林间刚才我们会餐处，所有的食物都被席卷一空。奇怪的是吴德志带来的那只汽锅鸡，竟连容器一起无影无踪。除了那条被小雪披走的毯子之外，另外两条纹丝不动地放在那儿。这毯子可比那口锅子轻多啦。何况，我们选择的是一个避风的蚀洞，即使被风卷走，也会留下一点食物的残迹吧。

“看来，银石滩的夜晚是有点儿名堂。”哥哥被吹成了土人儿，眉毛胡子都灰蓬蓬的。

“传说确有根据。”唐晓峰附和。

“只可惜我那只汽锅鸡。”吴德志舔舔嘴唇，“那只搪瓷饭盒还是我姐姐在北京抢购的哩！”

“这风……真够厉害的！”

不知为什么，我觉得吴德志的东西更像是被一只手拿走的。除了手，没有什么会干得这么干净利落。难道在天昏地暗日月无光的时候，真的有一只魔鬼的手在这儿出现过吗？

我越想越怕，后背一阵阵发冷。

小雪仍然没有找到。没办法，我领着哥哥和郑轩他们找到她家。叫了半天门阿圭才出来，若无其事地听完我们的话之后，憨着喉咙说了一句："小姐早回来了，正睡觉呢！"就砰的一声关上了门。

班里女生的"唐放热"把男生们都给气疯了。

唐放的确是《论陀斯妥耶夫斯基》的作者。这篇文章登在《文汇报》上，曾引起轰动，毁誉参半，可惜我至今未曾拜读。唐放头一次上课就给了我们一个下马威——让全班自由选题，每人写篇作文给他看看！本来学经济的人写作文已是多余，何况现在唐放又大动杀机，竟把全班三十八名同学都打入阴山背后。据消息灵通人士透露，此次作文得优的只有我和小雪两人。男生们自然不服，由副班长姚克率队去"唐办"要求改分，谁知那唐某人根本不把他们放在眼里。"我从此拒绝上写作课！"姚克郑重宣布，"他妈的那小子连学历都没有，谁知走了什么后门儿，从哪个野路子里钻出来的？！"从此果然再不上写作课，唐放听了，只哈哈一笑而已。

也难怪男生气愤，平时在他们面前如女神般神圣不可侵犯的女同学们，如今竟一个个撕下矜持的面纱，到"唐放那小子"那儿当起义务服务员来了。

"听说天天都有人给他拖地板，"上大课时，我听见吴德志在向姚克汇报，"今儿袁敏，明儿张丹，前两天郎玉生还给他洗过床单……他妈的什么唐放，干脆叫'唐璜'算了！"姚克"嘘"了一声，咕噜了一句，于是吴德志大声说："方菁当然是好人，方菁还是我们的！"我回过头，他们俩都朝我一笑，他们当然不知道，我这个好人也当不长了，我已接到一道"密诏"，命我和郗小雪今晚去"唐办"，不得有误。

这自然应当受宠若惊了。不过对于我来说，倒是"唐办"的那些书比他本人更有吸引力。至于唐放，我该说句公平话，他的确是个挺有魅力的男子，皮肤黝黑，看上去挺结实。但不知怎么的总觉着有点儿别扭，唐晓峰说他像个运动员，小雪却不这么认为，一问，果然他小时候除了爱打架之外什么运动也不爱好。小雪抿嘴一笑："这还看不出来，你没见他那两条腿？"我看了又看，才发现他虽个子高，却是身长腿短，这才明白别扭之所在。

小雪看人看物眼睛像锥子，这种本事后来屡屡显示出来，不由得我不服。

我和小雪是最后踏进这个门槛的女同学。唐放对我们还算客气，袁敏正在这儿帮他抄稿子，见我们来了不免有些尴尬。唐放竟像是支使服务员似的让她给我们倒水。她极顺从，平时那点女布尔什维克的威风不知跑哪儿去了。小雪向我意味深长地一笑。这间小屋是唐放的办公室兼卧室，趁袁敏倒水的时候小雪勾勾我的手指——我这才看见他那张床。照男生的简报那床单该是前两天刚由郎玉生等洗过的，可现在床边上又蹭了不少油污，几本书把枕头塞得凹凸不平，有片床单盖不到的地方，露出肮脏的棉絮。

"今天请你们来，是想请你们给我新写的这篇评论提提意见。"他跷着二郎腿，上身后倾靠在墙上，一只胳膊支在后脑勺上，另一只胳膊一挥，划出一条大弧线，把厚厚的一摞稿纸往我手上一砸，像扔铅球似的，“你们两位文章写得不错，特别是郗小雪的散文，我极欣赏。北京有几个人办了个刊物叫《今天》，那里面有些文章跟你的风格很接近。”

小雪带着种淡淡的礼节性微笑，不慌不忙地说：“我也挺喜欢那散文，可惜是抄的。”

我们一下子都怔了，袁敏的瞳孔像是一下子涨大了好几倍。还是唐放应变能力强，哈哈一笑说：“咳，天下文章一大抄，看你会抄不会抄啦！”袁敏这才当玩笑理解了，瞳孔复位。刚才那一惊非同小可，手下便连错了几个字，于是挺内疚地向唐放伸伸舌头，抱着稿子回宿舍去了。

我大致把稿子浏览了一遍，又递给小雪。稿子写得不坏，只是我不大明白他为什么带着明显的个人情绪写到于连·索黑尔。他简直是把自己当成于连了。

“唐老师，你简直把于连说成英雄了。”我说。

他不以为然地看看我，又问小雪的意见。

“于连本来就是英雄。”完全没想到她会这么回答。

“说得好！”唐放一下子激动起来，双手插在裤兜里来回踱步。我这才看见他身后蹭了一大块白灰，内衣领子只翻出一半，另一半还窝在脖子里，鞋子上全是星星点点的油斑。头发不知多少时间没洗，都脏得打绺儿了。他真是邋遢得可以，配上那一脸激愤的表情，颇有点滑稽。“你们以为一个木匠的儿子一直爬到真正的上流社会不需要一种惊人的勇气和毅力么！一切为目的服务，为达目的可以忍受一切痛苦屈辱，不惜采取各种方法手段，顽强抗争，我认为这样的人就是英雄！”

也许他的声音太响，小雪放下稿子淡然看了他一眼，像平常那样嫣然一笑。

“我不这么认为。这不等于说，人可以为达目的而不择手段了吗？”我反驳。

“哈哈哈……”他爆发出一阵大笑。他常常为一个并不可笑的问题大笑，而有时大家都笑得背过气去，他反板着脸毫无笑意。他笑起来的时候总带有点幸灾乐祸的成分，像是坏孩子的那种恶意笑容似的，这点使他极不像为人师表的样子。“陈腐的知识分子腔儿！方菁你是书香门第吧？！坦率地说，我最瞧不起的就是中国知识分子！这个阶层最懦弱最虚伪最不可救药！你们听说过老头儿和儿子抬驴的那个小故事吧？中国知识分子就是那样，干什么都畏首畏尾，什么目的也达不到……”

“你这么说太不公平了！”我也愤愤然了，“我和你的观点恰恰相反，我认为中国知识分子是很了不起的！”

“很了不起的……哈哈哈……”他那种恶意的笑容非常刺激人。

“难道您不是知识分子吗？”我使出了杀手锏。

“我不是。”他笑容飞逝，一下子板起脸，显得一本正经，额头上显出一道很深的皱纹，刚才那两道笑纹变得下垂，使他突然苍老。“我不是。”他又重复一遍，脸上那种恶意的笑又出现了，“实话告诉你们，我连他妈的初中还没念完，就下乡去了！……我们队三十三个小伙子，只回来我们七个！什么样死法儿、活法儿都有，我见得多了！”他点了支烟，廉价的烟草味儿呛得我们咳起来，他又笑着把烟掐灭了。

“瞧你们这娇气劲儿。”他说。

“唐老师，你说这书名为什么叫《红与黑》呢？”小雪忽然嗲声嗲气地问。

“红是拿破仑军队的红色军服，黑就是教士的黑袍嘛！”

“都这么说。可是……你看过司汤达的另一本书《红与白》吗？对了，也叫《吕西安·娄凡》，那里面红是指共和党人吕西安，白是指那位保王党小姐，由此可见……”

“噢，我懂了，”唐放立即兴奋地打断她的话，“你的意思是说，红与黑应当是一种政治对立的象征……那么，‘红’可能是指于连，因为他是封建贵族制度的反抗者，黑呢，就是指教会、贵族等了，反正是整个黑暗势力吧，是这样吗？”

唐放立即把这个新观点记在本子上。我不由得看了小雪一眼，她曾说过她是什么书都不看的。

“恕我直言，”唐放恶意地笑着，“我现在倒是挺同意贾宝玉的观点！天地灵秀之气都跑到女孩儿身上来了！你们班男同学我不敢恭维，这八个女的倒是个个都有特点，特别是你们几个……方菁嘛，人挺实在，疾恶如仇，又纯洁又善良，就像德瑞那夫人，至于玛特尔小姐嘛，我看郗小雪来扮演最合适——”

小雪忍不住扑哧一笑。我却笑不出来，甚至觉得有点儿难堪。这话的挑逗意味太明显了，真不应当是从个当老师的嘴里说出来的。

袁敏推门进来问稿子上看不清的字，唐放立即敛容作严肃状，袁敏不自然地朝我们笑笑，仿佛想竭力嗅出什么可疑的气味。问完字她便走了。唐放呆了一呆，然后淡淡地告诉我们，袁敏的父亲是北京一家大刊物的主编，和他有些交往。袁敏又酷爱文学，主动要求帮他抄稿子，而他不好推辞云云。这个注脚使我愈加不快，他在有意无意地抬高自己的身价。本来我对袁敏印象平平，此刻却蓦然涌起一种恻隐之心。

唐放的谈兴还正浓，我和小雪却感到了一种微妙的情绪变化，于是起身告辞，各自揣了一本书。小雪拿的是本画册，走到门口，忽又闪动着黑茸茸的眸子问：“刚才您说的《今天》，这儿有吗？”

“呵，恰好有一本。里头有个中篇《波动》，赵振开写的，这个人的笔名叫北岛。这篇小说还有点意思。可惜没登完。你先拿去看吧。”说着，唐放又笑瞥我一眼，“你们来了就是借书！”

“跟你说实话吧，我今天来的目的就是借书，不为这个，我还不在你这儿浪费时间哪！”我不知怎的忽然冒出一句大不敬的话。小雪在一边捂着嘴笑起来，悄悄掐掐我的手腕儿。

唐放反而哈哈大笑：“啊，没想到方菁也是‘为达目的，不择手段’哪！哈哈哈……”

出了门儿，我们俩在黑暗中互相做个鬼脸儿，扑哧一笑，忽然倍感亲切起来。我向她坦白前几天对她那首诗的猜疑。本以为她会尴尬，她却满不在乎地告诉我，那诗就是抄的。“这算什么？这种教育方法，你不觉得辛辛苦苦搞创造性劳动太没必要了吗？……至于那种聚会，不过是逢场作戏，应付一下也就可以了。方菁，做人做到你这份儿上真太累了，我可受不了。”大概怕我不高兴，她又极温柔地挽着我的手臂，款款地说：“当然啦，为朋友，我倒是愿意写一首诗。我一定会给你写一首诗，方菁，”她极真诚地盯着我，“因为我发现你的内心就是一首完美的诗。”

我们手拉手在暖融融的春风里跑起来。我忽然有种奇异的感觉，仿佛我拉的不是人，而是个什么精灵——她那么轻，轻得像一股气流，像缠绕在我腕上的一条轻纱。天哪，这么个美丽的精灵，她爱的那个男人该是什么样的呢？

四月里的一天，《法国画展》来到这个城市里展出。对于这个小城来讲，这无异于一场革命。当然，这也是沾了附近那座大城市的光。梅姐姐说得对：现在的对外交流不过是刚开了道门缝儿，可也正因如此，那门外的景色才显得特别鲜明，而门口也就格外拥挤。大多数参观者并不懂画，只是怀着强烈的好奇心。十余年，或许是更长时间的禁锢终于被打破了，人们都想第一个把脑袋伸出去，领略一个久违了的天地。

我是和哥哥、小雪一起去的。近来我们三个常常一起去外系听些有意思的课——经济系的课有时实在味同嚼蜡。这样小雪和哥哥也渐渐熟了。哥哥这次和梅姐姐的谈判大概还算成功，因此心情很好，谈锋很健。无论他说什么，小雪都笑眯眯地听着，只是低垂着睫毛，绝不暴露她的眼神。近来不知怎么的，我总在不自觉地摹仿她。包括她的微笑，说话，走路，听课的姿势什么的。世上有种人，容易受他人影响，世上也有一种人，对别人能产生一种强大的影响力。我知道我的模仿不过是东施效颦。有一次，哥哥看了我端咖啡的手一眼，我忽然意识到自己完全是在效法小雪端杯子的“兰花指”，咖啡溅出了杯子，在雪白的杯沿上画成一条土红色弯弯曲曲的小龙。

新建的渠州美术馆里人头攒动。我发现了郑轩，他个子高目标大，似乎正率着一队男同学艰难地向西挺进。等到转过第一馆，人渐渐不那么拥挤了。这时，我看见唐放率另一队走来。除他之外全是女的，连对艺术从不感兴趣的李宝明大姐也气喘吁吁地跟在后面。唐放向我们点点头，最近他对我们似乎冷淡了许多。走近了，他忽然低声问我：“方菁，还真不知道你哥哥也在咱们学校呢。”那样子狠歹歹的。这人真莫名其妙，难道我哥哥在这儿还要向你汇报不成？我没理他。这时郑轩他们一队也过来了。三大主力会师在巨幅油画《马拉之死》下面。这幅画前的人比肩接踵。据说这次画展只来了寥寥几幅真品，而大卫的《马拉之死》算一幅。好多挤在前面的人情不自禁地用手去摸，以便对真品除视觉外还有一种触觉的记忆。唐晓峰把哥哥推到前边，非让他给大家讲讲画。哥哥也不客气："好，我就当个义务解说员吧。……马拉是被一个女保皇分子杀死的，当时他正在自己住宅的浴盆里……"

于是大家都看画，画面上的马拉似乎像座沉沉睡去的白色石雕，面部是典型的古典主义画派那种庄严宁静的神情。马拉拿羽毛笔的手无力地垂落着，另一只手还放在浴盆的边缘上，手里拿着一页短笺。

"马拉被害是引起法国人公愤的，国民公会开会时，一个公民高喊：'大卫，你在哪儿？拿起你的画笔，为马拉报仇！要让敌人看到马拉被刺的情景而发抖！"当时大卫在人群里回答：'对，我一定画！'"

人越拥越多，我看唐放趁势挤到小雪身边，低低地不知在说什么。

"那么这短笺上写的是什么呢？"李宝明一直听得特别认真，这时有点惶惶不安地问。王妮妮挽着郎玉生的胳膊，活像蓖麻秆儿上坠了个冬瓜。

"你们看，短笺上面写着'1793 年 7 月 13 日。马丽安涅·沙咯特·科尔兑，致公民马拉：我是十分的不幸，为了指望得到您的慈善，这就足够了。'当然，这是画家有意这么安排的。"哥哥看看越来越多的人群，又低声补充了一句："这幅名画问世一百年之后，才被比利时布鲁塞尔博物馆收为藏品。"

"看来要害死一个人也挺容易。"小雪不知什么时候挤到我的身边，小声说。我吓了一跳，她却不经意地微笑着。

"刚才唐放跟你说什么？"

"没什么，"她抿嘴一笑"不过是胡说八道罢了。"

正说着，唐放挤到前边来，站在哥哥对面，用一种明显的倨傲态度打过招呼，然后慢悠悠地说："我可以提个问题吗？"

哥哥莫名其妙地望着他，他这才想起来自我介绍。他口气有点儿紧张，哥哥淡然无谓地等着。这时我发现哥哥的脑袋好像比唐放的要大一倍。“我想向你请教一下，”唐放的口气挑衅味儿十足，“你是懂画的。这个画展中有不少裸体画，我想知道，裸体画和黄色画的区别究竟在哪儿？”

周围一下子静下来。这是当时在大学生中极为敏感的一个问题。哥哥习惯地眯了眯眼睛，面前的这个人和他差不多高，带着一种明显的敌意和嘲讽。哥哥笑了笑。

“很遗憾我不懂画，不过可以谈谈想法。”他像平常那样懒洋洋地微笑着，“依我看，所有的画，也包括所有的艺术，你认为它是什么色就是什么色的，只要别戴有色眼镜就成。”

说完，他又很礼貌地点点头，扬长而去。人群静了一下，议论纷纷。唐放站在原地没有动，抱起膀子交叉在胸前，样子很不以为然。同学们都慢慢地随着人流向前移动。袁敏小心翼翼地看着唐放的脸色。

小雪站在华多的一幅画前等我。“可惜，没有莫罗的画。”她回眸一笑。

晚饭是在哥哥那儿吃的。在食堂吃中饭的时候我就猜到哥哥要请客。当时姚克和唐晓峰像马弁似的紧随其后，哥哥敲着饭盆慢腾腾地说：“妈的，食堂的饭菜永远是一个味儿，放出的屁都带有什锦味儿，你们发现没有？”哥哥穿了件浅色猎装，高大健壮，微弓着背，趿着拖鞋，吊儿郎当的样子，像个花花公子。“看老方这样儿真像支老红蓝铅笔。”唐晓峰笑嘻嘻地说，“可没想到跟梅大姐那么铁磁，掰都掰不开。”“是啊，像我这号国粹派早该淘汰啦！人家这一出国，没准儿就带回个黄头发蓝眼睛的……”哥哥大大咧咧地一笑。唐晓峰又低声说了句什么，三个人哄地一笑，我瞪了他们一眼——男的在一起不会有什么好话，可这一眼倒让他们发现我了——他们正要去哥哥那里打桥牌，三缺一。

桥牌我是刚学，和姚克打对家儿，没想到输得还不算太苦。我们是按最新计分法计分的，要把牌点从得分里减掉，而我和姚克的牌点几乎总是相加不过半数，因此哥哥他们赢也赢不了多少。加上唐晓峰贪多嚼不烂，一个劲儿强开叫，终于叫冒了一次，一下子输了六点，眼看要扳平了。

“玩这个，谁也玩不过梅若行。”哥哥忽然低低地说。

这是真的，过去打桥牌，山魈和他的女朋友总是败在哥哥和梅姐姐手下。梅姐姐出牌又刁又稳，滴水不漏。据说她现在在学校桥牌队当主力，所向披靡，一下子拿了个北京高校桥牌比赛冠军，男对手们也为她那种工于心计、神机妙算咋舌。

“咱们班女生大概有一个还行。”姚克说。

“谁？”

“郗小雪。”

哥哥便不作声。

我不解：“为什么是她？”

“我看她挺会玩儿飞牌的。”姚克仍笑嘻嘻的，三个人都笑了，我仍不解。

“就是用她的虚牌来赚你的实牌。”唐晓峰向我解释。

我莫名其妙地瞪着他们。哥哥说：“好啦，别玩啦。给你们看个稀罕东西。”说着便给大家看他那些瓶瓶罐罐。有个玻璃瓶里装着一枚鱼卵似的玩意儿。“看见没有？这是夜光虫，刚才我给它打了针麻醉剂，看看，不发光了吧？”唐晓峰还用支铅笔伸进去捅了捅，那虫子像死了一样毫无反应。过了一会儿，大概是麻醉状态过去了，夜光虫动了一动，于是哥哥把它拈进一杯水里，“这是纯净海水。注意看——注意！”哥哥像个大魔术师似的挥起魔棍，果然，那夜光虫摆脱麻醉状态之后，发出了比原先强得多的光！

“有意思！真有意思！”姚克和唐晓峰的脑袋紧凑在玻璃瓶口，我只能从缝隙里瞥见夜光虫的变化。

“这证明海生物经过刺激之后能发出强得多的光。这些刺激有各种各样的，比方说，交配、生殖、电流、麻醉什么的……我现在甚至猜测日、月、潮汐等都起作用，所谓当地人传说的那种‘海火’，大概就是各种刺激比较强烈时的海生物发光现象。”

“咱们来这么长时间，怎么就没见过海火呢？”

“所以说，这种现象肯定需要一定的条件。”

“家在本地的同学肯定见过。”

“也不一定，小雪就没见过。”我说。

“可惜，很多生物发出强光后很快就死去了。”哥哥的声调里带着一种悲悯。我注意地看看那只盛在海水里的夜光虫——它已经通体透明地死去了。

那天晚上，姚、唐两位走后，我和哥哥聊到很晚，这在我们兄妹间是少见的。

“他们说小雪会玩飞牌，到底是什么意思？”我心里一直惦记着这句话，近来，我和小雪已好到那么一种程度——再进一步，便要有同性恋的嫌疑了。因此我关心一切和她有关的事情。

“咳，那是唐晓峰他们糟改人呢，你别瞎想，”哥哥把两只大脚泡在热水里，长了黄色老茧的脚趾慢慢地搓来搓去，“不过，郗小雪那女孩子确实有点儿怪。昨天……看完画展，她又到图书馆去了。她想借一本什么《斯芬克斯与俄狄浦斯》，据我所知，这本书根本就不存在，倒是不少画家以这个为题材作过画。她……她这人怎么老借那些借不着的书哇？！”

“她还借过什么书？”我也有点奇怪，她自称是从不喜欢看书的呀！

哥哥摇摇头没吭声。

“昨天，她倒是跟我讲很想看莫罗的画。”我帮哥哥把屋里收拾好，打开电炉帮他炖花生汤。这里到处都是卖花生汤的，现在我们这些北方佬也吃出甜头来了。

“莫罗？……”他眯着眼想了好一会儿，“莫罗倒是画过一幅《斯芬克斯与俄狄浦斯》……她为什么喜欢莫罗呢？”

哥哥这儿有本《Modern Painting》（现代绘画），里面选了莫罗的几幅画。其中，《幽灵出现》取材于宗教故事，画的是正在希律王宫廷中狂舞的莎乐美见到施洗者约翰人头忽然大放灵光，受到强烈刺激的一瞬。传说她是公元前一世纪大希律王的孙女，以美丽、妖冶、淫荡著称。其母希罗底也是当时的著名美女。希罗底初为其叔希律腓力之妻，后又为另一叔父希律安提帕霸占。施洗约翰于是指责她乱伦，她怀恨在心。一日，正值希律王生日，希罗底令其女在筵前为王舞蹈。王大悦，遂愿满足莎乐美的一切要求。在希罗底唆使下，莎乐美便要施洗约翰的人头，王从其愿，将约翰杀死。这个故事带有一点残忍的神秘意味。画面上的莎乐美洁白眩目的肉体上装饰着缀有浓郁东方色彩的丝绸和硕大的金绿色阿拉伯宝石。莫罗的色彩太眩目也太晦涩了，难怪整整一代文豪都无法描绘莎乐美那华丽衣饰的色彩。另外像《东方之梦》《海格立斯与九头蛇》等都有这种特点。终于找到那幅《斯芬克斯与俄狄浦斯》了。画面上的俄狄浦斯是一持杖裸体美少年。而斯芬克斯不同于一切画家所描述的那样，这个斯芬克斯绝对是属于莫罗的。在绝美的容貌后面有一种残忍、神秘、冷僻和罪恶的力。她那丑恶的兽身，张起的雄健的翅膀都野性勃发，愈发衬托出那张少女的美丽而冷酷的脸，和成熟妇人的丰腴的乳房。果然是幅奇特的画，画面背景扑朔迷离的色彩似乎包含着某种暗示或隐喻。斯芬克斯紧紧缠绕着俄狄浦斯，用诱惑的胸脯抵住美男子健壮的胸膛，扬起眸子似乎在念着神秘的咒语，俄狄浦斯带着一种戒备和男人的悲悯，以及男性对美丽异性那种无可奈何的眷恋俯视着她。这一对厮缠一处的人儿既像一对情侣，又像两个仇敌。斯芬克斯与莎乐美有着惊人的相似之处：美丽、冷酷、淫荡的蛇一般的身躯，眼睛像迷蒙的一团黑雾，在蛇形的舞姿中喷吐毒焰。

我不知为什么身上有些发凉。

“莫罗这个画家在世界画坛上地位并不显著，恐怕很少有人知道：他是野兽派真正的鼻祖。他画里那些神秘的象征和暗示，更是人们花了整整一个世纪也没弄懂的……”哥哥盛了碗花生汤递给我，花生还没炖好，汤却已是甜甜的很浓稠了。我只喝汤把花生都剩下来，哥哥却毫不在乎地嚼着脆花生，甚至囫囵吞下去。他的胃好得很，大概能熔化金属。

我盯着莎乐美那黑雾般的喷着毒火的眼睛，仍然战栗不已。

“……你的朋友确实有点怪。”哥哥打了个大哈欠，“他们家怎么样？上次去她家修楼梯，居然没让我进家门儿……只听见里头闹哄哄的像是有人吵架……”

“……她母亲……和家里保姆有点儿合不来。”我只这样淡淡地说了一句，立即很鲜明地记起那个捻佛珠的老妇人和满脸鬼气的惠安女。这样的一种家庭，这样的一种生活！我为小雪感到悲哀。

“你知道，就是那天晚上捕夜光虫，我在海滩上见到过她。”哥哥大概是犹豫再三才这样告诉我。他嫌喝花生汤不过瘾，还是煮了一点咖啡，是这次从北京带来的新鲜雀巢咖啡。梅姐姐托人买的。

“她晚上去海滩了？”

“是的。她看上去比白天要漂亮得多。穿着一件白色长睡袍，头发披着，像水母的长须似的，还真的湿漉漉的呢。”

“你跟她说话了吗？”

“当然。我们聊了很多，还是头一次和她聊这么多。”

“以前你是不是一直把她当个孩子？”

“不。我从来没把她当孩子。你们这届学生我头一个认识的就是她。我刚上班的那天，快吃晚饭的那会儿人少。她走进来，要借一本性知识方面的书。她说得那么随便，毫无羞怯感，连我也有点儿吃惊。这个女孩子是有点儿来历的，她可不简单，比你们这些傻丫头要复杂得多，论聪明，大概你们全班拴一块儿也不是她的对手。不过，她很懂事，也不虚伪，所以你选择她作为朋友我并不反对。你的社会经验太少了，需要有这么个朋友帮你拿拿主意。”

咖啡壶里已飘出一股浓郁的香气，咕嘟嘟的气泡在壶嘴上忽明忽灭。我找了半天才找了两个大小不一、残缺不全的杯子，洗了半天也没洗出本色，只好将就。

“梅姐姐一定要骂你的。”我用一支长柄调羹慢慢搅着糖。

哥哥没理我，继续说：“我告诉她我合成了一种香水，可以申请专利的。她说她对香水不感兴趣，如果什么时候能合成毒药倒可以告诉她一声。嘿嘿，开场白就是这样。”哥哥一杯咖啡下肚来了精神。

“于是我问起她母亲信佛的事，你知道，我对这个是相当感兴趣的。”后来就自然而然地聊起了信仰问题。嘿，这丫头可把我吓了一跳！”

“怎么？”

“她说，她知道自己生下来就和别人不一样，她从小就有自己的神。”

“？！”

“别这么看着我，”哥哥故意慢悠悠地喝着咖啡，“你的朋友很有意思，她认为她心里那个神对她有求必应，很多事在她去做之前她就明白会成功，因为她的神多次暗中保佑她。”

“她怎么可能对你说这种话？！”我满腹孤疑地扫着哥哥的脸，疑心他又在编撰一个荒谬的玩笑。

“于是我说，‘那你现在考试不用准备喽，祈祷一下就行了吧？’她用一种很尖刻的眼光看了我一眼，就突然沉默了。过了很久，她问我经常在这儿散步是不是想发现点儿什么，改变点儿什么，我说是的，我非常需要也经常期待生活中的变化。她笑笑，问我是不是读过《一千零一夜》，记不记得那个装在胆瓶里的魔鬼。她说：‘即使那个魔鬼站在你眼前，让你说出三个愿望，你恐怕一个也说不出来。你什么也发现不了，什么也改变不了。不信你就试试，试试看吧。’”他又挂起那种懒洋洋的微笑，“怎么样？有点儿意思吧？”

我半天才合上嘴巴，就像小时候听爸爸讲完了一个神话故事似的。

“她家靠什么生活？”哥哥敛住笑容，很严肃地问。

“主要靠吃房产吧。听她讲，她母亲家过去是京津一带的名门望族，有相当多的房产，吃息都吃不完。”

哥哥脸上掠过一丝微妙的表情，那样子好像是不相信。

“难道现在还有那么多私房？”

“有的，当然有。”我生怕他对小雪有什么误解。

哥哥笑了笑：“你知道，我对那种古老的家族、古怪的家庭以及名门望族等有种‘研究癖’，据我分析，这种家族的后裔大概有三种：一是天才，二是蠢材，三是魔鬼。”

我的心突突地跳，目光又回到眼前摊开的画册上。莎乐美和斯芬克斯那黑雾一团看不清表情的眼睛像谁呢？斯芬克斯，这个冷美阴狠的怪物。一团团莫罗式的色彩流动着，那是一种倦怠的优雅，一种把神灵拟人化了的魅力，一种富于肉感、犹如梦幻的金色诱惑。

“莫罗的画的确很美，可美得像一束红罂粟。”我的声音战栗起来。

海的颜色渐渐变得碧绿，气候渐暖。班上女同学像约好了似的，几乎在同一天穿上了裙子。一般都是上面毛衣，下边一条女士呢或小帆布的厚裙子。郎玉生那条铁锈红色的女士呢裙特别出众，配上她那窈窕的腰身，把男同学的眼睛都照花了。上了大半年的学，现在班里女生阵线已基本分明：我和小雪好是不必说的了，郎玉生和王妮妮，张丹和何小桃也分别结成统一战线，只有袁敏和李宝明是天马行空，独来独往。

男同学们仍是混沌一片，只有在反对唐放的时候才暂时结盟。现在唐放对于我们经济系女生继续产生那种电鳗般的威力。

然而我对于他的兴趣却几乎趋向于零了，这是因为前些时他给我看了一部他写的《论艺术》手稿，我忽然发现了一些令人困惑的问题。

首先是，他对艺术的基本知识知之甚少，尽管旁征博引，却掩饰不住他那种捉襟见肘的窘态。要知道，有时一句话甚至一个词就能暴露某种无知。我当然也无知，然而母亲是搞艺术的，哥哥过去也搞过很长时间的绘画和美术史，所以对许多东西我听也听熟了，就像长久地闻着一种气味似的，这时突然闻到气味不对，立即就觉得别扭。

其次，他有一段关于艺术与游戏的论证完全是照搬克罗齐的。我不客气地指出了，他却大不以为然。

“方菁，你这人将来肯定没什么大出息，”他带着那种恶意的笑容，“你的才华都被你那种循规蹈矩的知识分子腔儿葬送了！恕我直言。”

“我倒觉得，要小聪明的人没什么大出息。”我反唇相讥。

“那咱们就看着吧，”他仍是那一脸的笑，“看着吧。告诉你，中国未来的世界，不是学者的世界。当然，也不是政客的世界，而是商人的世界。你将来得学会做买卖，方菁！听懂了吗？哈哈哈……做买卖就得投机取巧！……”他哈哈大笑，漾出一股口臭。我这才发现他靠牙龈处的牙齿没刷净，还带着浅黄的牙垢。

小雪穿了件雪白的高档羊毛裙姗姗来迟。这两天她几乎天天迟到。郎玉生便在后面小声唠叨：“不迟到怎么能在全班人面前亮相哪？”郎玉生的嘴也太不饶人了，可我也为小雪着急，上边规定三次迟到就得记一次旷课，我又是画考勤的。

小雪却毫不在乎，她风度翩翩地入座，那件白色羊毛裙太适合她了，就像是雪白的颈子延伸下去的雪白肉体似的，这种白，穿在谁身上也要脏，在她身上却是纤尘不染。半截袖中伸出两条白玉似的膀子，伏在桌上白得晃眼。一比，和她同桌的袁敏就变成了非洲姐妹。难怪袁敏常不酸不凉地叹道：“唉，我们是左拉笔下的陪衬人儿哪……”小雪却不介意，对袁敏百般温柔体贴，弄得她有嘴也没法儿咬，常在背后说：“人家郗小雪也不知怎么长的，难道她妈怀她时不吃五谷杂粮？怎么连颗雀斑也没有？！”又怨自己命不好，“咳，谁让咱们都赶上了呢？出生就赶上自然灾害，上学就赶上‘文革’，青春时代赶上晚婚晚恋，这会儿都老太太了，才好容易上了学！……”逢到这时，郎玉生便把那双灵秀的眼睛一转，笑道：“嘿，这话可不像布尔什维克说的啊！像个孟什维克！”说得大家都笑，袁敏半嗔半恼的也不好说什么。

人大概总要出点儿岔子，出得太多，旁人也要笑话，可一点岔子不出，处处占尖儿，旁人更要恼。总算一次上体育课时，小雪头一回出了点岔子。上体育课规定是不让穿裙子的，可她那天忘了换衣服，又偏巧赶上那节课单单做双杠练习。翻下来的时候，露出了浅粉色的内裤。下课后小雪照例回家了，女生们一回宿舍就炸了营：“显摆也得显得差不多点儿，”郎玉生一张嘴就像刀子，“别在哪儿都显。男生就在旁边操场上，粉红色儿的谁看不见？真是，越是表面文雅的人越能干出这老太太喝稀粥——无齿（耻）下流的事儿来！”——说的太难听了，我忍不住站出来辩护。

“得了方菁，别为你的朋友辩护啦，哼，我不说就是了，别打量我瞧不见！我郎玉生眼里可不揉沙子！”

其余的人见要吵起来，一哄而上，王妮妮上去就堵郎玉生的嘴，李宝明和张丹来拉我，袁敏却冷冷地说：“要说郎玉生说得也有道理。天底下的事儿哪儿那么巧？今天做双杠练习，今天就来条小红裤衩儿？就说男生没注意，体育老师不是男的？抱着大腿掰来掰去的好看？所以说，方菁你要真的为她好，就该劝她注意点儿。人格这个东西太重要了，特别是年轻女同志，得学会自重才成……”

袁敏胡萝卜加大棒地抡了一通，那模样儿活脱一个尖酸刻薄的女政工干部，气得我心里只怨小雪不注意给人落下话柄儿，下午连工业企业财务的作业也没心思做了，直到晚饭时候，郎玉生主动找我道歉才舒坦了点儿。

“我承认我话说重了，可我只给你一人道歉，”郎玉生露出一口透明细小的牙齿，“咱说话不是没根据，告诉你吧，上星期天早上我起床晚了，去附近小铺吃早点，郗小雪也拎着个手提饭盒去了，你猜怎么着？我一眼就看见那个搪瓷饭盒是吴德志的！就是咱们春游那天他用来装汽锅鸡的，那是咱北京的产品，当地根本就没有！知道吗？告诉你，当时我就怀疑那些好吃的是被人偷走的……你不信？方菁呀，咱们还是那句话：将来你被人卖了你还得帮人数钱哪。”

我怔了一下。不，不可能，肯定只是巧合。小雪家过去也在北京住过呀，怎么就见得没有买过北京的手提搪瓷饭盒呢？

第二天早上小雪一到，我的疑虑完全烟消云散。她满面春风，脸上还扑了淡淡的粉，愈发把眉眼衬得鲜明。新换了一件浅绿银点的裙子，那对红樱桃装饰珠把黑发绾得高高的，青柳条似的摇曳着坐到位子上，还给了袁敏甜甜的一个笑，那是种让人不得不有所表示的笑。即使是袁敏这样的人竟也下意识地咧开了嘴，当然她事后一定是会后悔的。

第二节课后是广播体操时间，休息二十分钟，女生们照例回宿舍。小雪便拿了许多剥好的新鲜松子分给大家，喷香的松子谁不爱吃？只有郎玉生强忍着不来拿。小雪便捧了满满一把给她送去：“都说伶牙俐齿的人是吃松子儿长大的，你偏不爱吃？我就不信。平时挺痛快的人怎么今儿倒装起假来啦？”妩媚地笑着往手上放，不由得郎玉生不接。平时出名的辣子红了脸，小雪倒若无其事。大家都捧着把松子儿来凑趣儿，话也格外多。反像是经过了昨天那事儿倒亲热了似的，只等上课铃又打响，小雪像根青杨柳摇出去的时候，郎玉生才满脸是悔。“哼，几颗破松子儿，堵人的嘴呀？”她悔得不行，可“破松子”已吞进肚子吐不出来了。从不爱在人前说人的张丹悄悄在我耳边笑笑："跟人家学着点儿，你昨天白为人吵了一架，整个儿一个垫背的！"

下课之后小雪便走过来，亲昵地趴在我鬓边说："我上课一直在看着你，你还是梳这样的马尾巴好看，真的，就别改发型了。衬衫的花色一般了点儿，最近我那儿有块料子挺漂亮的，你要喜欢，就送你做衬衫？"然后又极温柔地为我整整鬓发，"昨天下午不知怎的，特别想你。今儿的松子儿其实是为你带的，又怕单给你一个人不好，才多带了点儿。昨晚我一颗颗剥的呢。你呢？想我了吗？"她歪头看看我，娇嗔地嘟起小嘴，"一看你就没想我，是不是？"我不知说什么才好。袁敏从位子旁边过去酸溜溜地嚷了一声："哟，小心把耳朵咬掉喽！"

"你这么会哄人儿，将来哪个男的在你手里都能变泥巴团儿——"我扑哧一笑。

她轻轻打了我一巴掌："你也学得这么坏！什么男的，我一辈子都不嫁人，你看着吧。"说罢，咬着嘴唇笑，左腮上那个淡淡的笑靥透出一股妖娆。

我以为小雪早已修炼出金刚不坏之身了呢，谁知当天下午便露了馅儿，可叫人抓着把柄了。下午是班委组织的集体练歌，为即将到来的五四青年节歌咏大赛做准备的。学校规定所有学生都要参加，还要评奖，决名次。讨论了半天，大家一致选定了电影《海外赤子》插曲《生活是这样美好》和美国歌曲《铃儿响叮当》两首歌。由张丹教唱。张丹以前学过美声唱法，唱起歌来很有味道，听着她那深沉美妙的胸腔共鸣，我们才突然悟到她的胸脯为什么那般异常发达。洗澡的时候我们悄悄排了座次，张丹的胸脯应当名列第一，只是胯太大，腿太粗，体形算不上美；何小桃个子高却不长胸脯，上窄下宽的"地中海式"体形；郎玉生形体苗条却一点儿不性感；袁敏体态丰腴却粗糙得像农妇；小胖子王妮妮上下一般粗是不用说的了；大姐李宝明洗澡从来都是背对着我们，因此对她的评价无法全面，只能看见她厚厚的沾满肥皂的脊背在被湿毛巾来回搓洗的时候露出赭石色，海豚般一耸一耸的。蒙大家公认我的身体还算标准，只是腿部曲线不那么好看。总之，大家都不十全十美。只有小雪从不和我们一起洗澡，可看外形也过于嫩弱了一些，在张丹、袁敏这些熟透了的葡萄旁边一站，她便像根没长好的豆芽菜了。

我这才发现张丹原来这么喜欢唱歌，唱第一支的时候还有些腼腆，后来就一支接一支唱上瘾了，让大家听得瞠目结舌。唱歌的时候张丹变得神采飞扬，比平时要美上十倍。我奇怪她这么爱唱歌的人平时竟连哼也未曾哼过一句，难怪那么漂亮的人成天死气沉沉的，原来只有唱歌她才能活。

于是开始学唱《生活是这样美好》。起先大家还没注意，后来轮到一小段女声合唱，也就是“飞向生活，生活是这样美好，飞向明天，明天是这样辉煌，我愿做一只百灵，在阳光下自由地飞翔”……因为只有八个女生，声音便都听得清清楚楚。张丹教了半天，总觉得不对劲儿。郎玉生便在下面小声嘟囔了一句：“有人左嗓儿，还能唱得好！”大家都听见了，都找左嗓儿的人，又唱，小雪只低头看着歌片，动也不动，光张嘴却发不出声音，脸煞白。袁敏说：“大家都要唱！要维护集体的荣誉。”小雪蹭到我身边问我要不要看歌片，我心里全明白了，就悄悄拉一下她的手。她壮起胆子唱了，果然走调儿走得厉害，完全不会唱歌。只是声音极小，除我之外大概无人听到。

于是郎玉生的脸上就冷冷地有了笑容了。上晚自习的时候，叽叽喳喳的，像是故意叫男生听到。“唉，平常只听说左嗓儿左嗓儿的，还真是头一回见过。”“一走嗓子不要紧，大伙儿全跟着走。”“咯咯咯咯，”郎玉生笑出一串珠圆玉润的音符，“这就叫一条鱼惹得一锅腥”！“不过，大学生里这样的人还真少。”“真是，人不可貌相呀！……”

终于把男生的好奇心惹起来了。唐晓峰抻着细脖子问：“你们说谁哪——”于是郎玉生、袁敏她们再不说话，男生堆里又是一阵窃窃私语，接着又是“噢噢”之类的感叹。我忍不住回头狠狠瞪了他们一眼。袁敏脸上挂不住，把头低了。郎玉生却嘻嘻一笑：“怎么着方菁？又要为你朋友打抱不平哪？”这一句等于捅穿了。我很不明白为什么有些人（似乎还不是少数）把许多的时间精力、许多的才华，甚至整整一生都花费在关心琢磨和对付别人上面，我不明白这种人生存的意义究竟何在，只隐隐感到这种攻击者本身也缺乏一种安全感。引起的反应或抗争或麻木，不在乎的超然是为数很少的。小雪大概要算勇士了。我自度不行，于是只能灰乎乎地装饰，灰乎乎地做人，却又不肯彻底灰乎乎地做人，我的悲剧大概就在这里。

我不愿再在自习室听这些无聊的议论。正是下午三点多钟，阳光特别明媚。我信步走到校园那个树木荟萃的角落。这里大概有十余种树。这样美的南方的树！槟榔、芭蕉、棕榈、漆树、梧桐……像一个庞大的氏族部落，棵棵在阳光下浸出浓绿，就连阳光也被染得绿森森的。海风遥遥地吹，槟榔树那精致的叶子在轻微地抖着。这个绿色的氏族部落都在抖着，改变着阳光的颜色。火一样的光线在浓荫下变成冰凉清新的绿色饮料，这是那种使人镇定安神的饮料。我的火气平息下来。渐渐地，辨出有人在树木的低语中背诵着一段课文：

“……在交换过程中，一种商品的价值偶然地表现在另一种商品上。这种价值形态叫作简单的或偶然的价值形态。它可以用下面的等式来表示：一只绵羊＝两把斧子……”

听声音我就知道是谁。果然，一个绿色的人形从树丛中走出来。

“方菁。”

“哦……是你。这么用功？”

“在这儿用功是一种享受。”他的笑容里带出几分得意，“这是我的领地。你怎么找到这儿来了？”

郑轩应当算我们班最守纪律的学生。他个子高高的，站着和人聊天的时候总习惯把脚并拢，笔管条直。睁大一双鱼目，皱起两道蚕眉。绷着的时候多了，笑起来就有点别扭。

可无论怎样他是个老实人，何况他有一本极标准、极清洁、极全面的笔记——他几乎把老师讲的每句话都记录在案了。每逢关键时刻这本笔记便红极一时，郑轩本人也被大家宝贝似的争来夺去。那时候的郑轩，脸红红的常涨成紫棠色，带着一种老实人的骄矜，一双脚不断地转移地方又不断地并拢，重复动作一天要做上数百次。可那个时候一过，笔记本和它的主人便无人问津，只有郎玉生们见了他嘻嘻一笑：“稍息，郑轩，别老立正，首长已经过去了。”说着就摇摇摆摆地走过，气得郑轩的蚕眉常倒竖着。

“……看你好像有点儿不高兴？”郑轩站在我面前，双脚并拢，极认真地圆睁一双鱼目。

“……哦，没有。我……”我心不在焉，又有点无话可说。

瞎聊了一会儿，他说：“校园北门外新开了一家鱼餐馆，还不错。我们一起去吃顿饭吧！……当然，如果你不介意的话。”他的脸又红红的涨成紫棠色。

我怔了怔，想不出什么拒绝的理由。何况我确实想吃点儿什么，此时是下午五点了，再过一会儿，餐馆就会拥挤不堪。

没想到等菜的时间这么长。郑轩坐得直直的，双手伏在桌上，鼻尖儿上还有细细的汗。

“方菁，我很喜欢你……那篇作文。”（这个大喘气真把我吓了一跳）我那篇作文写的是北京郊区龙门涧的景色。唐放在后面用朱笔批道：“文章寄至味于淡泊，颇见功力，只是个别地方写得太实。好文章贵在虚实结合，太虚则不诚，太实则不灵。白石老人‘似与不似之间’或可解。”当时看了评语，还真想下决心找一下“似与不似”的感觉。现在时过境迁，早扔到爪哇国里，却想不到竟有人不但对我那篇短文铭记不忘，连唐放的“批示”也背得一字不差。我感动之余又有点惊奇。

“北京真的有那么好玩的地方吗？”

“当然啦。龙门涧，你没听说过？”

“……将来要是有那么一天，咱们一起去龙门涧玩玩，也算是三生有幸。”他腼腆地笑笑。这时菜来了，他站起来，很殷勤地布菜。我夹了个鱼圆含混不清地说：“这太容易了，今年我和我哥暑假回去，你就可以跟我们一起去嘛！”

“哦……哦……”他也嚼着一个鱼圆，大约是烫了一下，没说出话。这鱼圆比起阿圭的手艺差得多啦。

“知道吗？我也很喜欢文学，”他嗫嚅着，“尤其喜欢诗。”接着，他开始给我朗诵一首他的近作：

要么让理性把我引向辉煌的殿堂

要么让热情把我抛入生活的海洋

可是我什么都没有啊

只能面对着天堂和地狱彷徨！

这是一首足有百十来行的长诗，他念起来便一发而不可收，脖子上的脉管胀得老粗，一跳一跳的，旁边用餐的人们都惊奇地看着他。我放下了筷子，一双眼睛不知往哪儿看才好。

“……怎么样？你认为？”终于念完了，他满头大汗，气喘吁吁地喝了口酒。

“……说真的，我不太喜欢。”

他呆呆地盯着我。

“我觉得，诗这种东西是需要一种灵性的……并不是人人都可以当诗人。”

“主席讲过‘诗言志’嘛！难道你喜欢那些狗屁不通的朦胧诗？有首诗写了红樱桃又写紫罗兰，这两种植物是同一季节生长的吗？还有首诗说黄昏里有淡蓝色的露水，这都是需要考证的！这种瞎写一气的怎么能叫诗呢？！”

“就在你考证的时候，诗神缪斯已经飞走了。”我说。

他又怔住了。

暮色悄悄染透餐桌旁那幅巨大的落地窗帘。那窗帘是淡青色丝绸的，上面用银线绣了些梅花。这里隐隐地能听见海潮的声音。

“现在好像没有什么人敢在夜里去银石滩了。”他忽然皱起鼻子讥诮地说。

“你呢？你敢吗？”

服务员来收拾桌子了。郑轩做了个等一等的手势，很精细地把每个盘子里的剩菜一点点地吃净，连一口残酒也不留下。我顿时感觉到这顿饭对他来讲意味着什么。摸摸兜里只剩了几个钢蹦儿，我悔恨不已。

“我当然敢。”他用剩汤涮净了每一个盘子，然后慢慢地倒进嘴里。我移开了眼睛。

“我是个彻底的唯物主义者，从来不信什么鬼啦神啦的。那次春游不过是巧合，瞧把咱班这帮人吓的！”他很别扭地笑笑，“没出息！”

我也很别扭地笑笑，努力想找句话回答他，却感到无话可说。出于礼貌我又枯坐了一会儿。

从鱼餐馆出来天已全黑了，我找了个借口和郑轩分了手，一个人茫然地在黑暗中走着。哥哥的小屋就在附近，那儿每天都聚着许多人，我不想凑那个热闹。信步走着，月光下渐渐能辨出一株老榕树的影子。哦，原来快到小雪的家了。老榕树那石化了的胡须，那枯萎的根，这时都在月光下变得紫幽幽的。双层小木楼这时看上去有点歪，就像安徒生童话里那些歪歪倒倒的小房子。那些小房子里往往会走出个挎篮子的老婆婆，篮子里装着一只肥大的丹麦烤鹅。

那门竟真的响了一声。不过走出来的不是老太婆，而是个娉娉婷婷的女孩，手里拿了个塞得鼓鼓的壮锦袋，青杨柳似的一闪，就在黑暗中不见了。

小雪！我急忙跟上去。小丫头！这么晚了也不知道害怕！我把自己隐蔽在她身后的影子里，那条黑影在银白的月光里摆着。月亮是浅黄色的，很温馨，不像北方月亮那么冷，周围树的投影都很鲜明，反差强烈，像一幅黑白木刻，线条简洁得像肯特的手笔。

前面的黑影竟拐进了一条漆黑的巷子。月光只把巷子两侧的高墙勾勒出银白的边缘，里面却黑洞洞的似走进了深井，我怀疑自己跟错了人。可拐来拐去的，我早已忘掉了来路，细细的汗从太阳穴渗出来。幸好眼睛已与周围的黑暗渐渐适应，能辨出脚下踩着一条铺细石子的甬道，两侧的高墙似乎还插着些尖棱角碎玻璃，死一般的寂。静寂中前面高跟鞋的笃笃声很清晰。的确是小雪。我没什么可怀疑的了。

终于走出了那迷宫一般的巷子，来到开阔地了。脚下变成了小方格子的水泥路面，一幢造型考究的小楼坐落在花丛中，有些像上海的那种花园洋房，但显得更排场，更落落大方，树木也繁多。小雪在门口台阶停下来，似乎在悄悄听着什么。隔了好半天，才整整裙子，把那个织锦袋夹在腋下，轻轻地敲了几下门。

这时我早已被好奇心压倒，不想扑上去吓唬她了。真奇怪，小雪从没对我讲起过她还认识这么一家人家。门缝一闪，半个人影探出来，能看出是个女的，然后小雪便很利索地侧身进去，门随即关上。

我停在一株芭蕉后面。海潮声很近，月亮停留在这幢小楼的尖顶，变成半透明。我忽然发现这是石林以西的地方，因为海潮声明明在东边，而且那个巨大的露天剧场的舞台在月光中显现出清晰的剪影。石林以西，听人说是华侨居住区呀，小雪跑到这儿来干什么？

我悄悄跑上台阶，伏在窗台上。这是那种在当时算是相当考究的双层窗帘，只关闭了尼龙纱的那一层，因此从剔空花纹的缝隙里还能看到一点室内的情形。我看见正对着我的是个坐在躺椅上的胖女人，衣着华丽，虽胖却胖得很美，有一种掩饰不住的富贵气，样子挺和气的。从小雪的背影可以猜到她的神态。她的头发紧贴在沙发边缘，两颗鲜红的装饰珠在华丽的灯彩下闪闪发亮。一个年轻的小保姆捧了个茶碟子来。此地讲究用小瓷盅喝茶（像杯那么大小的盅子），一壶壶地泡，一杯杯地喝，说多长时间的话就要喝多长时间的茶。小雪很随便地用两个指头夹着小杯子，好像是那女人说了句什么，她便把杯子放下了，从那个织锦袋里拿出件闪闪发亮的东西。抖开来一看，原来是件衣裳，孔雀蓝的颜色织进了金银线花纹，富丽堂皇的很耀眼。那女人在身上比试了一会儿，又笑着走开——大概是进屋去试衣裳了。莫非是小雪帮她买的？正疑惑着，小雪站了起来——这客厅很大，西面墙上挂着幅大壁毯，上面是马蒂斯风格的图案，璎珞一直垂到那个长条书案上。北面墙挂着幅油画，路易式镜框，隐约像是奥地利画家克里木特的《人生三部曲》。这幅画我印象很深，稚嫩的女孩、年轻的母亲和一身皱皮的老妪很奇妙地被组装在同一框架里。画面背景上似乎隐藏着许多神秘的符号，那大概就是无数的人生之谜。画下面是个多用柜，珠宝格里放着几件古董，下面则零零落落地放着几本书。从房间的布置可以看出主人高雅的审美趣味。东面我的视线已不能及。南面是窗，即我站着的地方。

小雪此时已经移到多用柜前，抬头看那幅油画。那个裸身的年轻母亲歪着头，抱着那个美丽的女孩，长发掩蔽了她半个身子。这一瞬间似乎很长，并且凝固了。小雪看画的姿势没变，一只手却伸进多用柜里拿出一本书，放入织锦袋。那动作极为娴熟，就像干过无数次似的。

我不相信自己的眼睛，她大概也不相信，起码是做出不相信的样子。就像有个哲学家讲过的："头脑能使之如此，形态就确能如此。"当女主人穿着那件金光闪烁的衣裳走进来的时候，小雪正很娴雅地踱来踱去。她们两个不知在说什么。我还在想着刚才那个动作，那个动作像重复镜头似的不断出现。她们还在说。她们两人都变了脸色，那个胖女人像是竭尽全力在保持着教养。接着。她终于很费力地脱去那件衣裳，那个年轻的保姆在帮着她。胖女人里面穿着一件很短的连乳罩的内衣，肉色的，紧绷着肥满的胸腹部。两条腿子几乎是光着的，奇怪的是她的腿一点不粗，很白，被深色的家具衬得鲜明。不过她这样半裸着好像一下子失去了原先那种雍容华贵的气度，变得有点儿滑稽了。小雪抱着膀子不慌不忙地说着，一副居高临下的样子。我能想象此时她大概正用锥子似的目光在刺着胖女人的胸脯。她们越吵越凶，想必已达到相当高的分贝，我在窗外竟也隐约能听见了，可惜那胖女人说话我一个字也不懂。这时我听见小雪理直气壮地说："你嫌料子少了，拿证据嘛！拿不出证据就别胡说八道……"然后那胖女人又不知说什么，小雪说："我给你出个主意好不好？你可以把这衣裳拆开再重拼起来，看看料子是不是少了，如果没少，你得出双倍的工钱，还得补偿一笔名誉损失费！"小雪在说这话的时候，从容不迫，还带着种轻蔑的笑容。她的笑向来是迷人的，可今天我才发现那迷人的妩媚中似乎还藏着一种邪恶和狠毒。我眼睛都变凉了，突突地冒着冷雾，眼前模糊起来。那胖女人听了这话，便不再作声了。紧紧地裹了件旧袍子，系上腰带，仍坐在原先的藤椅上，一只手撑着前额，一动不动，小保姆便拿了一沓钱递给小雪。小雪收了钱，笑吟吟地不知轻轻说了句什么，就离开了，直到门响，我才下意识地闪过一旁。小雪并没注意我，她把那只装着书的织锦袋绕在手臂上，一甩一甩地，活泼泼地走进黑暗里。

我的心也完全沉浸到黑暗里，像是被一个邪恶的梦窒息了。我体内流动着循环着的那一切统统凝固了，周围的真实存在似乎成了一片虚幻，我甚至不敢迈脚踏上那石阶。我搞不清它是真的还是幻影，好像一踏上它，就有可能突然落进万丈深渊。在黑色的梦魇里，一个蛇发少女揭开面纱，发出狞笑。

但愿这一切都不是真的！

来到哥哥的小屋已经是半夜了，我的脑子里涌动着蜂群，片刻也静不下来。我并不想对他说什么，不过是害怕一个人孤独地度过不眠之夜。他历来轻看我，认为我是个书呆子味十足的小丫头，他一点儿也不知道这大半年来我的飞速进步。在我这种家庭里，父母在某些事情上总是对孩子讳莫如深，好像我不是个人，倒像是个念书的机器似的。哥哥他们管不了，就集中力量管我，希望我有“出息”。我呢，也想“争气”，以报答他们的养育之恩。我是爸爸妈妈的宝贝女儿，对于这点，哥哥一向不以为然。

妈妈由于不喜欢梅姐姐也株连到哥哥。母子之间埋着根导火索，碰碰就要炸。妈妈把对哥哥的那份爱也转移到我身上。她确是个能干的妈妈，从小就包揽我的一切，上中学的时候她还要给我编小辫。后来，很多没远见的家长都叫孩子上了技校（那时提倡以学为主，兼学别样），可妈妈却很坚定地让我念高中，好像知道若干年后高考制度要改革似的。高中毕业后我分到一个粮食加工厂的机电科当工人，似乎也没有什么吃不消。妈妈逢人便说：“我们菁菁是个有福气的人，随遇而安……”她常常这么夸奖我，弄得我尴尬极了。这次报考大学也是她的安排：“你一定要学经济，菁菁，将来你这个专业一定是最热的……哎呀，文学艺术那些玩意儿都是虚无缥缈，妈妈搞了一辈子搞出什么名堂来啦……”我的考分没有达到名牌大学的标准，她便很果断地决定：宁肯上个一般大学也不再考二次了，只要是经济系就行。爸爸对此略有些异议，她便瞪了他一眼：“你知道什么？这种事情必须赶先不赶后，有眼前的机会不抓住，空想着将来有什么用？将来有机会再说将来的！”妈妈的确是太精明强干了，因此我懦弱无能。临行前她悄悄哭了几次，我也哭了。可真正离开了，我反而觉得像是松了口气似的。大概是妈妈的爱太沉重了，我承受起来感到累。

假如妈妈知道我结交了郗小雪这样的朋友会怎么样？

那天晚上，我悄悄打开小雪借给我的那本《十日谈》，找到那个魔鬼和地狱的故事读起来。读罢想了想，忽然开窍，心里便跳得像揣了一窝兔子。难道人都是这样子的吗？难道爸爸妈妈也是这样？他们是多么地循规蹈矩、道貌岸然呀！我想得出神了，第二天便去问小雪。她轻轻打了我一掌，捂着嘴嫣然一笑："方菁，我真服你了！这是小学生提的问题呀！你可真是……"我的脸烧成块火炭："我过去真的不懂，不是装假……""谁说你装假？"她温柔地盯着我，"我只是说，你可真是……真是白活了！"我被她说得无地自容，可看她那种老练的样子，又忍不住问："那么你……你是不是有很多体验了呢？"她哧地一笑，颊上飞起两朵红晕："去你的！"于是我们俩都陷入一种未婚姑娘那种神秘迷茫的想象中。半晌她正色道："其实我也不懂，咱们都懂得太少了。""懂那么多也没什么好处，"我急忙说，"还是多懂点正经的好。"没想到她冷冷地一笑："依你说，什么是正经的？念书？这种书有什么可念的，把人都念傻了！我倒觉得，咱们应当多懂点儿这些，什么是人生？这就是人生！"

我吓了一跳，一时半会儿，也想不出什么反驳她的词儿。她便把那天在课堂上看的那本书递给我。"现在，你可以看看这个了，别借给别人，嗯？"这本书的题目叫作《Making love》（做爱）。

我心里锁着的那个家伙又活了，搅得我神不守舍。我知道自己正在慢慢变坏，可"好"和"坏"的界线究竟在哪儿？一个人不可能从不跨越界线而靠经验去寻找界线在哪儿。也就是说，要知道界线便必须越界。人大概常常把自己陷入这种悖论中而无法摆脱尴尬的处境。

哥哥半夜才归窝儿。如我所料，他毫不注意我的样子，一边把捡回来的宝贝各就各位，一边兴致勃勃地谈他的最新发现。

“……看来，我给你讲过的那种海妖的歌声，很可能是海豚的定位回声！……海豚发出每秒十至五十次的大串辐射定位信息，脉冲频率可以提得很高，而且海豚的听觉系统很完善，对声音的感觉能力比人类还要强。海豚是有声带的，信吗？而且是非常发达的声带……”

他滔滔不绝地讲，而我什么也听不进去。谢天谢地他总算看了我一眼。

“怎么了菁菁？像被人浇了的泥巴人儿似的？”

我想回答一句什么，可口一张，哭声就冒了出来。我索性痛痛快快地哭了一场，就像小时候受了欺负回来，向家里人哭出无限的委屈。

哥哥完全被我吓傻了。

几天之后，小雪果然穿出一件黑绉纱的无袖裙，领子和下摆都缀了极宽大的孔雀蓝嵌金银线的花边，很华贵。别说同学，就连讲课老师的眼睛也常不由自主地落在她身上。一下课，她便像只蝴蝶似的栖在我旁边：“菁菁，你看怎么样？”“很好。”我连头也没抬。“你喜欢就送给你。”她的声音又甜又软，简直腻到人心里。“没那个福气。”我厌恶地盯着那宽大的闪光的花边。假如我不知道它的来路或许会喜欢的，是不是任何东西一旦消失了神秘感都会令人轻蔑？

“你怎么了？”

不抬眼我也知道她是副什么表情。那双黑丝绒样的眼睛里一定闪着柔光，嘴唇一定弯成一条浅红色的弧线。哼，少来这一套！来什么我也不信了！

“菁菁，真的，你怎么了？”小雪索性就在我旁边坐下了，一只手碰碰我的额头，“是不舒服了吗？”

我咬着牙不说话。假如我这时说出一句话，一定是十二万分恶毒的，让她一辈子都能记住！

“我陪你到医务室去看看？”声音柔得连铁石心肠也要打动。

“用不着。”

“你生气了？是生我的气了吗？我做了什么错事？……”天哪，她简直像个小天使。我的决心在动摇，我宁肯相信是自己的眼睛出了毛病。一股淡淡的槟榔清香搅得我心绪不安，她这样一个娇弱文雅的人儿，难道真的会干出那种事吗？会不会有什么别的原因呢？不不，那天晚上的情景分明像浮雕般刻在记忆上，改变不了。什么也改变不了。

一连几天我不理她。她的神色颇有些怆然了。第二天，她便脱去了那件衣服，换了一件浅灰色极朴素的棉布裙子（不过说句老实话，即使这条裙子她穿着也显得很有韵味儿）。仍是上课来，放学走，一分钟也不多待，有两次我忘了上什么课，没带全课本和作业本，她仍记着帮我从宿舍里拿来。她原本就不大爱和旁的同学说话，现在话更少了，什么都用淡淡一笑代替，笑容也远不似过去那般粲然。看她这样子，我几次都动了恻隐之心。无论如何，她还是很看重友情的，对朋友她还是很真诚的呀！这么想着，却始终忘不了那天晚上的事儿，想想就烦得慌。

渐渐地，别的同学看出来了，便有人很关心地来问，我只字不说。大概也有人问过她，她一定也保持缄默。于是大家猜测着。郎玉生、袁敏她们明显地倒向我，公然对她表示冷淡。我当然并不希望她们这么做。这使我良心不安。“五四青年节歌咏大赛”结束后，我们系名落孙山，便有人当着小雪的面甩出闲话：“知道自己左嗓儿就别参加了，也别光顾了自己出风头，不为班集体的荣誉考虑考虑！”小雪脸色煞白，一声不吭地背着书包走了，看着她那孩子似的纤秀的背影，我真恨不得追上去安慰她几句。

歌咏大赛之后不久就是全校运动会。哥哥居然也报了个项目：男子跳远。据我所知他只是小学时干过这营生，谁知他又吃错什么药了呢？最近他明显地有什么心事瞒着我，总显得很疲惫，常常失眠的样子。偶尔去他那里一趟，便看到烟灰缸里塞满了烟头。不过他最近倒是忽然爱好起整洁来，小窝常收拾得挺惬意。我发现男的一过三十就变得不可捉摸，特别是这个时代的男人。

更没想到小雪报了个女子一千米。本来袁敏、郑轩他们还愁没人报呢，这项目整整空了两天。郎玉生便低声说：“她这是想捞回面子，上次赛歌儿不是栽了吗？”听见的瞧她一眼，都没有附和。

我报了个女子一百米短跑。学校的运动服不够，进了趟城也没买上合适的，正愁，回宿舍一看却有套洗得干净、叠得齐整的浅蓝色运动衣放在我床头。王妮妮斜我一眼：“郗小雪给你送来的。”她又嘻嘻一笑：“你们两口子怎么啦？打架啦？”弄得我啼笑皆非。王妮妮又很正经地说：“郑轩找过你好几次，那样子失魂落魄的。”“别胡说！”“真的，唐放前两天也找过你。哎呀呀，怎么就没人找我呀？”王妮妮伸开两条小胖胳膊，愁眉苦脸地嚷着。“妮妮，他们找我有什么事吗？”“他们有事能告诉我吗？”王妮妮扔过来一块巧克力糖，自己又吞了一颗，呜噜不清地说，“我看他们也没什么事。无非看你有才，长得好看，想找茬儿跟你多聊聊罢了！”王妮妮老是这样没正经，谁对她都毫无办法。我便换话题说：“妮妮，你天天吃巧克力哪儿来的钱？”“那还用问，可以这样记一笔分录嘛，借：妮妮的巧克力；贷：老头子的钱包……”正说笑着，郑轩敲门进来，果然是一副失魂落魄的样子，腋下夹着包衣服，眼睛直直地盯着我说：“方菁，听说你没有运动服，这是从外系借来的，你穿了试试！”我急忙谢过他的好意，告诉他我已有了，他便呆呆的不知说什么好。王妮妮在一旁当然饶不过他：“咱们新党员大班长可真够关心群众的！告诉你，张丹那儿还缺一双运动鞋，你快去想想办法！”说得郑轩待不住，只好走了。我暗想妮妮倒是消息灵通。郑轩何时入的党，我竟不知道。

操场上早已人声鼎沸，数十面彩旗飞舞。主席台上委员们已基本到齐，几个体育老师轮流在高音喇叭里亮着嗓子。操场边热热闹闹地全挤满了人，好多当地居民也赶来看热闹了。当地人的肤色都是茶褐色的，像阿圭那样，因此一眼便辨得出。个子又矮，又爱哇啦哇啦地叫，更让操场的声音震耳欲聋。我在人丛中一眼认出小雪：她穿一身雪白的运动服，只在外侧腿、臂部镶有一条鲜明的红线，头发仍被那对红色装饰珠束着。这身白衣服配着她那忧郁的神情，显得特别楚楚动人。很多人的眼光都停在她身上，她似乎无所觉察，只呆呆地站着，和人群保持一定距离，遥遥地望着海。我忽然有个极强烈的感觉：她和海很亲近！仿佛远远比和人要亲近得多！她好像和那遥远的海有着一种神秘的默契——他们在互相呼唤着。她的内心世界无法识破。她那双黑天鹅绒一般的眼睛便是遮蔽她内心的帏幕。她站在那儿，像一棵安静的孤零零的植物。

近来我们很少正面碰到过，偶尔碰见了，我也不睬她。她脸上就掠过一种说不出来的凄惶，那神情简直是对我的一种折磨，我只好尽量回避她。然而，她那种潜移默化的影响力我却无法回避。她依然占据着我的生活，悄悄地给予我各种方便，各种小小的柔情，我明白我无法摆脱她——她早已成为我生活中很重要的一部分了。

女子一千米项目拖到下午才进行。第一圈儿，小雪遥遥领先。大概她身子比旁人轻许多，因此跑起来像在飞。远远望去，那一身白色确实好看，周围便有不少人在打听。哥哥心不在焉地看着比赛不知在想什么。刚才跳远时他也是心不在焉地没踏上跳板，落了个倒数第一。最近他总是心不在焉，好像什么也无法打动他。那天晚上我哭得他慌了神儿，不知发生了什么事情，问我，我只字不说，急得他暴跳如雷。到了我哭累了，倒在他的床上沉沉睡去，害得他躺了一夜椅子。哥哥这个人，表面上稀里糊涂，其实是个极严肃的人，只不过岁月把他少年时的那种愤世嫉俗转化成为一种更为冷峻的东西，以一种幽默的方式表现出来。不了解他的人常认为他是个什么都不在乎的乐天派，他也很愿意并很习惯被人们这么认为。如果谁真的识破了他，他大概倒是会比较恼恨。“在彻悟人生之后倒会很轻松地活着。”他那天这样劝我，以为我不懂，需要解释，所以又说了一句：“感情上的悲观主义者常常庸人自扰。如果你成为一个真正的理智上的悲观主义者，你对待生活便会很乐观了。”但是我知道他永远不会成为他所希望成为的那种人。他有热情，一种不断被惰性所困扰的热情；他有脾气，一种显然修炼不到家的“老小孩儿”脾气。别看他平时像只温和的大海豚，暴怒起来他也会突然变成一只雄狮的。

第二圈开始了。从我们身边跑过去的时候，我发现小雪出了很多汗，头发都被汗水打成绺儿，后背前胸完全湿透了，天哪，到底是出了什么事？她好像气力不支了。现在她不再像只凌空飞舞的白色鸟，而是像片苍白的小树叶子被旋风卷得翻飞不已了。那本来就白的脸现在白得吓人，姿势也变得越来越别扭，像是一个劲儿在往前栽，又像是想弯下腰去捡什么东西——周围加油的声音震耳欲聋，加油声中，历史系一个红衣姑娘渐渐接近了小雪。我们班的男生简直疯了，唐晓峰爬到一辆自行车上大喊大叫，一群自发的啦啦队员们附和着他。最后半圈的时候，小雪像是闭着眼睛在跑，她已经不行了，汗水浸透了她的全身，每跑一步仿佛都会突然倒下，崩溃，变成一堆苍白的碎片，或者像那只可怜的夜光虫那样，爆发出来之后便通体透明地死去。我真想上去拉住她，求她别再跑了。终于，就在那个红衣姑娘离她只有半步的时候，她的胸部撞了线。欢呼声、鼓掌声像是要把操场抬起来了，我拼命地从人群中挤过去，看见负责搀扶的张丹和何小桃一边一个架着她，慢慢地向场外走。人群中发出感叹的声音。我回头看，哥哥不知何时已经离去。我冲出重围，见小雪在张丹、小桃的搀扶下慢慢移动着，看见我，她把一双被汗水浸红的眼睛睁得很大，看不清她的表情，只觉得她脸上青森森的，像是被汗水浸泡变了形，黑睫毛上湿漉漉的，不知是汗还是泪。她挣出一只手指指我，我明白她的意思，便扶了她，让张丹她们先走了。她这才全身软下来，一下子靠在我的身上，动也不动了。我心里一热，她到底是拿我当最好的朋友的！我不来，她还硬撑着，也要强得太过了。我一手搂着她的腰，另一只手掏出手帕给她擦汗。天哪，她的汗怎么这么多，刚擦干一层，马上又涌出许多。摸摸额头，是冰凉的，嘴唇里似乎也冒着冷气，我这才慌了，拼命地叫人，可我的声音哪能和高音喇叭抗争？只好半背半抱地拖着她慢慢走，等到上了去她家的小道，我的后背也被汗水浸透了。

还算好，正没辙的时候哥哥赶到了，他是跑来的，大口喘着气："菁菁你真笨，怎么不从露天剧场那条路走，倒绕了这么个大圈子？""废话！我原先又没想到要送她回家。"我正没好气儿呢。哥哥被我噎得没吭声，看看小雪，他的眉头皱起来了。"怎么弄成这样子？"他自言自语了一句，把小雪从我的臂弯里接过去，这时我才突然感到右臂像断裂了似的疼。哥哥抬起头深深地看了我一眼，脸一下子沉下来。我的天！我这才发现小雪大腿内侧的白色运动裤已经被血浸红了一大片。摸摸，原先的血已结成紫色的硬痂，还有血继续向外流，我惊得说不出话来。哥哥板着铁青的脸用双臂托起小雪大步流星地向汽车站走，我知道他肯定是要去市医院挂急诊。小雪的头软软耷下来，双眸紧闭，头发有点乱了，长长地披散在哥哥筋节突起的胳膊上，在哥哥的怀里她简直像只小鸡雏。我蓦然涌出一股怜爱之情，急急地跑上去，把她那两颗快掉下来的红色装饰珠戴好。

市医院的急诊室拥挤肮脏，好多当地人躺在肮脏不堪的担架上被抬到这儿。急诊观察室进不去人，便都堵在走廊里，其拥挤程度使人想起大串联时的车厢。走廊里的空气让人一闻就想吐。哥哥把小雪抱到这里已是汗流浃背，偏巧门口的一个急诊病人上吐下泻，哥哥没站牢，一脚踩在秽物上几乎滑倒，看看，便忍不住地呕起来。我也呕，简直狼狈不堪。问问其他病人，才知道妇科还专有一个急诊室，得穿过这个走廊。哥哥青着脸，强忍着恶心，托着小雪跨过无数个担架和人脑袋，其艰难险阻不亚于二万五千里长征！

输了血，小雪很快便苏醒过来。她泪汪汪地叫了我一声。我便走过去握住她的手，仍是冰凉冰凉的。大夫在给她消毒做检查，我小心翼翼地把垫在她下身的垫子弄平，心里有些怕。那大夫看了我一眼，示意我走开。那大夫的手很重，她大概被弄得很疼，使劲皱着眉，牙齿咬得紧紧的，已发青的眼眶倒是慢慢缓过来。大夫查完了，把我拉在一旁："你是她家属？""是的。""是姐妹关系吧？""是。""哦。你这个妹妹到底是已婚还是未婚？""不是跟您说了吗？她未婚。""未婚，怎么处女膜早已破裂？"那大夫冷笑一声，"她有很严重的月经病，不像是青春期原发的那一种。……好啦，没大事儿，你们走吧！以后来例假的时候可别再玩命啦！"说完，她向小雪的两腿中间尖刻地瞥了一眼，便收拾器械不再理我。

我呆呆地望着小雪。灯光下，她光裸的双腿仍叉开着，白生生有如蜡塑，白得毫无生气。软弱无力的脚趾垂挂在检查架上轻轻颤动，像是半透明的。我想起前些年哥哥有一次逮来了田鸡，吊挂在铁丝架子上被剥了皮来烧烤的田鸡。无论是动物还是人，似乎都被冥冥中的那种力量摆布着，谁也无法抗拒。

哥哥还在外边等着，他可不会料到是这种结果。有一双泪汪汪的眼睛盯在我的脸上，我知道这个，于是转过了脸。

哥哥把小雪背到门口便走开了，像上次那样没进屋。老太太苍白着脸说："菩萨保佑！我给他老人家磕头没白磕！"我这才注意到她脑门儿上起了个铜钱大小的包。尽管这样她也没有阿圭脸上的那种深深的恐惧。那惠安女人尽力装作冷静，铺床的时候双手却抖得厉害。可能是手指太糙，她拉起了缎被上的一根丝，搅了半天才把手指抽出来。

"这孩子，月经紊乱……有好些年了，好些年了……"老太太蜡黄修长的手指熟练地捻着佛珠，她脸上没什么皱纹却并不显年轻，是不是因为她下眼睑那对突出的泪囊？我忽然觉得她的年龄简直可以做小雪的祖母了。"先前也没注意，谁知道就落下毛病了呢？……没法子，只能求菩萨保佑……我这是心到神知呀……"

厨房里飘出饭菜的香味儿。阿圭吼着："太太你莫尽说了，快把小姐的腌衣裤换下来，我来洗……"

老太太立刻变了脸："不懂规矩的东西！客人还在这里……"

瞧瞧又要吵起来，我急忙岔开话题："伯母，我晚饭没吃，还真的有些饿了呢。"老太太便吩咐："阿圭，饭菜多做些……""不消你说，我早预备好了的。"阿圭总是这般洒脱能干，老太太越发冒出无名怒火。这次我才发现，老太太确是什么活儿也不会干，动作奇慢，连划一根火柴也划不着，好容易划着了，又吓得扔在地上。阿圭便常用那双鬼气的眼睛扫她，露出恶毒的微笑。

饭菜端上来，一盘子四个米粑，都用鸡蛋裹着，油黄酥脆；砂锅里炖的一锅鲜汤，有鲜蛤肉、鱼片和花生；另有几个小碟子，装泡菜、薰鱼什么的。尝了一口汤，味道极好。小雪却怏怏的不想吃，再三劝，只吃了半碟子泡菜，又把米粑上的蛋皮扒下一个放在嘴里嚼。两个老太太都守在旁边，像伺候御膳似的，诚惶诚恐。直到小雪发烦："老站在这儿干什么呀？菁菁都没法儿吃啦……"这才走。阿圭又急忙拿来热手巾叫小雪揩脸，被她甩到一边。好在这一套我已见惯，已不觉新鲜了。

我饿极了，不管三七二十一大吃了一顿。小雪默默地往我碗里添菜添汤，挑出我最爱吃的鲜蛤肉，让我夹在米粑里吃。

"菁菁，你还会像过去那样对我好吗？"她忽然抬起头，黑睫毛上溢着一层泪水。

我望着她不作声。

她拉住我的手："这些日子……你到底怎么啦？……告诉我……"

"没什么……"

"咱们永远是好朋友，是吗？"她的被黑睫毛围着的眼睛亮得灼人，这回，我看清了那目光。那是一种什么样的目光！就像月光一般柔，一般美，一般淳厚。有这种目光的女孩子，心地一定比月亮还要洁白。我简直想把那疑团永远埋葬了。

“是……当然……”我吞吞吐吐的，反而不敢正视她的眼睛，倒像是自己做错了什么事儿似的。“可是……”

“可是什么？告诉我……”

我支吾了一阵，终于没有说，我宁肯把这件事永远忘掉。

“菁菁，刚才那大夫……对你说了什么吗？”

我摇头。

“骗人，她一定对你说了什么。”她的一只手搭在我手上，苍白而透明，能感觉到那手指的软弱无力，“菁菁，告诉你一个秘密：我十四岁那年就不是处女了。”

她的口气这样若无其事，就像是讲述一个悬念丛生的故事似的。

“好了，今天别说这些了，你休息吧……”我望望她那双倦怠的眼睛。那苍白的唇很模糊地消失在苍白的脸上，看不见轮廓线。

“不，我要说。你是我最好的朋友……你发誓不会说出去，是吗？……我要说，说了心里就痛快了……还记得……还记得上次我对你讲过的……我的男朋友……对，现在在国外的……”

我皱起眉头，又是国外的男朋友？！我刚刚想把那可怕的一幕遗忘，却又被她勾了起来，于是被打碎的那个苍白的幻影又重新拼接。她越来越难以捉摸了，她一定是有种编故事或讲故事的癖好，我真没法儿判断她的话哪句是真哪句是假。

十四年前，一个五岁的小女孩爱上了一个十二岁的男孩子。那个男孩是景山少年宫海生物小组的组长，是个非常聪明正派的孩子，他们是邻居。

“我哥哥过去也是少年宫海生物小组的。”

她没搭茬儿，似乎想得很着迷。

“后来，所有的课都停了。那男孩领着一帮小萝卜头，玩了差不多有一年多。那时候叫‘停课闹革命’，再大些的孩子们都串联去了，小孩子们乐得自在。”

“那时候什么没玩过？起先是大家一起玩，后来就剩了我们俩，那时我爸爸死了，别人都不理我了……”她的脸上泛起一阵阵虚弱的潮红，“他就把我领到他家去玩，他家有很多很多书，他给我讲故事，他知道很多很多，那时候，他总是幻想将来能设计一座海底公园……在大人们都不在的时候他悄悄地亲过我……后来我走了，他送了我很多书，喏，就是现在这些……”

那个重复出现的镜头又掠过，我皱了一下眉头。

“你不相信？”

“我……信。”

我下决心相信她，无论她说什么。

“我十四岁生日那天，下学回来，在路口那儿站了个人，我没想到……是他！”她恍然若梦，泪水在长长的黑睫毛上闪烁，“那天晚上，我们是在银石滩过的夜……那一夜好美啊！月亮是浅黄色的，像剪纸一样贴在天上。石林被一种紫色的雾笼罩着，海的响声很温柔，槟榔树叶的沙沙声也很温柔。在这个温柔的夜里，是神将分离之二人合而为一。”

她像是在做梦，她像是在作诗。我迷迷瞪瞪地看着她，我的确是困得要命了。

“那天晚上我一下子变成了一个美人儿。你懂吗？女人都是男人塑造的！……你爱的程度有多深就能变得多美！懂吗？……可后来，我……有病了，来例假时，疼得很厉害，你不是常常说我白得没血色吗？……可是我不后悔，我太爱他了！你懂吗……”她死死咬住被子不让自己哭出来，可那滚烫的泪水一滴滴地淌着，开水似的滚滚冒着蒸汽。我不知怎么安慰她才好。她双手使劲地拧绞那条毛巾，好像心里有种可怕的疯狂，毛巾被撕成了条条。

一条灰色的影子从半敞开的门投射进来。

“让她早些休息吧，”老太太神经质地，一刻不停地捻着佛珠，“菁菁，不是我不留你，你明天还要上课……”

我呆了，这老太太真能说得出口！现在已是深夜一点多钟，竟在这时候下逐客令！我苦笑着看看小雪，真怀疑这老太太神经是否还正常。

“她神经衰弱很厉害，”小雪向我解释，她已经不哭了，神情上带着一种深深的厌倦，“她的生活不能起一点变化。多个生人，多件新家具她也会睡不着觉……即使你一点响动也没有，她也会疑神疑鬼的……菁菁，只好委屈你了，今晚你到楼下阿圭的小房间里去睡吧，她会照顾你的……”

阿圭的房间很小，顶多有六平方米，亮着一盏昏暗的五瓦小灯。摆设也十分旧陋，却收拾得很干净，连桌上那个紫铜色的泡菜坛子也擦得能照见人。一个大笸箩里装着满满的碎布和针头线脑。阿圭很利索地把自己的被褥搭成了一个地铺，然后从箱子里拿出一套干净被褥，铺在那张摇摇晃晃的竹床上。我阻止她，她却说：“我怎么能跟你睡一个床？你是小姐的朋友，我是她的佣人哩！”说着，便麻利地脱光上衣，只穿一条半长的浅灰内裤，钻进被窝里。那条银色腰带大概是她很看重的，挂在箱子的提手上。我这才看见这个四十多岁的女人竟还有两只十分丰满的乳房，比她身体别的部位的皮肤显得白些。我闭了灯，屋里十分黑暗。在我头顶部位的地方，从天花板上垂下一个挂钩，挂着一个很大的竹篮子，不知受到什么振动，这时竟莫名其妙地轻轻摇晃起来。我有点怕，翻来翻去睡不着。

“怎么了？”阿圭在黑暗中用很难听的普通话问我，声音粗得像个男人。

“这……这篮子为什么要吊在这儿……”

“啊哈，篮子里满是点心哩！倒忘了问方小姐你吃不吃？……哦，不吃也罢，明朝再吃……这都是小姐平常给我的，我舍不得吃，都攒在这里……”

天哪，不知这是哪辈子的点心哩！难怪这屋里有那么一股难闻的哈喇油气……

“方小姐……”

“唔。说吧……”

“方小姐，你若睡不着，我倒有件事想求求你……”

尽管眼皮已不住打架，可我的好奇心还是被撩拨起来。阿圭很激动地撑起上身，打开灯。飘忽的亮光在她脸上忽明忽灭，她那张本来就有几分鬼气的脸现在看起来有点儿狞恶。她讲起话来非常用力，一股股的气流从疏落的齿缝里不断喷出来，两只大乳房也震颤着。我蒙着被子，只露了一道缝儿。

“方小姐，你能不能帮个忙，为小姐物色个好男人哪？”

我吃了一惊。阿圭的神色异常亢奋。

“依我看，小姐这病是想男人想的嘛！……论理我不该讲，”她批了自己脸一下，“可我真替她愁哩！”

想男人？难道阿圭知道小雪的事？我没说话，从那道缝儿里看着她的表情。

“小姐十四岁上……漂亮得像朵花，聪明崽开窍早，那时刚搬到这地方没多久，学校里没得多少课，周围也没个说话的人，想是她一个人也闷得很……后来……后来就染上那毛病……”

“什么？”我没听懂。

她变得语无伦次。大概是忽然有点儿犹豫，后来鼓起勇气讲，却又讲得含含糊糊。我怔怔地望着她，她顿了顿，又开始连说带比画，我仍然不明白。她见我如此木讷，叹了口气，闭了灯，不再说什么。我在黑暗中却忽然醒悟了，越明白，就越是不敢相信。那本《Making Love》里面讲过的，有些人有“手淫”的毛病，大多是男孩子。难道她竟染了这种恶习？……难道是她自己毁伤了自己？那么她刚刚讲的有关男朋友的一切又如何解释？现在了解的事实只有一个：她不是处女了。至于那个越界者是谁却无从知道。

“人们不可能从不跨越界线而靠经验寻找界线在哪里。”能总结出这个悖论的人定是个智者。这就是说，每个人一生中都有着许多越界的契机吧。

反正她们俩有一个在撒谎，可这种谎言照我看是毫无目的性的。假如说谎者是阿圭，难道她想诋毁她最心爱的“小姐”？假如是小雪，那就更莫名其妙了，除非撒谎本身能给予她某种快感，或者，满足她的虚荣心，再者，就是用谎言来掩饰她心里什么真正的念头。可这一切究竟有什么意义呢？

我不愿再想下去，再想下去就是黑暗，比眼前的黑暗还要可怕。

“你要劝劝她哟，方小姐，莫叫她自己作践自己哟……”阿圭显然在说梦话，翻了个身便响起响亮的鼾声，我却没了睡意。眼前那个大竹篮在黑暗里晃动着，好像随时有可能掉在我的脸上。接着又是嘎吱吱的一阵低响，确有什么往下落，我额前也沾了黏湿湿的一点，一摸，稀泥似的腻开。我慌了神，摸索着开灯，这才看到那竹篮子里竟露出硕大的一个老鼠头，一双灰幽幽的小眼珠在黑暗中咕噜噜地转。我惊叫了一声，那声音大概是大得可怕，那鼠头蓦然便缩回去了。

阿圭却闷头大睡，没有醒来。

何小桃是全班年龄最小的，比王妮妮还小几个月，刚开学时谁也没注意到她，只是她那两条亚麻色大辫子还算惹眼。开学那天她坐我旁边，像个职业记者似的在一个小时之内摸透了我全部履历。她虽啰嗦却并不让人讨厌，因为她的确是个穿着大人衣裳的孩子，总用那双朦朦胧胧的大近视眼很认真地看着这个世界。

最近她眼看着一天比一天俊秀，个子也长高许多，所以当她踏着夕阳从槟榔树下走来的时候，我简直把她当成写意画里的人物了。圆圆的脸蛋带着一种娇艳的水色，就像是白云笔蘸了朱膘在宣纸上慢慢晕开的那种效果。五官线条十分柔润，嘴唇上还长了一圈淡淡的柔毛，特别可爱。她上身细瘦，骨盆却很宽，走起路来一扭一扭的，风摆荷叶一般，恰似写意画中那些紧身衣大脚裤、憨态可掬的少女。

我不作声，迎面直走过去，直到鼻子快撞上了她才认出：“呀，方菁！”我咯咯笑出声来，接着便攻击她之所以不配眼镜儿是由于怕遮蔽了那双美丽的大近视眼。她憨笑着，承认一半是由于眼睛另一半却因最近有心事没注意看。

“不然，从你走路的姿势我也会认出来的，”她把两条亚麻色大辫子放在胸前拧来拧去，“咱班男生都说你走路像唐纳·薇（西方著名女影星，曾主演《苦海余生》）呢！你没听说？”

“我可不指望他们嘴里能说出好话来。”我反守为攻，“快坦白你最近有什么心事。”

她红了脸，扭扭捏捏地告诉我，她最近有了个男朋友，是在公共汽车上认识的。

“是个艺术家哩！有你哥那么高，留长头发和小胡子，那双眼睛……特别精神……”

“嗬！巴士奇遇结良缘哪？”我逗她。

“说正经的，你说……我是不是有点太那个……罗曼蒂克了？”

“这有什么？只要爱，就是高尚的……”我支支吾吾地敷衍了一阵，转身向自习室走，我又能说什么呢？活到了二十多岁，我还从不曾交过异性朋友。蓦然地，我心上掠过一阵悲哀。

我很早就有种心理障碍，和男孩子在一起的时候，总莫名其妙地感到拘谨，不舒展，不自在。我不能和他们自由地对话，包括哥哥。电影里总有些爱撒娇的妹妹，我这个当妹妹的却从不敢在哥哥面前撒娇，也不愿。自己就觉得恶心。我从不知道我在异性眼中的形象。我总是很自卑地感到，我在他们眼里一定是很乏味的，真的，男孩子只和我谈一些正儿八经的问题，很少开玩笑，从小就是这样。现在大了，表面上我和他们的关系随便多了，可骨子里一点没变，我总想匆匆逃开。我宁可跟女孩子们在一起，我拿得准女孩子们喜欢我：由于我的诚实、善良甚至由于我的直筒子脾气和不怎么会拐弯的心眼。可男孩子们恰恰讨厌这些，我的直觉这么告诉我。

将来不会有男孩子爱我，一定不会的。我一定会成为一个老处女，谁都觉得我好但谁都不要我。那么男孩子爱女孩子究竟爱的是什么呢？恐怕不是所谓的“好”吧？想到这些我便非常地糊涂。

晚自习没有上好，心里被一种莫名的情绪干扰着。那情绪像一股破土而出的热泉，咕嘟嘟的压抑不住。我心里紧张，怀疑是那个不安分的家伙又在动作，却又和往常不同，这次的动作带来了一种莫名其妙的亢奋。我感到自己的全身在发烧，手心很热，双手捂住脸，我心惊胆战地静了一会儿，不敢看周围的一切。很久，那股热泉才算流过去了，我简直想哭。

下了晚自习，我在小花园里遇见了唐放。

我觉得，他像是有意在那儿等我的。闲扯了几句，便不经意似的问起小雪的病情。我回答后，他沉吟片刻，提出让我带他去小雪家探病。“学生病了，老师得表示关心嘛！何况她还是我得意的学生。”他一本正经地说。

我们俩就沿着那条小路走。黑暗中他的眼睛亮得瘆人。“方菁，你怎么到现在还不交朋友？”他突然问。

我说我有朋友，他不信。他诡谲地一笑说：“你骗不了我，谁都别想骗我。”

我不说话了。海远远地像一条碎银的带子，天上孤悬一轮明月，幽静清冷。

“小时候我总以为，月亮是跟着人走的。”我说。

“其实那是我们自作多情。”他冷淡地说。

他忽然加快脚步，回头笑笑：“你为什么不问问我有没有朋友？”

我呆了一呆。

“你真是你们班唯一的厚道人。”他笑了。

“什么意思？”

“上次我就说过，你们班女孩子个个都有特点：郎玉生是五毒俱全，整个儿一个琏二奶奶转世；何小桃嘛，挺会卖弄风骚，可惜不够味儿，只能勾搭勾搭汽车上那号小白耗子；王妮妮还没性启蒙，将来万一有人要她，新婚之夜也得把她吓出神经病；张丹脸蛋儿还可以，可惜骨盆太宽，肯定不是处女了；你们那位老大姐，就像抱窝儿的母鸡，一天到晚趴那儿孵蛋，袁敏嘛，实诚还实诚，就是他妈的素质太差，整个儿一个农村女政工……”

他越说越得意，我先是愣着，继而愤怒起来。

“唐老师，我不希望你这样议论我们班女生。”我尽量客气地说。

他停住脚步，像座铁塔似的横在我前面，俯下身，把脸凑得很近，那双大眼睛藏满了恶毒的笑意：“那么你希望我怎么样呢？”

声音里带着明显的挑逗意味。我窘态毕现，幸有夜幕掩饰。我这个从小循规蹈矩的乖女孩，哪跟这种人打过交道！我又羞又气，走得飞快，就像有鬼撵着似的，可后面那个鬼走得更快。

“好了好了，别来这套了。”他绕到我前面堵住我，一脸的严肃劲儿，俨然换了个人。

“咱们到底谁来这套，说清楚！”我真急了。

他哈哈一笑：“唉！女人不都是这套吗？总想造成女跑男追的局面。……好了好了你怎么连一点儿幽默感也没有？”

“我不愿意开这样的玩笑。”

“听说过那句话吗？‘直如弦，死道边，曲如钩，反封侯’，你这样的人早晚得吃亏！你跟郗小雪那么好，干吗不学学人家？她呀，是你们班最鬼的一个！”

“你别挑拨离间！”

“你怎么这么跟老师讲话！”

“你这么说话像当老师的吗？”

“得了方菁，得了，”他笑嘻嘻地伸出手，“咱们和解吧。”

我缓和了一下口气：“唐老师，我希望您改改身上那种味儿。”

“什么味儿？”他的大眼睛瞪得很滑稽。

“流氓无产者的味儿。”

“笑话！是啊，你的确是纯种知识分子子弟，和那帮老家伙一样虚伪！”他微微冷笑。

“多谢恭维。”我也故意冷冷的不动声色。

“怎么个意思？”

“攻击在某种意义上来讲就是恭维，难道你愿意去打一个不如你的对手！那不是降低了你的身份吗？”我看也不看他。

“嘿，有味儿！”他一双大眼又在熠熠放光了，“这倒让我想到约翰顿的一首诗，听说过吗？最后几句是……‘但你将失去胜利者的风度/如果我/你的被征服者对恨麻木/记住/我的渺小会使你贬值/如果你恨我/请不要忘记/……’怎么样？”

我没说话，默默地很快走着。黑暗中我感觉到他那双大黑眼一直停留在我脸上。

“你太傲了！……不过，我还真喜欢你这傲劲儿！妈的！”

很久，我听见他无可奈何地说。

郗小雪半倚在床上。一只修长光滑的膀子从宽松的睡袍袖口里滑出来，在灯光下白得耀眼。袖口的剔空花边变成了半透明，像一张玻璃纸铰成的剪影。她纤细的小指高高跷起，拈着一枚象棋子儿，指甲像贝壳似的闪亮。她正在和自己对弈，那一副病恹恹的娇懒劲儿比平常更加楚楚动人。

唐放在门口儿受了半天盘查（我现在发现这个家好像是不放任何男人进来的）。换拖鞋的时候，他的脚突然散发出一股奇臭。那股臭味和屋里的龙涎香气混在一起催人作呕。我都替他不好意思，他却满不在乎地把那双脏脚踏在一双拖鞋上。这些拖鞋对他来讲都太小了，那鞋跟刚刚能过他的脚心，肥大粗厚的指甲盖像五个小石头似的挤在一起，他像个鸭子似的迈起八字步来。

小雪抬眸朝我们笑笑。“坐”，她懒洋洋地，“方菁，你帮我招待招待唐老师。”

唐放突然变得非常老实，坐在那儿手足无措。一会儿掏出烟来，被小雪看了一眼，又收回去。

“看你那样儿，真像林妹妹。”唐放挺不自然地开了句玩笑。

小雪一挑眼帘儿，上面覆着的长睫毛忽而黑羽毛扇似的展开，给了他一个柔媚中又带刺儿的眼风，调门儿仍是懒懒的：“到底像谁？林妹妹还是玛特尔小姐？”

唐放一笑，指着棋盘说：“来，咱们来一盘！”

“不，你不是对手。”她淡淡地含笑。

“我的对手只有一个。”她又说。

“谁？”唐放有些紧张了。

“咦，唐老师当真了呢！”她嫣然一笑，顷刻之间变得容光焕发，眼睛里闪闪的笑意就像要从睫毛缝里流出来似的，“我的对手就是我自己呀！”

“不对，你原先要说的肯定不是这个。”唐放好像一下子变得特别敏感。

“方菁，墙角那个竹篮子里有香蕉，你们吃吧……”她懒懒地撑起身子，把那枚棋子儿稳稳落下，像是没听见唐放的话。

于是我们边吃香蕉边观棋。已近残局，红方剩一将一卒和双仕，黑方只有一帅一马一兵。小雪抬头笑笑：“知道吗，这是个有名的局。”然后拈起黑马走了一步，“喏，黑方马一进三，然后红方卒八平七，黑方马三进二，红方卒七平六……”她大概会背棋谱，走得飞快。一会儿，黑方帅五退一，黑方胜了。唐放莫名其妙地舒了口气，看看我，我又看小雪。她轻轻地说了一句：“这个局叫作以静制动。”

唐放的大眼珠骨碌碌转着，似有所思。

我看看周围，这才发现房间里变了样。原先那些五彩缤纷的海生物和装帧考究的书什么的，全都没了。只有几本教科书老老实实地趴在桌上，就像那些东西从来不曾出现过似的。

阿圭端着小泥壶进来，给我们倒了茶，是此地尊为上品的“铁观音”。小雪家烧茶颇讲究，一定要喝“第二泡”。按照阿圭的话来说，就是“第二泡是‘姑娘’，最有味道”。而第一泡和第三泡不过是小童和少妇，前者太嫩，后者又过景儿了。

唐放盯了阿圭好一会儿，手伸进裤兜里。

“唐老师，我们家是不准吸烟的。”小雪毫不客气地看了他一眼。他脚上的那一股气味似乎还没散尽。

“我可以冒昧地提个问题吗？”他像吞药似的慢慢咽下一口浓茶。

“你爸爸……究竟是怎么死的？”他眯起眼睛，忽而又睁大。

小雪扑哧一笑：“瞧你那样儿，怎么一下像个克格勃了？”

“恕我直言，我觉得你这个家……有点儿怪。”

“每个家庭都不一样。什么叫怪？”

“比方说，我发现你的母亲看上去……和你没有什么血缘上的联系。而且，这个阿圭是个地道的惠安女人，她……”

小雪平静地把房门拉开一道缝儿，一道灰色的长影子立刻投射进来。这情形我早就不陌生了，那位老太太大概有种“窃听癖”。唐放却是结结实实地吓了一跳，他只好住嘴。

气氛有点尴尬，我把抄好的课堂笔记拿出来递给小雪。

“唐老师，你说方菁是不是我们班第一大好人？”她天真烂漫地笑起来。

“谁知道。我看你们班没好人。”

“谁知唐老师眼里的好人是什么样儿的。”我讥诮地撇撇嘴，他倒笑了。

“好人，就意味着没出息，我看方菁倒像是有出息的，所以不是好人。”顿了一下他又说，“据我观察，方菁的艺术感觉和语言能力是很棒的，可惜太实在了，不然的话，将来一定是个大作家。”

“这么说，作家都是不实在的啰？”

“作家需要一种真实的不真实，不真实的真实，懂吗？”

我和小雪面面相觑，都摇头。

“谅你们也不懂。”他得意地抹抹下巴，下巴上还沾着一小块香蕉，他把它弹掉了。

小雪低头哧地一笑。

“另外，你魄力也不够。”他斜睨着我，“当作家要有一定的风险投资。不敢担风险，当不了大作家。比方说，有AB两个盒子，A里放一千块钱或者什么都不放，B里放一百块钱，现在让你选择，那么像你这种人就一定会选择B。而我当然要选择A，我可以为得到一千块钱而冒什么都得不到的风险，你就没有这样的魄力。”

“我觉得你挺会投机的。”我也没客气。

“又是知识分子的酸腔儿！什么叫投机？社会越进步，观念意识越现代，人类面临的各种选择契机就越多！这种人生选择谁也逃避不了！萨特说过：‘人的终身欲望是想亲耳聆听自己的追悼词’，这样他最终能知道他是什么，但是知道和是这两个词是不相容的，所以这又是个悖论。我看人生只有两件事是真实的，一个是选择，一个是死亡。”

我承认唐放有一种特殊的本事，他极善于融会贯通各个名人大家的理论，然后使之变成自己的。

“你不是对我的《论艺术》颇有微词吗？可它发表了，得到社会承认了，我的私人劳动已经转化成社会劳动了，”他一点儿也不想掩饰得意之情，“你倒是发表一篇给我看看？哈哈哈，你们哪，准定是摆出一副假清高的样子指责我太功利，可你们自己呢？只能跟在老师屁股后头背背标准答案，就像屎壳郎跟着屁哄哄！”

这一下子可把我们惹恼了，一起嚷起来，小雪点着他的鼻尖儿：“骂人也不想想，倒把自己给骂了！哼！”唐放笑嘻嘻地举起双手表示投降，他大概是很喜欢这样的游戏，我轻蔑地瞥他一眼。

“我倒想请教唐老师对创造二字怎么理解。”

“别把‘创造’看得那么神乎其神，创造也不是凭空来的！比方说，《梁祝》的主旋律就直接取材于《楼台会》，《北风吹》像不像《小白菜》？还有像现在的红歌星苏小明、李谷一什么的，她们那种唱法不过是对爵士乐的一种分解和综合。给创造下个定义：创造就是对记忆中之原有表象进行分解和综合。分解得越精细，综合得越和谐，就越成功！托尔斯泰说过：‘为了创造人物的肖像，就需要把不同人身上的不同特征糅在一起，反复搅拌，在一个钵子里捣成碎粉，像化学中分解元素那样……’”

“好不好别说谁谁说过，只说你自己怎么说就行了，我要听的是唐放的看法，不是托尔斯泰的。”

“好了好了，未来的作家和现在的评论家请别争了。”小雪做了个停战的手势，然后掀开被子，剔花的睡袍下面露出一双雪白玲珑的脚，“你们听见了吗？”

大家都有些摸不着头脑。

她下了床，慢慢走向窗子。唐放唰地一下拉开窗帘。

“你们听，”她的耳朵像小狐狸似的立起来，“每天晚上都是这时候……”

我们静静地听，但什么也没听见。

“什么？”

“海妖的歌声，听……”她仿佛随着什么声音低唱起来，那是一种不优美却很古怪的单音节，有些像杜鹃的腹语术，很难判断声音的方位，很有欺骗性。我心里忽然一动：难道她的左嗓子和这种单音节的歌声有关系？这歌声实在像是一个人走得很乏、很孤独的时候，唱了一支走调儿的歌，却又不难听。“4”和“7”两个音符重复地出现，主题也非常简单，仿佛只有两句，只不过用不同音部在重复地歌唱，那音部是递增的，像是在无限升高，然后神不知鬼不觉地进行变调，使结尾又很平滑地过渡到开头，就像是用一种特殊的卡农技巧构成的怪圈。

唐放的大眼睛里忽然流露出恐惧的神色。

“我哥哥也听到过这种声音，”我说，“过去他也以为是什么海妖的歌声，现在他搞明白了，那不过是海豚和其他一些海生物发出的声音。知道吗？海豚有很发达的声带呢。”

小雪笑了一下，笑得有些阴险。

“那么传说中的海火，是真的吗？”唐放系好衬衫的扣子，不像刚才那样张牙舞爪了。

小雪点点头：“是真的。但不是所有人都能看见的。”

“那么现在我们一起去海边转转，好吗？”

“唐老师，您来校这么久了，难道就没听说过七八届经济系春游银石滩的故事？要我给您讲讲吗？”小雪阴险的微笑里透出一股娇媚，唐放倒显得有些手足无措了。这时我才发现原来小雪的侧前方有一面镜子，难怪她谈话的时候常常走神儿。她大概极注意自己的形象，走在路上，就是一面玻璃窗，一摊水，凡是能照见影子的她都不放过。遇见镜子她就兴奋，这点是我后来慢慢了解到的。

所有的人都知道那个关于海火的传说。可奇怪的是，我们认识的当地人中，并没有一个曾经见过海火。

期末考试我考得很好。大学的头两年还是很认真的，因此大家都对我刮目相看，我自己也沾沾自喜。那年暑假似乎特别热，班上除了袁敏都回家了，袁敏说她要利用假期时间对银石滩做“经济考察”。

回到北京，第一个感觉是亲切，然后又是陌生。坐 103 路无轨在动物园下车的时候，我简直不敢相信自己的眼睛。动物园站过去是极拥挤的，是若干汽电车会集之处，现在却忽然架起一座天桥。双侧马路栏杆到底，井然有序。最惹人注目的，是原西郊商场的牌楼旁边，竖起了一块“摊贩市场”的牌子，看着很新鲜。那牌子下面不断吞吐着人流，挤进去一看，竟是长长的一条街，一直通向19路车站。两侧热热闹闹地搭起红白蓝三色的棚子，五彩缤纷的衣裳旗帜似的招展，光是那小贩的叫卖声便惹得人发笑：“瞧一瞧，看一看哪，裤衩儿一块五一对儿，来晚了就没了，您花钱买布还得花工夫做哪这年头儿大伙儿都忙哪儿那么些时间您少吃十根雪糕就全有啦两口子一人一条一大一小还不打架……”那小伙子的嘴巴像说绕口令似的，旁边那个挺清秀的姑娘越笑，他的嘴头儿就越利索。北京的年轻姑娘们几乎都烫了发，发式也由小花改成了大卷儿。时髦些的，还化了妆，戴了太阳镜，太阳镜上角一律都贴了“香港产”的商标（据说有些是假的）。一个很漂亮的妞儿顽强地伸着胳膊想让哥哥试试她的太阳镜，哥哥则更顽强地摇头表示没钱，她只好眼巴巴地看着这个庞然大物走到冷饮摊，然后漫不经心地掏出一大把钞票，买了一罐冰牛奶。我也买了一罐边喝边瞟着她，小妞愤愤然地向我投来仇视的目光。

家里却仍然是老样子，只多了一个洗衣机，很小，是最便宜的那一种。爸爸妈妈都在家，早就预备好了饭菜，摆在那儿都凉了。一年不见，妈妈略有些发胖，下面穿的那条咖啡点子的绸裙显得紧绷绷的。据说她年轻时很漂亮，这一点，她的老朋友们都能做证。可她的照片却没给我这个印象。她当学生时的照片梳着那时流行的“童化头”，厚重的额发下面露出一双细长的眼睛。大约是那时照相术的关系，这些黑白过于分明的照片使人想起月光下那些分光不均的平面，缺乏立体感。只有嘴巴是生动的。妈妈的嘴非常美，如果用现代语言来评论就是很“性感”。可惜这点她永远意识不到，也永远不会有人告诉她。

别人说我的嘴巴长得像妈妈时我总是非常高兴。

妈妈现在老了，人也絮叨了，各种小毛病也多了，却仍像年轻时一样打扮，没人告诉她这是多么不协调。她太要强，要强到不愿正视现实。

只有我可以给她重新打扮。我给她全身扑上爽身粉，给她把头发吹得蓬松，然后换上浅银灰的衬衣和裤子，把那条咖啡点的绸裙收进箱子里。

妈妈像个乖乖的布娃娃那样服从我。

爸爸仍是淡淡的，在妈妈的指挥下干这干那，当然都是些累不着的小事儿。他长着一张很小的螃蟹脸，喜怒哀乐都没什么表情，因此到现在还没生什么皱纹，仿佛他就是天生不生皱纹的那种人。真正累的事儿当然是妈妈干，这是我们家的传统。我不喜欢爸爸这样的男人，他对生活采取局外人的态度，并非超脱而是冷漠，我知道他实际上对我们任何人都不关心。当然，妈妈热衷于大包大揽也促成了他这样的生活态度。

泡茶的时候我把阿圭送的一包“铁观音”拿出来，爸爸闻了闻，很满意的样子，妈妈立刻也赶过来闻，他们俩都是嗜茶如命的。哥哥又讲起银石滩吃茶的种种旧俗，他们听得很入神。

我们临走时小雪的病还没全好，病恹恹地一起到银石滩去散了步，然后又送给我们一大包肉燕和许多香蕉。聊天时她无意中提到她过去的家就在离西四广济寺最近的那个胡同里，如果不是这次病了，她是一定要随我们回去一趟办办房产的。

这一天就在忙忙乱乱中度过了。晚上梅姐姐打来电话，约我们明晚一起去她的小沙龙聚会。

当时，那个二十四平方米的大房间挤得满满的。我和哥哥去晚了，找了个角落坐下，没有人注意我们。大家以自由讨论的形式发言，谈了许多现阶段敏感的经济问题，如个体经济、供求不平衡、价格改革、分配形式等。有时争得激烈，像是要打起来，有时又爆发出一阵阵大笑。哥哥听得很认真，我却一直在走神儿。我注意到斜前方正对着我们的一个人，每逢气氛紧张起来他就插几句轻松幽默的话。这讨论看上去像是漫无边际，其实却是由他左右的，一个话题谈得差不多了，他就很自然地把大家引向另一个话题。这人一定是他们的头儿，我想。

“我认为目前妨碍改革的还有个问题，潜在的，还没暴露，但是应当引起我们的重视，”他发言了，大概嫌坐着不带劲，他站起来，边说边做着强有力的手势，“……实际上，我国存在着‘行业财团’和‘地区财团’，不要被表面上的计划经济所迷惑。……西方财团是对外竞争，对内搞成本规划。中国的‘财团’有自给自足的扩张倾向，生产的目的并不是为利润，而是为了在国家大锅饭里多分一杯羹！”

这问题提得可够尖锐的。我看到哥哥的眉毛动了一下，接着听见身边人们一阵低声议论。从议论中我知道他就是那位赫赫有名的祝培明。

他确实气宇不凡。身材颀长，瘦而结实，皮肤白皙，生着一头自来鬈发，腮上那圈小胡子尤其有特点，看上去使人想起《一千零一夜》里面那些阿拉伯商人。我没想到他是这样的。

“我认为未来城市改革的任务之一是拆掉‘财团’，动大手术……”

“动大手术，不如撤销。”他旁边的一个小伙子插了一句。

“那倒不一定。”一个穿细格衬衫的年轻人远远地喊，“撤销不等于改变，与其新瓶装旧酒，不如旧瓶装新酒。”

“可以适当削减各大部权力，”祝培明接着说，“打个比方吧，一个厂长手下有三个工人，一个人罢工就影响三分之一，但如果有一百个工人，那么一个人罢工就只影响百分之一……对三个电站公司就可以采取招标的办法，可是假如只有一个机械工业部，部长一跺脚，计委也得发颤！”

一片笑声。忽然一女中音优美地响起：“反托拉斯法是不是能解决这个问题呢？”

那样一种柔美低沉的胸音，很有魅力。听声音就知道，这是她，梅若行。我急忙推推哥哥。

梅姐姐离我们并不远，只不过被人挡住了。她属于那种女人，无论穿什么衣裳都适度。现在她不过是随随便便地穿了件玄色的袍子，这袍子穿在别人身上大概会像汽油桶，可她穿上却有一种高雅的格调，使她洒脱之中又透出一种雍容。她的前额大而光洁，额前不留一丝刘海，秀丽的双眉下有双聪颖端严的眼睛。看上去以前的泼辣劲儿收敛了好些，却多了些城府。她一直在慢慢地吸烟，像男人们一样在吞云吐雾，而姿态却充满了女性的优雅。可以看得出，她毫不为一个嘈杂的环境所动，似乎内心是一片静谧开阔的平原，任思想的河流纵横驰骋。

“反托拉斯法根本解决不了这个问题，”祝培明笑笑，“现在明摆着，综合部门没钱，专业部门有钱，但这根本玩不转。……国外也一样，假如美国国务院和巨型财团斗，没有不失败的。而调解这些巨型财团，就像普通人调解恐龙打架一样，终归会被挤死。”

他说到“被挤死”时口气很冷。哥哥微笑了一下。

“这个人很有见识，”他低低地对我说，“可惜，他的思想太超前了，空有屠龙之技……”

讨论结束后梅姐姐把我们介绍给大家。听说是银石滩来的，祝培明似乎特别感兴趣：“听说那地方地貌很怪？”“你也听说了？”哥哥很得意地笑笑，“独一无二的原始海蚀地貌，世界上大概也很少见。”祝培明高高挽起袖子，露出筋节突起的双臂，很有精神地伸了两下说：“这种地方要是开辟成一个旅游区，一年不知可以为国家赚多少钱！前途不可限量。你们能不能拉几个年轻人先搞个帐篷公司什么的？我赞助，怎么样？”

哥哥慢吞吞地摇着头，“在这点上我跟你们这些改革家不大一样。我认为这种稀有的原始海岸需要重点保护，绝不能开发，也不能搞什么旅游区，顶多建个海生物实验站就行了。自然对文明已经让步很多了，文明不能得寸进尺把自然全部吞掉。”

祝培明深深地看了哥哥一眼，欲言又止，很有风度地微笑着伸出手：“好，认识你很高兴，这个问题我们以后再争论。”他向身旁的一个女同学点点头说：“可以开始了。”

然后对我们一笑：“这是我们的固定程序，自由讨论之后是舞会，跳跳舞，轻松轻松。”

曲子都很好，李斯特的《摩菲斯特圆舞曲》之后，换了支“探戈”舞曲，很典雅，灯光也调得比较暗淡了。梅姐姐和哥哥翩翩起舞，我孤伶伶地坐着，一小口一小口地抿着一杯饮料。祝培明仍面对着我，坐在我的斜前方。舞会开始后他一直在和别人低声聊天，对手换了一个又一个。有几位打扮得很摩登的女郎主动邀他跳舞，他都十分委婉地谢绝了。

我神经质地感觉到，他那双咖啡色的眼睛在盯着我。我有点慌，有意转过头，看着一对跳西班牙探戈的勇士，据说这两位是参加过“星星画展”的艺术家，是专程赶来跳舞的。

他真的走到我面前来了。

“可以赏光吗？”他露出一口雪白的牙齿坦然一笑。

“我？……真对不起，我不大会，刚学。”我努力装作随便的样子，身上却像捆了绳子似的不自然。他笑笑：“我也刚学。”他说话很快，与人对话时反应尤其快，仿佛他事先就准备了一只多用话篓子似的。“来吧”。他说，不容抗拒。

他确实不大会跳，可样子很轻松。他的轻松传染给我。他那一圈儿小胡子十分富于表情。只要他开心地笑，那有点儿卷曲的小胡须便活泼泼地颤动。

“你一进门儿我就断定你不是我们圈子里的人。”

“难道我有什么特别的地方？”

“你呀，你是个夷人。”他笑起来。我要是跟他熟一定会反驳他：“你才是个夷人！”因为他的身材、头发、胡子乃至皮肤都像个“夷人”，起码有点儿混血种的味道。可现在呢，我只能不好意思地随他笑一笑。

我这是有生以来头一次和异性勾肩搭臂地靠得这么近。跳了两圈以后，我扶在他肩上的那只手浸出了汗，浅灰衬衫上留下一小块圆圆的渍迹。灯光幽暗，乐声迷离，他的肩胛骨很硬而且有棱有角，我的手指有一种放在被晒热的岩石上的感觉。他锁骨上的凹窝随着舞步起伏，那儿的肌肉结实得发亮，一种陌生的男性体味慢慢地笼罩了我。转动的人影中，偶尔能捕捉到一两个锋利的嫉妒的眼风，我心里有点乱了。

“过去你从来没跳过舞吗？”

“对，从来没有。”

“你们班男生不请你跳？”

“请倒是请，可我不跳。”

“找什么借口？”

“我可以说我心跳过速什么的。”

“可你为什么不拒绝我？”

我怔了，想不到他会提这样的问题。我们俩的目光碰在一起，能感觉到他的目光很深，我想起“眼睛后面还有一只眼睛”这句话。

他笑了：“我来替你回答吧。因为我态度强硬，是吗？”他又低低地说了一句：“所有女孩子骨子里都有受虐倾向。”

我受惊了似的睁大眼睛望着他，他的目光忽然变得很柔和。

“我们到外面阳台去站一站好吗？”

他的态度仍然是那么强硬，没等我说“好”或“不好”就径直走出去。

星星很大很亮，好久没见到这样灿烂的北方星空了。这两年北京楼群蜂起，因此下面也是一片片灿烂的小星群。还有远方大饭店的彩色霓虹灯，银色带子一般的立交桥，被灯泡镶嵌缀成的门楼……在紫的夜空中，海市蜃楼般若隐若现。

“你看北京怎么样？变化大吗？”

“……大得难以想象。”

“这证明你想象力太差了。”他毫不客气地说，“……刚才你们没来的时候，有人提议搞三个公司：第一，科技实业公司，包括信息处理与技术转让；第二，外贸公司；第三，大型地下游乐场。”

“野心也太大了。经费来源怎么解决？”

“我可以搞到无息贷款。现在我面临的不是钱的问题，而是人的问题。”

“……”

“我想‘网罗’一批有识之士。”他换了个姿势，面朝我，背靠阳台，右手撑在阳台的栏杆上，身子侧着，左腿微微屈起，“现在人的真面目越来越难识破。这是个新旧交替的时代，这种时代最容易鱼龙混杂。真想改革的有，投机的更有。怎么样？你能给我推荐一两个出色人物吗？”

见我不说话，他又补了一句：“你哥哥这个人就很有特点。”

“是的，他很有特点。可他不会加入你的麾下。”

他哈哈一笑：“那我也可以让贤嘛！”

“你没明白我的意思。我是说，你们两个不是一类人。”

“不是一类人，反而更好共事。”

我知道他仍没明白我的话，也就不说了。他看了我一眼。大概我也没明白他的话。

“那么你愿意加入我的麾下吗？”他半开玩笑地问，我知道他很认真。

“最近我打算从体改院拉几个人出来，成立一个专门研究农村经济改革的小组，定期到农村和边远地区去考查，为决策人提供信息。……你有兴趣吗？”

“以后……也许会的。”我含糊地回答，纯粹是为了不让他不高兴。我知道自己根本搞不了经济，我没那个脑子。

“我需要的不仅仅是能力。”他像是看透了我在想什么，“首先是一种素质。我认为一种素质强于一百种后天的手段。”

我可不知道自己的素质怎么样。他究竟在我身上看到什么了？我看看那双深邃的眼睛，但愿这不是什么代用品。

乐声在我们身后悠然地回荡。空气很凉爽，有一点微微的风。我看见我的鬓发被风吹起来，像一朵蒲公英似的在鼻尖儿上绽开。柔和的月光勾出他侧影的轮廓。他的鼻梁很高也很直，中间凸起的部分被月光映得很亮，他那圈小胡子在空气里微微颤动。好一会儿，我们沉默着。

“能猜到我在想什么吗？”良久，他问我。

“看到这星空，你会感到自身的渺小，于是你很想把自己有限的生命投入到无限的宇宙生命中去……是吗？”

他笑着摇摇头。

“那么，你是把自己凌驾于宇宙星空之上，把人生看作是你自我完成的过程，是吗？”

他敏锐地看了我一眼：“也不是。……如果我没理解错的话，你说的前者，就是通过永恒宇宙吞没人生来实现自我超越，实现不朽；后者嘛，大概就是用‘我’来吞没宇宙，实现‘我’之永恒，是这样吗？……哦，这两种世界观都是曾经被我接收过的，可现在不是了……”他的小胡子在夜色中呈现金属般的质感。

“那么现在呢？”

“现在……说不上。旧的被打碎了，新的还没建立。”他笑眯眯地不动声色，可我感觉到他没有尽言。他大概是那种很严格的人。一种想法没有完善，他不会随随便便兜出来，更不会受情绪的左右。

天空发出一点幽幽的绿色，我忽然觉得天很像海，大概天和海都是一回事。假如站在天上看海，海也就变成了蓝的天，帆就成了一朵朵白云，鱼自然就是星星了，鱼也是发光的。

看得久了，满天的星星像是摇晃起来，像一个动荡的珠宝盒里互相碰撞着的钻石。银石滩的鱼此刻大概也这么无拘无束地互相碰撞着吧。

难道海火便是它们撞击出来的绚丽的光？海洋深处一定住着个魔鬼，一个美丽的女妖。那诱惑使千千万万的海生物走入美的极致。

我是那种不严格的人。照我看，与其探讨那些高深理论，不如在这美丽的星空下冥思幻想。

“你们那里……有海火吗？”

我吓了一跳。冥冥中一定有什么在窥破我的心灵并拷问它，真奇怪。大概心灵也会像星星或者鱼那样经历各自的轨迹，在交叉点上便互相碰撞吧？

“你也听说过海火？”

“岂止是听说。”

“难道你见过？！”

“见过。”他淡淡地说。

我惊奇地望着他，那一圈富于表情的小胡子在夜色中像金属丝似的闪闪发亮。

“小时候，我和父亲乘船过渤海。那天夜里，无星无月，我有一种莫名的惧怕，早早就进舱睡了。半夜里，我忽然感觉到船身在猛烈地摇晃，我醒了，发现舱里很亮。父亲睡得很熟，我没叫醒他，一个人跑到后甲板。这时，我看到整个海面上像是铺着一层绿色的荧光，然后又变成一片银白，远方像是响着闷雷。海风吹来，涟漪变成千万朵银白的花，然后又转红，一团团火苗似的散开来，形成一个个十分奇妙的几何形图案。这时后甲板的人多起来，父亲找到我的时候，那些几何图案已经慢慢消失，持续了大约四十分钟。第一次，印象太深了。”

我听得呆了。只想象着黑暗中的一艘海轮缓缓行驶，海面正发生着奇异的变化。一个孩子，倚着甲板的栏杆，惊奇中又带着恐惧，看着这个不可思议的世界。

“将来有机会我一定要上你们那儿去一趟，去看看海火。”

“也许看不见呢。”我不自信地小声咕哝了一句，他没听见。这时天蝎座上那颗大星“参宿二”发出暗红色的光芒，客厅里录音机停转了，一片静寂。

这静寂来得那么不合时宜，像是一扇门关闭了，我们突然被关在了另一个世界的外面。这种突然使刚才轻松自然的气氛有点尴尬。

他看了看表。

“你还有事吧？”我忽然变得很敏感。

他点点头，眼里含着笑。

“好久没度过这么好的晚上了，谢谢你。”他拉起我的手握了握。他的手温暖干燥，这样的手让人放心。

他走了，他掌心的温热还停留在我的指端。我把两只手慢慢握紧，似乎想抓住什么。

梅姐姐斜侧着身在慢慢地吸烟，哥哥背对着她。他们一定是吵过了。哥哥说：“走吧。”梅姐姐仍悠悠地吐着烟圈儿，地上乱扔着许多烟头儿。梅姐姐的发型变了，由两条小辫子变成了“王冠式”。秀丽的双眉下边，一双眼睛已学会不动声色地看人，光洁的大额头很宁静，没有一根线条会暴露她的内心世界，间或粲然地一笑，也带有一种不可捉摸的意味。

这再不是十多年前那个隔着一条马路大喊大叫的热情少女，更不是那个在两千人大会上叱咤风云的“梅匪”。北京几乎所有的沙龙都有她的关系。作为体改院的负责人之一，对于政治她仍像过去那么敏感。她常邀些她感兴趣的人来这个小沙龙聚会，三教九流，她都能应付裕如。

她巧于安排，善于应对，能应付各种大的社交场合，驾驭各种复杂的局面。她常通过社交方式来搜集材料，获得信息，研究动态，把这些活的、她认为重要的资料记录在案后，有些交祝培明参考，有些她自己留下。这些自然是后来才知道的。而且祝培明一直感到她难以对付，这也是后来才知道的。

她并没有什么特别的经历。除红卫兵那一段外，也是插队——回城——上学，和这一代中的许多人一样。所不同的是，她更有头脑和洞察力。她不愿负任何具体责任，讨厌干那些琐碎的事务性工作，她喜欢抓大事，但绝不像那些喜欢揽权的人那般浅薄，招人讨厌。确切地说，她倾心于做幕后人。一个在幕后操纵各种暗钮的人，这一点，从她很小的时候便初露端倪了。她讲过一件小学时的事：大家选她当少先队大队主席，她说什么也不当，硬是组织一批人马把一个男孩子推上第一把交椅。结果那男孩成为她的傀儡，辅导员和队员的众矢之的。而她，却成为大家眼中最出色的队干部，而那个男孩也无比信服她——因为她有许多次为他排忧解难。

我猜她现在仍想充当这种角色。

她是那种聪明、精力都过剩，同时又懂得如何合理使用的人。政治不过是她关心的一个方面，她涉猎极广。上次哥哥到北京度假，就发现她正在搞各国文化，特别是东西方文化的比较。“狼想写一本书，一本有影响的、能确立她在中国地位的书。”哥哥悄悄告诉我。

而且，她还在学德文。她已精通英、俄两国文字。据哥哥说，她有一套独特的学习方法，从不肯花一丝多余的力气，把好钢全使在刀刃上，绝不像那种“抱窝鸡”式的傻女学生。她可以在期末大考的头天晚上和男同学们打上半夜桥牌，然后第二天又奇迹般地考个全班第一。她有条不紊地安排时间，应付着许多繁杂事物和社会活动，从不显得忙乱，而永远保持内心的闲暇和宁静。她每日必临一页字，绝不临那端丽秀雅的欧体和赵体，而十分偏爱颜真卿的“多宝塔”和怀素的狂草。前者的圆熟和后者的狂傲简直是风马牛不相及，然而在她这里却得到了最完美最自然的结合。

从少年时代起她就是我崇拜的偶像，今天我发现我的偶像结构更为复杂因而也更丰富、更成熟、更美丽、更令人神往，她偶中套偶，而且每一层都涂了特别的保护色。

忽地掠过一个想法。不知为什么，我觉得她和郗小雪不知在哪点上有点儿相通。她们两个如果认识会成为好朋友吗?

“菁菁真的长成大姑娘了呢。”她淡淡一笑，慢慢地吸着烟。她弹烟灰的动作很漂亮。

“走吧。”哥哥又说。

没想到梅姐姐真的要走了。手续已经全部办好了，只剩美国领事馆一道关了。她被美国耶鲁大学和纽约大学同时录取，研究经济管理。她选择了后者，理由是耶鲁大学贵族味儿太重，且费用高昂。哥哥叹道：“狼比以前更务实了。”可我知道他心里在佩服她。

这条爆炸性新闻使我父母沉默了三天。第四天一早妈妈便放出风来：“她去读硕士，叫我儿子干等两年哪？我早就料到这个事儿没有结果！——菁菁，你哥哥是怎么想的呀？”

瞧，不知从何时起我已变成哥哥的代理人了，妈妈和哥哥从不直接对话，需要通过我这个变速耦合放大器起某种传导作用。传导得不好，还要两头儿挨训。爸爸居然也说话了：“……那样的人怎么能够当妻子呢？像个女革命党嘛！……”“爸爸，难道女革命党都是不能结婚的尼姑？”我扑哧一笑，见爸爸瞪起眼睛，便不敢再发一言。

“狼说出去之后拼命挣钱，争取两年之内把我办出去。”哥哥瓮声瓮气的，穿个松松垮垮的大背心儿，慢慢地摇着大蒲扇，那样子活像《茶馆》里的一个什么群众演员。“可我不希望将来人家做介绍的时候说：‘这是梅若行博士的丈夫。’那还有什么劲？”

哥哥真是茅坑里的石头，可他毕竟已经三十三了。他们这虽然罗曼蒂克却是马拉松式的恋爱已持续了十三年，还要持续下去。我发现哥哥的抬头纹变深了。

“真自私，只想着自己，不想想我儿子已经三十三了！……”妈妈在厨房里唱歌似的念叨。

回京后我已和小雪通了两封信，引起妈妈的注意。我的信件、日记什么的从来瞒不了妈妈，她可以随意检查我和爸爸的东西（她从来不碰哥哥的，不知是不愿还是不敢）。妈妈头脑里没有“私人范畴”这个概念。我认认真真地向她讲述了小雪的一切（当然是隐恶扬善），她听后却无动于衷地笑笑：“菁菁，你该到谈恋爱的年龄了。”瞧，没想到哥哥和她在这一点上倒很默契。紧接着她又来了一句：“妈妈希望你在大学期间解决个人问题。”

我真后悔不该对她说什么。

很多年后我才悟到他们的话的确是有道理的。大约每个少女在恋爱前都有一段类似“同性恋”的时期，十几岁的女孩在青春萌动时对异性产生防范便转向同性去寻求感情寄托。可悲的是我的少女时代并没有这个过程，社会、家庭的禁欲说教使我心理晚熟。这一代人的心理生理年龄都推迟了，我当时经历的感情大概正是弥补少女时代的空白。

我羡慕梅姐姐——在她的人生中没有空白，即使在那个疯狂的时代。

梅姐姐临行前说了许多值得铭记的话。那是个烈日炎炎的中午，我收拾东西时发现了一个浅灰色印着“奔马”图案的小本，翻开一看，里面密密麻麻的全是诗，而且都是当年天安门广场的那些诗。笔迹明显是两个人的。一个是哥哥的，再一个是挺拔秀劲，大概是梅姐姐的。

当年哥哥曾在天安门广场拍了许多照片，他自诩具有珍贵历史意义的，都被爸爸妈妈翻出来烧了。不知这小本以什么方式珍藏着竟保留至今。我记得上面留着梅姐姐的泪痕。

那是我第一次也是唯一一次看见她哭，她流泪的时候眼里炯炯的光却没有熄灭。那时的天空真像是要塌了，可并没塌。天空还是永恒地存在，而天空下的一切都面目全非了。

我莫名其妙地冲动起来，跑去找她。

她在白家庄那里有间房，和父母分开住。她的房间很素净，几乎全是书。唯一的装饰，恐怕就是书架旁那盆铁树了，这是她去年到南方做经济考察带回来的，当时还送给我家一盆，小一些，不久就死了。她的这棵却长得很漂亮。

她正做饭，蛋炒饭和一碟青菜，简单到不能再简单了。见我来了，又开了油焖笋和鲭鱼两听罐头，加了个番茄肉丝汤。

“你开罐头的技术可真够高的。”我惊奇地看着她娴熟运用罐头刀的那只手。

她爽然一笑：“是吗？这是因为别人总想着中国罐头难开，可我呢，总想着我开的就是中国罐头！”

她的话常常绵里藏针，可那一种明眸皓齿的样子却令人感到神清气爽。这大概正是她的魅力所在。

她把饭菜摆上桌，给我斟了杯果酒，自己来了一杯白的。

“梅姐姐，你为什么不结了婚再走？”我想象着她一个人在异国他乡奔波的样子。

“菁菁还是小孩子。”她莞尔一笑，“结不结婚不是一样？那么个小纸片片有什么用？世界上根本没有固定的契约……熊不这么认为吗？”

“哥哥当然也这么认为。可是……可是我觉得他现在和以前不一样了，他已经三十三了……他有时候很爱发脾气，我是说……他的生活不正常。”

“都不正常。已经这样了有什么办法？赶个末班车吧。对三十多岁的人来说，事业比家庭更要紧。”她舀了碗汤喝。我不吭气。

“菁菁你是觉得我自私吧？你不懂。对于我们来说，失去的实在太多了。现在好不容易赶上这个时候，储备的力量一下子爆发出来，人生有几个三十多！熊有他的活法儿，我不干涉，可我也有自己的活法儿！”

饭后，她点燃一支烟，慢慢地吸着。我把那个印着奔马的小本递给她。

“这是熊让你给我的吗？”

我摇摇头，沉默了很久。她叼着烟一页页地翻着，那动作完全是下意识的。我相信她没看见一个字。烟灰落在上面，她轻轻地拂去了。

在很久很久以前，在一片灰雾的广场上，有一对青年男女冒着雨，在大声朗诵碑墓上的诗。许多人久久地站在雨地里，倾听着。那些诗像一支悲凉的号角，使许许多多的人都流泪了。

现在，一切都过去很久了。

时间把历史变成了童话。

“是啊，中华民族是个健忘的民族。”她夹烟的手指有点儿发颤。

“哥哥常常想起那个时代。”我轻声说。

“我也并没忘记，只不过是不喜欢回忆。”她站起来。身上穿了件宽松的蓝毛巾睡衣。她高大丰满，带着种自然流露出的雍容华贵。

“可你比以前务实多了。”我小声咕哝了一句，一面用欣赏的眼光看着她在房间里走来走去，那派头儿像个女伯爵。

“是啊，现在大家都现实多了。你不觉得这是一种历史的进步吗？”她把前额滑下来的头发向后甩了甩，“从激越到深沉，从呐喊到反思，这是成熟的标志嘛。邓小平的最大功绩就是开放，一开放就不可逆转，历史肯定会证明这点。我想出去看看，学习学习。作为华人不管到哪儿都摆脱不了中国文化的制约，这点我很明白，所以我最终是要回来的。

“中国确实积重难返，可现在总唱那些凄凄惨惨的咏叹调儿也没用！只能面对现实，利用中国的特点来改造中国，没别的出路！……来，喝点儿咖啡，走后门儿买来的，熊很爱喝，上次一下搞走我两听！”

她从书架上拿出一听“雀巢咖啡”，倒在两个白瓷杯里冲了，立刻闻到一股浓郁的香味。

“你也不想要个孩子？”

她笑着摇摇头：“假如我现在二十岁，也许会对这个问题重新考虑。”

她把那个小本锁进抽屉里，打开录音机，是圣·桑的《天鹅》。

“现在竞争已经开始了，以后会越来越激烈的，不拼命不行了。……知道吗，祝培明这家伙很厉害，已经出了两本书了，现在又是一套大型丛书的编委……”

“他……也是老三届的学生吗？”

“老高一的。一九七七年从插队的地方直接考上北大经济系。……这种人有股狠劲儿。”

“听说他很有背景？”

“有什么背景！”她淡淡一笑，“不过是那篇供求关系的文章在经济界打响了，引起上边重视罢了。人要站得住，得不断出东西才行，他在这点上还是很聪明的。”

我不知道这“聪明”是褒是贬。

“他这个人……到底怎么样？”

“很难说。表面上绅士风度，骨子里很硬，很难被人左右。……你对他有兴趣？”

当时我的脸一定很红，因为她的目光一下子变得微妙了。她点点头：“作为一个男人他很有魅力，很多女孩子都对他着迷。不过……这个人城府很深，内心世界很难了解。……菁菁你有男朋友了吗？”

我垂下眼睑。

“班里没有合适的吗？”

“什么叫合适的？”我咬着嘴唇低语。

“也是。这年头儿阴盛阳衰，男性都退化了。像你哥哥这样的都快成‘国宝’了！”

“可你连国宝都不要！”

“谁说的？还想请你帮我看着，别让人抢走哩！”

我忍不住哈哈大笑，她也笑了。

“梅姐姐，我总觉得你和我们班的一个同学有点儿像……可是又很不一样，说不清……”

“哦，那也有可能。”她不经意地把磁带换个面儿，是西贝柳斯的《天鹅》，“这么对比着听很有味儿。贝多芬和德彪西的《月光》我也录在一起了……你能说清楚哪个更好吗？”她靠在躺椅上，轻松愉快，毛巾睡衣的领口宽大，露出丰满的胸脯。她比以前更美了。女人大概到了三十岁才进入全盛时期。

假期的最后几天我忽然想去小雪原先住的老房子去看一看。小雪在信里特别嘱咐我：去是可以去的，可是不要跟那些邻居说话。那些人“个个有病”，特别是住东厢房的那个老疯子，住的年头儿最长，神经也最不健全，千万别听她东拉西扯。这倒把我的好奇心激起来了。

仿佛是鬼使神差，我来到这个童年时来过并带来一种童年式恐惧的地方。砖瓦依旧，大门却紧闭。路人们告诉我，里面正在修缮，不日可对外开放。我猜想这大概又是为建国三十周年大庆而修的。过去久居京城，对这些很熟悉。每年“十一”前总要有批园林寺院要修缮。即使前些年经济已经很不景气的时期，也要撑撑门面，意使人看到希望。

我转了又转，买了支雪糕，走进离广济寺最近的那个胡同。这是北京最普通的平房四合院。灰乎乎的一片，除了陈旧古老之外毫无特色。略有些特殊的只是它的格局：这是变了形的四合院。进得门去，过道儿十分狭窄，除了两旁原有的房子外，还有自己垒起的形形色色的地震棚和小厨房一类的玩意儿，所以，越发显得拥挤不堪。加上有些房子年久失修，目下又无人居住，斑驳脱落的房檐上布满蛛网，门窗上也是厚厚的灰尘。整个院子里没有一花一木，如果不是东厢房里还时时发出几声婴儿的啼哭，这院子简直就像一口灰色的棺材了。

雪糕快吃完了，我仍在犹疑。这时东厢房的木格玻璃窗上贴出一张人脸，眼神儿狐疑地一闪，大约她已在暗中观察我这个不速之客好久了——人们似乎至今还保持着自“文革”以来的警惕性。果然，一个抱孩子的女人闪了出来，敞胸露怀的，用那么一种敌意的口气问我是哪儿的，来找谁。

听说我是郗小雪的同学，里面立刻响起一个沙哑的老女人的声音：“他妈，请人家进来！”那女人的脸色柔和了，一手抱孩子一手给我开门儿。走近她的时候，我才看到她脸上有两块极大的蝴蝶斑，嘴巴虽是在笑，一双小眼睛却火辣辣地盯着我，一点儿也没丧失警惕。

“坐，甭嫌乱！儿媳妇儿刚出月子！……他妈，你把尿布往边儿上拣拣！”一个六十多岁的老太太斜倚在床上，很有权威地发着命令。

我忽然想起小雪和我说过的“老疯子”，可眼前这个老太太是极精明干练的，既不疯，又不傻。

“怎么着？小雪这孩子考上大学啦？嘿！以小儿我就瞧出来了不是？这丫头可是百里挑一的人精子！……他妈，给客人沏茶！”老太太挪挪身子，“我这腿脚儿不方便，脑筋还清楚！如今的儿媳妇儿，嘿！”她一撇嘴，什么也没说就全有了。那年轻女人沏好茶给我端来，我看见茶杯口上一圈圈儿的茶锈。“我们这都是租的她家的房！这不，上头要落实政策，要把私房都归还原主儿！我正让我儿子想法子哪！还好，房主儿倒没催着，只是前些时小雪来了封信，说是她大学毕业之后是要回这儿来住的，你回去，给说个情儿，请她缓缓，待咱们找着房子了再说！现在上哪儿找这么舒服的平房？高楼大厦我又住不惯……”

“没关系，她大学毕业还得两三年呢。”我嘴上说着，心里感叹小雪的心计。

“老太太还好？”

“挺好的。”

“还信佛？……那会儿，我们俩都是广济寺居士林的居士，一礼拜去做两回佛事，我心不虔，一闹‘文革’就把佛龛给砸了，这不，现世现报！”老太太指指身子，又指指坐在角落里打瞌睡的儿媳妇。

“您每个月交多少房租？”

老太太愣了一下，用一支牙签慢慢地剔牙，“老太太仁慈，说是街里街坊的住惯了，不叫我们交房钱。因此前些年就那么着糊里糊涂地过来了——可没承想小雪这丫头不是个善碴子！我这么一说您就这么一听，可甭告诉她——这丫头两年前为房钱的事儿回了趟北京，还兴师动众地打了场官司哪——要讲理，她是讲不通，可我碍着她家老面子，俗话说得好，大人不见小人怪——”

“您不服也得行啊，人家法院判了——”那年轻媳妇已睡醒一觉，精精神神地整了整胸前的衣裳，两只手慢慢地揉着乳房。

“你不言语没人把你当哑巴卖喽！”老太太白她一眼，“不是吹，我姓杜的不交房钱还真能不交！他姓郗的有把儿在我手里哪——咳，算了吧，我六十多岁的人哪能跟她小孩子一般见识！再说她家如今只出不进，也可怜见！……谁叫他们当初吵吵轰轰，硬把个男人吵死了……”

老太太大概是久未和外人交谈，一开口便收不住，这时打发儿媳妇去做饭，压低嗓门儿继续说：“那男人也不是个东西，解放那么些年了，连个饭碗也端不稳，整天价坐吃山空，花天酒地的出去乱搞，老太太是大家子闺女，哪儿受过这个！成天价吵吵，闹得街坊四邻也不得安生！我早料到这么吵吵下去事儿不好，闹出人命来了不是！”

“小雪的父亲到底是怎么死的？”我被她说得迷迷瞪瞪的。

“嘿！提起这个你可是问着人了！”老太太眼里忽然冒出水汪汪的两道亮光，“都说是自杀，连派出所儿都给瞒哄过去了，可瞒不了我——”

“妈，该吃饭了——”儿媳妇在里面叫。

“闺女，在这儿凑合吃点儿？”见我摇头她也就没强留，一边颤巍巍地坐起来一边说：“他们家的那点子事儿没我不知道的，我这人心善，嘴严，有点儿事儿就爱替人瞒着——”

儿媳妇把饭端上来了，打卤面，上边儿有点儿鸡蛋青菜的臊子，也没让我，自己拿了另一碗坐到一边吃去了。我瞥一眼，发现她自己那一碗的比老太太这碗要多多了。老太太却并没注意，吃下两口面条更来了精神，前三皇后五帝地给我讲起郗家的历史，儿媳妇面无表情地吞着面条，不时向这边瞟上两眼，饭没吃完孩子就哇哇地哭上了，于是她就放下饭碗去哄孩子。

老太太一下子撑起身子，捂起半边嘴对我说：“那老爷子是被毒死的——”

我大大吃了一惊：“被谁？”

谁知那老太太手便乱摇：“快甭问了！说不得！说不得！……”

“您怎么知道？”

“这姑娘！知道就是知道呗！那年月乱，赶上他家老爷子不地道，被居委会给戴了顶‘坏分子’帽子，一块儿陪斗完了，老爷子回来就死了，说是自杀谁也信。当时还有口气，就闹哄哄地拉医院去了，可更稀奇的事儿还有哪——”

“什么？”

老婆子以更神秘的姿势低声说：“赶扔到太平间，老太太就回来了——火化也得排队呀，那年月死人多，得一拨一拨来——说了是第二天夜间火化，赶第三天老太太去领骨灰，愣没领来！火葬场说了，没这人儿！老太太又问医院，太平间的也支支吾吾答不上来，这就闹起来啦——闹了半天也没结果，最后火葬场的哄老太太，可老太太到底也不信那骨灰是老爷子的！打那会儿起老太太的眼可就直了——”

我感到后背一阵阵发麻。

“你不信是怎么着？”她跷起一根小指慢悠悠地挖着鼻孔，“实话告诉你，这都是后来老太太和他家保姆吵架吵出来的！截道墙，我什么听不见！”

“他家保姆？是阿圭吗？”

“就是那个鬼娘们儿，在这儿住十来年，跟我们说了超不过十句话。见天跟老太太吵，老爷子一死吵得更欢了，哟——当他家的邻居可不易！”

“老太太为什么不把她辞了呢？”

“嘿！大姑娘！郗家老太太是大小姐出身，连针都不会拿，离了那鬼娘们儿没法儿活！

“闹归闹，也闹惯了，那阿圭脾气不好是真的，可也真能干！家里外头给郗家撑着，还是她把小雪给带大的，老太太哪儿能就把她踹了？！”喘了口气，老婆子又压低嗓子说：“老太太都四十了才落了这么个闺女，阿圭陪着回南边生的，从小就跟花骨朵儿似的俊！仨老的对她要星星不敢给月亮！这丫头也机灵，也争气，她爸死后她家还在这儿住了一年，那会儿可是穷得叮当响！那小丫头子才不点儿，就知道挣钱养家啦！街道工厂绣的出口的那些玻璃纱桌布，数她的活儿最绝！听说她后来又学会了裁剪，赚了不少钱，那俩娘们儿倒靠她养活，怕她怕的什么似的。我们西边儿的老邻居嘴不好，说小雪赚了他家的布，我说：嗨，这算什么。‘裁缝是你舅子，还得赚你一只袖子’哩！嘿嘿……”她干笑着看着我的脸色。

“难道她父亲死后靠她挣钱养家？”我心里实在吃惊，一个小姑娘——太不可思议了。“可不是？那俩儿倒也帮衬着，老太太那点儿家底子能卖的都卖啦，阿圭也是一手好绣活，可惜不会绣玻璃纱，就在家忙，有时候也帮人洗洗衣裳什么的！”她咽了口吐沫，眼睛突然一亮：“嘿！别瞧阿圭那娘们儿粗手大脚的，先时她来个妹子，长得可是水灵！活脱一个美人儿！”

“是阿圭的妹妹？”

“说是那么说，谁知是不是亲妹子！我瞅着不像！……反正也是南方海边儿上来的，看上去不过十八大九，就是那年……自然灾害嘛！小地方混不下去了，上京城来找饭辙来啦！

“到这儿住了些日子，老太太天天吵吵，生是给吵吵走了！……嗨哟，那闺女！……我活这么大岁数没见过这么俊的人，还爱唱，整天唱得满院子都听得见，我们听着挺好听，可南院儿的老师说她跑调儿！嘿！逗着哪！……不信你问问西边儿的，那也是老邻居！……”

她絮絮叨叨了一下午，直到黄昏时刻我才告辞。我发现人憋闷的时间长了总会想方设法找到宣泄口，并不管发泄的对象是谁。出门之后，我脑子里像被灌了一缸浆糊。夕阳的光照很白，看不清匆忙蹬车赶路的人们。忽然，我发现黄昏的光勾勒出一个熟悉的身影。

“哥哥！”我叫了他一声，“你怎么来了？”

他像平常那样慢吞吞地踱过来。

“转转，想看看广济寺。……这么些年了，变化还是不大。”他把双手插在裤兜里，声调沉郁。

“小雪家原先就住这儿，听说过吗？”我指指身后那个胡同。

他不置可否地“唔”了一声。我感觉他知道，他并不是专程来看广济寺的。

“今天陪狼办签证去了，很顺利。”他笑笑。

“哦——她什么时候走？”我的情绪一下子坏了。

“快了。”他挠了挠头，皮屑像细碎的纸末似的在黄昏的光中闪动。他抓起一根落发，看了看。“老了。”他说。

大概梅姐姐把她们迟暮的青春带走了，暮色中，我发现哥哥确是一下子苍老了许多。

返校的路上我和哥哥沉默不语。当火车停在那个肮脏的小站，扑鼻的海腥味儿把车厢淹没的时候，意外地，车窗外忽然亮起一个袅袅婷婷的影子。

“小雪！”我又惊又喜。

依然是那把鲜艳夺目的黄绸伞，气色可好多了，嘴唇在伞沿下弯成一道淡红的弧线。

茜红的裙摆湿了一小片，雪白的脚趾上淌着湿漉漉的水珠。外面在下雨，像开学第一天的那种细雨。

“你怎么知道我们这趟车到？”哥哥也有点儿吃惊。

没回答，只是那熟悉又久违了的嫣然一笑。

“走吧。”她递给我们每人一件雨衣，然后拎起那个最重的小箱子，走得飞快，快得连哥哥也赶不上她。真看不出来她竟有这么大力气。

走出了站台，我问：“有什么新闻吗？”

“新闻吗？没有，”她淡淡一笑，“只是咱班这学期又有好戏看了。”

气温渐渐降下来，海又变成了深邃的黛色。清晨到海滩来背外语单词的学生却不见少，这儿的空气着实比京城要新鲜多了。

唐放在暑假最后几天回了趟北京，回来后便像着了魔似的，整天处于歇斯底里的情绪中，开口便骂这儿的人个个是井蛙，北京的形势已热得灼人，这儿却仍然一片冰霜、蛮荒地带。他的崇拜者们也都热血沸腾。这两天袁敏见了我三句话不离“北京形势”。

“咱们这些同学太缺乏革命热情了！一天到晚 ABC，α β ε，我最看不上的就是这号男的！说真的方菁，”她眼神儿变柔，声调变软，“唐老师和他们比起来，确实是个男子汉！你说呢？”

“你了解他吗！”

“……反正，他这人挺有特点的，我一直认为他有点儿……有点儿像于连·索黑尔。”

“可能有点儿吧。”

“你也这么认为？”她好像很兴奋，然后又克制着试探地说，“你喜欢他这样的人吗？”

我很干脆地做了否定的回答，她惊奇地看着我。

“为什么？”

“不为什么，不喜欢就是不喜欢。”我有点厌烦了，“真有意思！难道你崇拜的人也要求人人都崇拜吗？”

她的一双小眼睛在我脸上扫来扫去：“可唐老师背地里常夸奖你是咱班的文豪哩！”

“很荣幸。”

“他不是也常借给你书吗？那本《今天》我说了多少次了想看看，他说是被你借走了——”她的笑容变得火辣辣的。

“那是他记错了，《今天》在小雪那儿。”

“什么？他把《今天》借给郗小雪了？”

她那样子就像听见第三次世界大战爆发似的。

袁敏今年二十五岁，不高不矮不胖不瘦，皮肤黝黑，胸脯丰满。最明显的就是那一对虎牙。她一向对自己的过去守口如瓶，但好事者们无孔不入，不知从哪儿拼凑了一份她的履历。她从小便争强好胜，事事不甘居人后。学东西虽慢，却因有常人不具备的毅力恒心，最终总比人强。譬如游泳，那时毛主席以七十高龄畅游长江，党中央号召全国青少年到江河湖海去锻炼，于是一时间全国上下风起云涌，各中小学校都开展游泳运动。别人都会浮了，她却总像个秤砣似的沉下去。可她就那么一中午一中午地练，皮都晒脱了一层。后来人家的兴趣都过去了，她却被选送进业余体校游泳队，一去两年，直到胸大肌变得像男孩子一般发达，她才急流勇退。所有的老师给她的评语都有这一条：“做事踏实，肯吃苦，有毅力。”“文革”那年她才十二岁，却也闹着参加了“革命造反兵团”，当天便办了两件事，一是学会了“造反歌”，二是先把自己家的“四旧”破了。提起此事她至今内疚于心：“……那时候真傻，真的。把爸爸妈妈穿结婚礼服和戴学士帽的照片都给铰了，把爸爸气坏了……”这大概是她最伤心的事，之后的历史便不怎么提。可不知怎么被郎玉生打听出来了：“知道袁敏是怎么入党的吗？喊‘扎根’喊出来的！”这也是有典故的：老四届上山下乡后，七〇届几乎都留在北京工厂，其中一些革命“左派”坚决要求到京郊农村插队，如愿以偿后又分化为若干派别，其中一支便叫作“扎根派”。此派人虽不多，却极走红，那时到处是“活学活用毛著讲用会”，“扎根派”自然也要给大家讲用，每次讲用都忘不了喊一句“坚决扎根农村一辈子”的口号。久而久之，“扎根派”的时间就几乎完全被这类会议所占用，并不怎么去干农活。然而两年劳动锻炼后分配，公社分配小组和首都工人学大寨工作队却把最好的工作分给了“扎根派”，理由是“他们经历了最严峻的考验，过得硬”。于是这批人又带着最佳鉴定奔赴新的岗位，理所当然地得到重用。诚然，“扎根派”大概也分为“真诚”和“不真诚”两种。我坚信袁敏属于前者。

“唐老师……常常借书给郗小雪吗？”

可怜的袁敏，她太不善于掩饰自己了，连我这个傻瓜也一下子悟出点儿什么来。

大学的头两年，外语课的分量很重。好在我极喜欢英语。当时我对语音很着迷，什么美音、伦敦音、伦敦土音什么的，一天到晚对镜练习，自我要求很严格。教英文的是教会学校出来的一位老教师，他自己没小孩，便总把我们当成很小的孩子。上课就像是哄小孩，无论我们玩什么花招儿，只要回答正确，他就笑逐颜开地把两只大手插进旧外套的衣兜里，好像要给我们掏糖似的。这天老头儿给我们每人发了一套辅导材料，当场便把我、袁敏、郗小雪和唐晓峰叫起来，让我们即兴演出《渔夫和金鱼的故事》。

窗外就是海，很容易入戏。我是旁白，袁敏饰老太婆，唐晓峰和小雪分别演渔夫和小金鱼。大家配合得倒挺默契，只是唐晓峰南京风味的英语发音引人发笑。小雪的发音也很别扭。平时她常用夹舌音说话，不但不难听，还有种娇滴滴的韵味儿。可说英语就不行了，听起来像是说梦话。好在她比较鬼，有些难念的词儿轻轻带过，而且常忍俊不禁似的一笑，把念不出的词给隔过去，老头儿竟也听不出来。别的同学笑的、鼓掌的、看杂书的、聊闲天儿的，一节课闹轰轰地过去，下课铃一响，唐晓峰便使了个眼色叫我出去。

“方菁，你最近和唐老师闹意见了吗？”他似笑非笑。

我摇摇头，莫名其妙。于是他皱眉作沉思状：“这就怪了。”

他变得吞吞吐吐，我一再追问才知道，原来最近班上男生风传唐放和袁敏去渠州公园游玩一事。唐晓峰和唐放一直关系不错，便当面去问，谁知唐放突然变了脸，怒冲冲地说，这一定是方菁造的谣言。

“我很奇怪，你们的关系不是一直很好吗？”他的脸上又现出那种琢磨不定的笑容。

我也奇怪，且没有完全反应过来。上课铃响，我回到座位坐下，心神不定，想不起在什么地方得罪了唐放。我这副样子自然瞒不过小雪，她给了我一个询问的眼神，于是我给她写个条子。她回条写道：“不出我所料。”

我看看她。她把嘴凑在我耳边，压低声音说：“你不该把唐放借我书的事告诉袁敏，事情就出在这儿。”我们两个嘀嘀咕咕引起老头儿注意，他把我叫起来背课文，小雪便在一旁把那一课翻开，对着我举得高高的，直到快背完才被老头儿发现，于是小雪又被叫起来接着背。老头儿一怒之下竟多占用了五分钟，大家急匆匆地收拾东西准备到大教室上党史课，一个小纸条嗖地飞到我桌上。

“如袁找你谈，装作不知此事。不要露出对唐的恶感，无论她说什么，你姑妄听之。”

我疑惑不解地望望小雪，不明白这里面到底有什么文章。

果然，傍晚时候袁敏找到我，神色有些紧张，执意拉我去银石滩散步。

“就在这儿找个地方谈吧。”我实在没情绪。

“那也好。”她一本正经，把书包抱在胸前，一颠一颠地，她心里着急时常常这样，

“上次你讲的那件事是确实的吗？”

“什么？”

“唐老师借书给郗小雪的事。”

“怎么了？这事儿对你来讲很重要吗？”

“那倒不是。”她咬着嘴唇，两颗虎牙尖儿仍在唇外闪光，“听说那次郗小雪生病，唐放还去看过，是真的吗？”

我犹豫了一下回答：“是的。不过这也没什么奇怪，学生病了，唐放作为老师，当然可以去看她。你怎么了——”

她眯细眼睛，前额上那 V 字形的抬头纹加深了。“哦，这——我——就——明——白——了。”她把字一个一个地从牙缝里吐出来，脸一下子涨得发紫，接着又褪去，变得苍白。

我吃惊地看着她。相处这么长时间，她这副样子我可是头一回看到。她一只手像把冰冷的钳子似的攥住我的手腕，半晌竟说不出话来。

笑和哭实际上都是有章法的，同是笑，同是哭，便有绝大不同，再没有比看一个不会哭的人伤心痛哭更难受的了。憋了有半分多钟，袁敏“哇”的一声哭出来。那哭声沙哑得令人“惨不忍听”。我从没想到她的哭会是这样子的：眼睛拼命睁着，鼻孔不断翕动，牙关咬紧，露出浅红色的牙龈，每抽动一下，便有眼泪鼻涕口沫一起喷出。我急忙把兜里的一块手绢递上去，天哪，我真替她难受。

“……怪不得他最近对我这么冷淡，怪不得呢！……我哪儿能跟人家郗小雪比？！……呜呜……”一阵汹涌的哭声之后，她抽泣着数叨。

我一声不响。看着她把我的手绢在宽阔的脸上揉来揉去，转瞬间手绢变成了一块抹布。我拿定主意保持缄默，“姑妄听之”。

“告诉你，我上了他的当了！暑假我没回家，就是为了……为了他，他不让我走，他简直是只狼！……呜呜呜……你不知道，他下手有多狠！……呜呜呜……”

“什么？！”我简直惊呆了。

“我已经……已经和他……”她又大哭起来。

我的心怦怦地跳。没想到小说电影里的事儿生活中也发生了，而且近在眼前。我手足无措地望着她，想走开，又挪不动脚步。

“是的，有过很多次……记不清了……”她已经不哭了，仍用手绢挡着眼睛，抽抽搭搭的。

“这个恶棍！”我本性难移，终于未能“姑妄听之”。

“他使人也使得特狠……所有的稿子……都让我帮他抄，这次期中成绩不理想，就因为考试前，为他的稿子熬……熬了个通宵……”她越说越委屈，泪水扑簌簌地落下来。

见她那么难过，我早把对她的恶感丢到爪哇国里：“你呀，真糊涂！他不过是会爬两篇格子，就至于让你这么五体投地！”

“他……他说了，大学毕业时就……明确关系……”她一抽一抽地张着嘴巴，像只被捏紧了的鱼。

“骗鬼！”

“最近，他对我……越来越冷淡……我猜……猜到了……他一定是又爱上别人了……哦哦哦……我真受不了……真受不了……”她哭得哽咽难言。

“他的……他的底细你了解吗？”

"他对我说过，他家里两年前曾给他介绍过一个女朋友……他不愿意……就为这个跑到这儿……教书来了……"她从红肿透亮的眼皮下面瞥着我，鼻腔堵塞，像是患了重感冒。

"你对他可真够痴情的。"我无可奈何地看着她。

"我早就知道，早就看出他……他是个魔鬼，可我没法儿摆脱，真不知是怎么回事……方菁……从小就知道善良是美德，可……可现在才发现……恶有一种魅力……真的，不知你发现了没有……"

我心里一震。忽然听见海潮声汹涌澎湃，海风发出一种怪异的呼哨声，天色陡然变得黑暗，海那边是一片灰红色。她的头发被风吹得直刺刺地立起来，像一丛乱蓬蓬的灌木。

"走吧，要变天了。"我说。

"方菁，今天我跟你说的这些你千万要保密。"

"放心。"

"如果你说出去，我不会承认的，"她好像笑了一下，红肿的眼皮几乎把那双小眼睛包住了，"两个人说的话无法对证，这点你明白吧？"

我费了很大力气才压下骤然涌上来的厌恶。怪异的呼哨声由远而近地裹胁而来，远远地，我们自习室的灯光忽然灭了，四周一片黑暗。

我和阿圭竟慢慢地熟起来。大概由于和小雪的关系，她对我特别尊重，久之，也把我当个"小姐"来服侍，每逢一去，她便恭顺地为我刷衣服、刷鞋，又煮一锅我最爱吃的花生汤。最近竟亲手给我做了一双丝绒面绣花拖鞋，真正把我当家里人了。阿圭的针线活计极佳，过去生活拮据时，竟有一天绣一顶凤冠的记录。惠安女人，不仅要生儿育女，还须养家糊口。她们无论粗细活都要一手担起，男人若帮了忙，她们还要说男人没出息。这个偏远地区实际上还保留着史前母系氏族的痕迹。

我买了新的银腰带作为回礼。惠安女子视银腰带比汉族女人对金链条要宝贵得多。阿圭见了，千恩万谢，收藏起来，直到新年才取出戴上。原来的那一条，虽已旧得没法要，还是很珍爱地收好，用香薰了，包进绸帕子里。

“做姑娘时我做梦都想要这样一条银腰带哩！”她把那条新腰带拉得长长的，从腹下露出一大截。我忽然觉得她有什么可怜的地方。小雪说过，她婚后一年男人就一去不返。年轻守寡，一辈子寄人篱下，可从没听她叹过气，一条银腰带就让她欢喜成这样。

新年那天小雪喝醉了，阿圭便拉我去她的小屋，翻箱倒柜地拿出些过去的绣活给我看，真是精妙异常。后来我发现压在箱底有个很大的圆形荷包，梨黄色的缎面上绣了一套亭台楼阁，绣得极精致，想拿出来细看一看。阿圭神色紧张起来。

“方小姐，这个是看不得的！”

我没坚持，又看别的。她两只隧洞似的大眼盯着我闪了又闪。

“给你看一回也罢，莫告诉别人，连小姐也莫告诉！”

荷包打开了，里面是一个红丝绒绣花兜肚。花纹是嵌金银丝掐花云朵，里子衬了一色的银白软缎。云朵上头栖着一只活灵鲜鲜的鸟，鸟嘴里衔了一颗珠子，珠子洁白明亮，一看便是上品。

“这是真正的合浦珠哩！”她的脸上露出虔诚的样子。

我抖起来翻来覆去地看，琢磨不透那只小鸟是用什么绣的。后来还是阿圭告诉我，那是用孔雀、锦鸡的羽毛，外加各色生丝、金银线一点点粘的。真是巧夺天工，让人看了，不能不佩服旧式妇女们的灵巧和耐性，这种活计若给了我，恐怕就是逼我上吊也做不出来的。

“这是我过去一个好姊妹留下的，”阿圭粗声粗气的像个男人，“活做得精，人生得更是神仙一样的，还会潜到深海里捞蚌，这合浦珠就是她自家捞起来的！我的绣活都是她出样子，如今上哪里找这等好样子去？”

我忽然想起广济寺那个老太婆的话。难道阿圭说的就是那个“美人儿”？这个神秘的年轻女人究竟是什么人？她从何处来，又到何处去呢？

“方小姐若喜欢这荷包样子，我就再给你做一个，只是眼神不比从前了。”她说着便从笸箩里拿出一块白缎子零头，一盘绕好的水绿色丝线，拈出一根放在两个粗手指头里一捻，捻成了十几根蚕丝一样细的股，抽出一根来穿在一只小针上，看不清她怎样绣的，只见水绿的光一闪一闪的，白缎子上很快就出现了一个精致的小亭子。我简直呆了。

“现在不大绣了。只帮着小姐缝衣裳哩。她阿爹不在了，生活过得苦，全靠小姐给华侨做衣服赚饭吃哩！我说敞开开个裁缝店，小姐怕人笑，不干唉。就这样赚钱也不少，华侨阔气唉。”

我总算知道“靠房租吃饭”是怎么回事了。自尊心走远一步便是虚荣心，小雪是自尊还是虚荣？

屋里渐暗，我拉上窗帘，打开那盏五瓦的小灯。半掩的门外，一个灰影子慢腾腾地逝去。

“她为什么总是这样呢？”

“有病！”阿圭指指脑袋，“干了亏心事的人都活不好的！死了也要下地狱！只可怜小姐——”她把话吞了下去，飞快地做着针线。

老太太其实是满腹经纶的，说她只是北平女子中学毕业的我总不大信。她在人前要么说话语无伦次，令人生厌；要么就一声不吭，像条干鱼似的面无表情，可她念经、拜佛，特别在自语时却出奇地清醒。她能背诵许多经文，大量的诗词文赋、偈文碑帖，甚至对焚香、品茶、酒令等都甚有考究。这大概来自她那个古老家族的传统教育吧。例如焚香，有一回她点了香在屋里打坐，我信口称赞了几句那香气，她也只是客气了一番，敷衍了两句，而回到房中便也就喋喋不休起来。我好奇，认真听了一回，却发现她在背诵屠赤水的一段焚香妙论："……香之为用，其利最溥。物外高隐，坐语道德，焚之可以清心悦神。……品其最优者，迦南止矣。第购之甚艰，非山家所能率办。其次莫若沉香。沉有三等，上者气太厚，而反嫌于辣；下者质太枯，而又涉于烟；惟中者约六七分一两，最滋润而幽甜，可称妙品……"可一旦我真的向她请教，什么样的香最好，她却只是连连摇头。

新年那天，小雪饮酒过量，头晕目眩。老太太当面指斥阿圭不小心，回了房间又是一大套："……洁饮宜舒，放饮宜雅，病饮宜小，愁饮宜醉，春饮宜庭，夏饮宜郊，秋饮宜舟，冬饮宜室，夜饮宜月。"又云，"凡醉，各有所宜。醉花宜画，袭其光也；醉雪宜夜，清其思也；醉得意宜唱，宜其和也……此皆审其宜，考其景，反此，则失饮矣……"

小雪带着醉意告诉我："她今天一定要记一篇日记。'某年某月某日：今日，小雪失饮矣。'"

"真是怪极了。"

"这有什么怪的。人生百性，只说你孤陋寡闻就是了。"她笑笑，"我妈妈过去读书是什么都要背的，常说'儿时所学，终身不忘'。"

"可是……她为什么非要背着人……"

"她害怕。"

"怕什么？"

“难道你就没有怕过什么？”她冷笑一声，“人生下来就是怕人的，与其说给人家听，不如说给自己听，就是这样。”

我不解。她又恨恨地说：“比不了你。你有那样的好爹娘为你遮风挡雨，也难怪你到现在还是个世事不知的大孩子。我可老早就看清了。光看清了不悟透还是不行，悟透了，就活得很好，真像鱼在水里那么自在。这个，你永远也别想知道。”

“你的论调和一个人的很相似。”

“谁？”

“我哥哥。”

“他？……不，我的悟和他的悟不一样……他并没有改变什么……我却是被什么毒化了……我总怀疑我的血里带着毒素……”她的眼睛变得亮闪闪的，嘴角上挂着笑，“有毒你明白吗？可只能毒死别人不能毒死自己！像蓑鲉那样，哈哈哈……这样我就再不怕了！……哈哈……什么都不怕了……”

她的确是醉了，醉得让人怕。可更可怕的还在后面——我打开房间的门，发现老太太像尊蜡像似的呆立在门外，两眼直盯盯地瞪着我。

“你说什么？你要毒死谁？说！你要毒死谁！……”老妇人用比平时大一倍的声音嚷着。

我瞠目结舌。

这时阿圭就走过来挽起老太太的胳膊：“走吧。走吧。”

“他们要毒死他！是他们下的毒！我不知道……”老太太声嘶力竭地喊着。

阿圭回过身来，露出一个意味深长的微笑。

“她……她究竟是怎么了？为什么不去看看？”我皱着眉头。

小雪半躺半卧地倒在床上，嘴角上泛起一丝冷笑："我爸爸死后，她精神上受了点儿刺激，没大事儿。"

互相无法容忍却又被习惯捏和在一起，每个人都是另一个人的绞索，却又厮缠着无法解脱，也许把一个人单独分离出来并不坏，可缠在一起便互相磋磨，直到把所有的闪光点都磨灭，只敢背着人自言自语为止。

——人啊，你这又爱又怕的傻瓜！你不知道，全部历史就是因为照过太多面孔而发疯的一面镜子！

海在窗外轰鸣。小雪忽然睁大着眼睛下了床，走向窗子，又是那个熟悉的动作。她在谛听着什么。她又听见海妖的歌声了吗？她一双眼睛突然深陷了下去，锁骨的凹窝如象牙般滑腻，随着一种无声的旋律轻轻颤动。

三天后袁敏又找到我，变了一副脸色。

"方菁，我们谈谈好吗？"

"对不起我没时间。"我说的是真话，很快就要考试了。

"那好，你看看这个吧。"她把一个条子塞到我手里，眼神突然变得像电影里的公安人员一样犀利。

条子上是唐放的笔迹：

袁敏：

近来你态度异常，我已觉察，并不怪你。因我知道某些人未达到自己的目的而嫉妒他人，挑拨离间，望你凡事三思而行，并希望于近日谈谈。

不具

“什么意思？”我冷冷地问她。

她满脸的审视猜疑：“唐老师找我谈过了。他说……他说你对他很有意思，可他拒绝了，于是就……”

我像是被一条毒蓑鲉的尾刺狠狠蜇了一下。

“胡说八道！”

“有则改之，无则加勉嘛！何必这么激动？”她脸上竟浮起一丝得意之色。这哪里是三天前那个痛哭流涕、孤独无助的“受害者”！我怔怔地望着她竟说不出一个字。在她那犀利目光的注视下我自然而然地变成了被告。

“即使有那种想法也是正常的，都是未婚女青年嘛！”她竟然给我做起了报告！

“我从来没有过那种想法。”我尽力克制自己，“唐放这人太卑鄙了。”

“我们一起去渠州的事你知道吗？”她以那么轻松随便的口吻说“我们”，这无疑等于给了我一个新的信号。

见我摇头否认，她皱起眉头：“这就怪了，这是谁传出去的呢？……方菁，说实话，你在这件事上难道真的一点儿没掺杂个人目的吗？”她的两颗虎牙离我很近，清楚得能看见嘴唇上浮起的皮屑。

我拼命压下我内心的厌恶。不，我再不愿和她说一句话了。我夺过她手里的条子几下扯得粉碎，摔在地上。她来拉我，我狠狠地甩开她的手，飞似的奔跑起来。房子、树、校舍、篮球场……都被我一一甩在身后。我的下颏不听话地抖着，我知道自己两眼噙着泪水，我拼命忍着，每一个迎面过来的学生老师都向我投来惊奇的一瞥。我跑啊跑啊，直到双腿再也没有力气，直到和海浪一起撞在银石滩的石林上，浪头把我淹没了，在海浪的轰鸣中我呜呜咽咽地哭出声来。

袁敏的每句话都像蓑鲉的毒刺一样刺伤了我的心。我莫名其妙地受了一场侮辱，而我竟没有还击的力量，因为没有设防。

可是我更为她悲哀，为自己的同性悲哀。

将来我若是爱上了一个男人，也会爱得这么愚蠢，这么下贱吗？不，我宁肯一辈子也不爱人。

海浪不断地冲击石林，我的泪水也被冲刷净了，我内心感到从未有过的孤独。

暮色中，石林的顶端泛出墓碑似的灰白。一个流泪的姑娘，在这片灰白的碑林中穿来穿去。

大概人的一生都在这么穿来穿去吧？寻找什么呢？无非在寻找属于自己的墓志铭。

可是谁又能见到自己身后的墓志铭呢？

于是人生的目的谁也达不到。

何况人生本来无目的，这目的，是人类本身杜撰出来折磨自己的。

我默默地伏在那冰凉潮湿的岩石上。

大概人的一生要经历许许多多这样的事，这又算什么呢。小雪一定又要嘲笑我是个“不知世事的大孩子”。但知道了“世事”又怎么样？难道人和人在一起就是为了互相折磨吗？难道人真的需要伪装，需要保护色，否则就要受伤害吗？那么真实的人都上哪儿去了？

世界上只留下一片汪洋似的代用品，留下那些莫名其妙的符号，留下一片甲胄，一片光怪陆离的色彩，唯有真实的人逃遁了，逃遁到各自的内心里，像那个“蜡制”的老妇人那样，对着自己的内心自语。

我为什么要来这儿上学？为什么要做循规蹈矩的好人？为什么要忍

受这种屈辱？为什么要在这种令人恶心的事里扮演一个角色？为什么被裹胁到这种说不清道不白拉不开扯不断的蛛网里？这真太可笑，也太可悲了！

这一切都是无法选择的。

月亮渐隐没于轻霰之中，海潮温柔地低吟着，我这才发现银石滩的夜晚到来了。——的确像哥哥所说，那一种非人间的静，只要你向它走去，便会被它所笼罩，然后被它压迫，压得你连大气儿也不敢喘，只能战战兢兢地看着它，听着它在窃窃低语。在石林黑黝黝的手臂间，能见到一角天空，紫得浓郁且晶莹透亮，就像戴在那黑黝黝的手臂上的镯子。据哥哥说，石林是世界上目前发现的最古老的龟裂石。这时，海和天都变成枯叶般的色彩，醉了酒似的，飘飘摇摇的，我惊奇地发现那石头一直在动，大概海滩上那一个个浅棕色的漩涡就是它们踏出来的。淡紫色的雾霭始终笼罩着它们。我努力离它们近些，却是徒劳。

我整个像被定身法定住了似的，无法移步，只能眼睁睁地看着它们随星星的移动而迟缓地挪动着。我看得呆了。难道真的像传说中那样，那石下镇着的鬼魅想在此时出游吗？这时，真的奇迹发生了。

从石的背后走出一个白色的人形，那是一个少女洁白的身体。我屏住呼吸。这的确像一个梦。天上贴着一轮纸剪的似的淡黄色的月亮，一个洁白的身影穿过那片紫色雾霭，那么悠然地走向海，仿佛她本来就属于海，本来就是从海中诞生的一样。她双臂平展着就像要和海拥抱，的确那里面有种特别亲昵的神韵，我无法言传却感悟到了。我看不清她的面目，只能看到她那优美绝伦的身段和步态，被黑色夜幕、紫色雾霭、黄色月亮衬托得格外美，美得令人丧失了情欲。

等我再望过去，海水已经把她高高托起。她全身舒展做出极优美的踩水动作。——这一瞬间我忽然觉得她就是小雪！我试着喊了几声，海浪中声音出奇地小，那一点闪亮的白色很快就被周围的黑暗吞没，像出现时那般突兀，她很快就消失得无影无踪了。我站了许久，半晌才从幻梦中醒来。雨水大概是从星星上摇落下来的，还带着一丝冰凉的寒意。雨水落在我身上的时候，我觉得自己也变成了石头，变成了树，变成了蛇，变得和它们一样美丽而崇高伟大。银帘样的雨水使天空变得朦胧，天地万物似乎都在这雨夜里萌动，舒展，自由地交配。我把那来自人间的不愉快忘掉，竭尽全力搜索来自天上的爱。我是幸运的，独自享受了一个石林的夜晚。谁也没见过这情形，谁也没尝过这滋味儿。石林依然在老地方。我可是一下子年轻了许多。一切不快都被雨水冲刷掉了，心里像被水洗过似的那么明净。我一定是看到了一个美丽的幻影，一定是发现了一个自然界的秘密。这种幸运在人生中是不多见的，感谢神祇的启示。

大自然永远会给予人生以补偿，哥哥说得对。作为灵长动物之首，人类已经走得太远了。走得太远，因而别无选择。

清晨，我来到哥哥的小屋。门虚掩着——我悄悄蹭进去，没有一点声响。小屋暖融融的，一壶开水在电炉上呜呜地冒着气泡，屋里收拾得很干净。靠墙角的镜子前坐着一个人。

我惊异地看到那张映在镜子里的脸。

“小雪！”

她猛然回头，只怔了片刻，便恢复了平静，像平常那样嫣然一笑。

“意外吗？”她嗲声嗲气地问，一面慢慢地梳理着湿漉漉的头发。

“真想不到。”我盯着她。

她嘻嘻地笑起来：“令兄让我今天一早给他送象棋，我奉命来了，他倒不在，害得我等了老半天。”说罢，指指旁边的那盒象棋，果然是她的。

“你刚刚洗过头吗？”我也装出不经意的样子。

“哟，你刚从外面来，难道不知道外面在下雨？”她瞥我一眼，“你不是也全身湿漉漉的吗？”

我噎了一下没说出话来。她立即起来给我沏了杯茶：“快喝点儿热的驱驱寒气，一点儿都不会照顾自己，还是姐姐哪——”她满脸娇嗔地把茶杯放在我手里，“令兄这里我是头一回来，说实话可真不好找，大雨天儿的，要不是看在他是你哥哥分儿上，我才不那么虔诚哪——你刚才上哪儿去了？怎么这么狼狈？”

我这才低头看看自己脚腕上的泥。小雪很利索地帮我找来双拖鞋并打了洗脚水，我双脚泡在热水里舒服得很，她拎起我那双脏鞋子，放在水池里细细地刷。

她的确有一种本领，只要你在她身边，她就能使你活得很舒服。她善解人意，你一举手一投足甚至一个表情都逃不过她的眼睛，她会非常及时不迟不早地满足你，而且恰到好处。我完全明白这样的女人对于男人的价值。说穿了，男人梦想的就是这样的女人。我知道这个，但我自己却做不到。

“昨天夜里我做了一个梦。”我缓缓地说，盯着她的眼睛。

“什么？”

“我梦见一个少女在黑夜中游进海洋。”

“像鱼那样？”

“像鱼那样。”我眼睛不眨地盯着她。

“这倒不错。”她点点头，黑茸茸的睫毛遮蔽了她的眼睛，“你做了个好梦。”

我仍然盯着她。

她的眼光滑了一下，继续低头刷鞋。

“我看那个女孩子很像你。”

“唔？这有可能。”她连眉毛也没动一下，“有可能像我，也有可能像别人，在梦里，这太有可能了。但是你用不着深究。无论在生活中或在梦里，发生了的就让它发生吧，生活本身就是一条浑浑噩噩的河流，什么都可能发生，不可能像你想象的什么都清清楚楚，不可能。”

我想了一想。“你说得对。”

她把刷好的鞋子放在窗台晾上。

我把袁敏那件事简单告诉了她。

“因为她知道自己不是对手。”她一声轻笑，拈起棋子一颗颗往棋盘上摆，“告诉你吧，唐放真正爱上的只有一个人，就是我。”

我没说话。她手里那颗棋子像朵黑梅花似的一闪，落了下来。另一只手在慢慢捻转着旁边的一个小白瓷杯子。

“那次你领他来过之后，他已经单独约过我好几次了，让人烦。”

“你赴约了吗？”

“去了一次，就够了。他玩儿的这一套没多大意思，老把戏了。”她淡淡一笑，“不过他对我讲的倒是真话。”

“未必吧。”

“他自己也承认，能够识破他的只有我，所以他不敢在我面前撒谎。”

“我不相信你对他毫无热情。”

“我露了什么破绽吗？”她的注意力又集中在棋盘上，微笑变得不经意了。

“你的眼睛。”

“我的眼睛？”她天真烂漫地笑起来，“傻孩子你真可爱，你不知道女人的眼睛是用来干什么的吗？”

我怔住了。

“我不过是逗逗他。全班的女同学，当然，除你之外，都迷上他了，我想试试自己的实力。”

“你真有闲工夫。”我大不以为然。

“人生是干什么的？不就是干这些吗？你以为是什么？啃书本？像报纸上说的那样干一番什么事业？嘻嘻，那样才叫空耗生命！”

“你怎么会有这样的人生观？”

“听着不顺耳是吗？依我看，一个女人一生中最重要的就是爱和被爱，一个男人和一个女人就是一个世界，而现在世界上有无数的男人和女人，自然能演变出多姿多彩的人生，就因为这个，神祇也会衰老，而这样的生命永远年轻！”

我像是突然陷入十二级地震的震中，瞠目结舌。过去没有人告诉过我，我自己也从未想过。当她说这些话的时候，她眼睛里流出一种闪烁的光彩，那光彩，连黑茸茸的睫毛也遮不住。

“你小心玩火自焚。”

“会玩火的就不会自焚。”她淡淡一笑，我这才觉得她那双美丽的眼睛里全是邪恶——酷似莫罗画中的斯芬克斯或莎乐美，“恋爱，要进得去出得来。”

“进得去出得来的就不叫真爱。”我冷冷地说。

“体验人生，并不非要次次都动真格的。其实什么是真什么是假我们自己也闹不清。

往往是真中掺假，假中混真。这很复杂，说不清。假如你爱上了一个人，你想得到他，你会怎么做？”

“当然凭我的真情。”

“哈哈，真情？那你试试吧。”她又转向棋盘，嘴角上留着一丝讥讽的笑意。

“那么你会怎么做？”我仍穷追不舍。

“恋爱是艺术也是游戏，是创造也是消遣，说到底，是一场智力的角逐。”

“这么看来，你的人生哲学就是逢场作戏，对谁都不动真格儿的？”我被她那种淡然无谓的态度激怒了。

“天哪！你怎么像个女中学生？”她见我拎起书包要走，急忙跳起来拉住我，连鞋也没来得及穿，光着一双雪白的脚丫子，她的夹舌音透着一股娇媚：“我对你是真的，我发誓，怎么样？”她看着我笑起来，大概我确实很可笑。

“要这么着，以后还让不让人家跟你说心里话了？”见我缓和下来，她又嘟起小嘴无限委屈的样子。我想到人家跟我们开的有关“同性恋”的玩笑。她太灵秀，太剔透了，因此总把我衬托得粗蠢不堪。

“你要是了解我的过去就不会说刚才那句话了，”她把棋局打乱，温柔地看着我的眼睛，“唐放算什么呀，我的男朋友无论在哪方面都比他强百倍。”

“他难道连一次回来的机会也没有？我真想见见他呢。”我盯着她。

“将来一定有机会见到的。我……将来会去国外……找他。”她的声音变得十分清纯，“他是我心中的神，我崇拜他。”

“就是你心里造的那个神吗？”我问。我想起了一年多以前那个晚上，姚克、唐晓峰他们打桥牌走后，哥哥对我说的那番话。

她怔住了，很少见她这么不自然。半晌，她才敌意地盯着我说：“是你哥哥告诉你的吗？”

“是的。”

“唔。看来你们兄妹之间无话不说？”她又瞟我一眼。

“不，我们一般都是各行其是。哥哥看不起我，很少跟我谈什么心里话。特别是最近，他简直没空儿跟我说话了……”

“哦……”她似乎舒了口气，反问我：“你小时候，难道心里就没有一个造出的神吗？我总觉得，每个孩子都有自己的秘密，可惜，一长大就把那个秘密给忘了。”

我仔细想了想，坦白承认上小学时每逢考试，我也常在心里求祷，可那求祷的对象究竟是谁却很模糊。

“这就是了。”她点点头，“我特别早熟，好像从小就懂得男女间的事儿。很早，就想爱个男人。你们二十多岁想的事我十岁以前就想过，而且好奇心特别强，总想知道大人们在一起干什么。后来就明白了，明白了就觉得大人们都在装假。他们骗我，我也骗他们。我从小就会说谎，人人都说谎，可人人都要求别人诚实，就这么回事。就连你这样的好孩子，也难保没有撒谎的时候。”

她说的这些让人不可思议，可谢天谢地，她对我越来越坦率了。

“那个暗中保佑我的神明在我十四岁那年就消失了，我的男朋友取而代之。十四岁之后我就一直噩运缠身，我明白，这是由于我背叛了与身俱来的那个神。我没办法，这是因为……”她眼光又滑了一下，“因为我的肉体背叛了灵魂。”

我困惑地望着她，完全无法理解。

“……哦，瞧我今天是怎么啦，跟你说起这些——”她不自然地一笑，眼光像锥子似的刺了我一下，“别那么认真，好菁菁，这可不是上政治经济学课，并不需要记笔记，哈哈……”她笑得极不自然。不知为什么，在这瞬间我忽然感到她似乎正被一种强烈的痛苦灼烧着。我不知这痛苦来自何方，只感到她需要人听她倾诉，需要发泄，哪怕是胡说八道借题发挥顾左右而言他，反正她要说，如果我不在，大概她就会像她那位母亲一样喃喃自语。

“你说的我不大懂。”我认真地说。

“你当然不懂。”她好像知道我要说这句话似的，没等我说完便接下来，“但愿你永远也不要懂。你知道懂得这些的代价是什么吗？”

我沉默。她的两个眸子变得像冰一样。“我想回家了。”她把头发仍用那两颗红色装饰珠绾起来。

“别走了。等我哥哥回来我们一起去市里逛逛，今天是星期天。”我走到她身后，默默地搂住她的双肩。我比她要高一些，现在她穿着高跟皮鞋刚刚和我一样高。从镜子里看到她的目光变柔了，慢慢地，她向后伸开一条胳膊，绕住我的颈子。然后我们互相友好地微笑了一下。

哥哥回来的时候，我们已经很平静地坐在那里扯闲篇儿，边扯边嚼着槟榔。两人嘴巴都变得红艳艳的，屋里还漾开一股清气。哥哥怔了半天，才放下那个泥乎乎的书包。不用问，我就知道那书包里装着什么。于是我们一起嚷着要去市里逛商店，哥哥边用干毛巾揩头发边告诉我们，他发现石林以西沿着海岸线走是个极美的去处，他根本不理睬我们逛商店的要求。

我们磨蹭了半天才走，因为临走前哥哥忽然想起腋下还夹着一支体温表却到处找不见，最后把衣服脱得只剩贴肉背心这才绝望，嘟嘟囔囔地说明天只好赔校医院五角人民币了。

雨已停了。深秋的海像一块蓝宝石：新鲜透明、纯净冰冷。石林以西是华侨区，和我们一向楚河汉界。今天跨越雷池，才知山外有山。那种海蚀地貌的石林到这里变成了一片低矮的石笋。苔藓、霉斑和腐烂的地衣交织成一种被剥夺了生命的暗淡画面。南面是上山的路，那里极为幽静，视线只能捕捉到一两块比较突出的岩石，其余的一切，混混沌沌，一片朦胧，淡白色的阳光有气无力地斜斜射去，泥土腾起缕缕蒸气。海岸线附近的礁石上不仅有藤壶什么的，居然还有牡蛎。哥哥指着那道古海岸线告诉我们，那里也有许多牡蛎的残骸遗迹。三个人沿海岸线慢慢地走，天空像是很高很远，偶尔有水鸟掠过，溅起一朵朵浪花。再往前走，有条船反扣在那里，木头都朽了，被船蛆钻得到处是洞，洞里布满白垩质。哥哥细细地看了好半天。

“这船不知有多少年了，”小雪在后面淡淡地说，“刚到这儿来我就问过，当地的也说不清。传说是个年轻胆大的渔民，不怕鬼，深夜出海，结果一去不返，只剩一条空船漂回来。从此附近一带的渔民更不敢在这儿捕鱼了。”

哥哥听得很认真，点点头说：“这个人大概是当地唯一见过海火的人。”

我不解。小雪看看哥哥，嘴角上露出一丝阴险的微笑。哥哥让我们等着，他一人去山上拣枯树枝。我和小雪一时竟无话可说，各自都装作采牡蛎的样子。半晌，她不经意似的说：“过去我到这儿来过，记得你头一次上我家阿圭做的那种蛎肉春饼吗？那牡蛎就是我到这儿来采的。”

我“唔”了一声不再说话。哥哥捡回树枝点起一小堆火，三人围着火堆坐着。一种难堪的沉默笼罩着我们。大家似乎都在挖空心思想一句话，却又什么也没想出。时间就这么慢慢地逝去，浅红色的火苗毕毕剥剥地响着，燎着那层腐烂的地衣，我慢慢感到温暖。小雪嘴唇的颜色仍没缓过来，她慢慢地把一双雪白修长的手伸向火堆烤着，身子似乎有点儿发抖。

哥哥把他那个泥乎乎的书包抖开来：那里面有许多新鲜的牡蛎和小寄生蟹什么的，还有一个小铁桶，我轻轻地一声欢呼。小雪却一点不惊奇：“这算什么？赶海的时候，好东西更多呢。”

哥哥很快用枯枝支起个架子，又把牡蛎放进小桶里。“可惜没有淡水。”他说。

于是小雪自告奋勇去找淡水，拿着那个泥书包，又抓了几个牡蛎放进去，走了。

哥哥站起身来看那条船，似有无限的感慨。天空仍是灰蒙蒙的，阳光像一条苍白的绳索。向南望去，那条上山的小路似乎全部隐去，仿佛根本不曾存在似的。

小雪拿来一个很大的腰子形水壶，一望而知是国外产品。牡蛎我已洗好，放在桶里，她往桶里倒水，又拿出两个小塑料袋。一个装盐一个装茶叶。

“我认识这儿的一个华侨，一个有钱的寡妇，过去她请我帮她裁过衣裳。”她淡淡地说，一面把煮得开口的牡蛎从热气腾腾的桶里捡出来。

我立即想起去年夏天那个梦魇的晚上。那个胖胖的雍容华贵的女人和那件孔雀蓝镶金银线的衣裳。小雪可真行，她一定是用那几个牡蛎换来的这些东西，那胖女人一定是很爱吃新鲜牡蛎的。她学经济真是再适合不过了，可以随意换算那个绵羊和斧子的等式。

牡蛎味儿很鲜，三人都“埋头苦干”。一会儿抬起头，发现小雪前面的牡蛎壳比我和哥哥的总和还要多。后来才看清，原来她吃牡蛎像磕瓜子儿，用舌头舔开缝儿，勾出肉，再用牙齿轻轻一咬，按这样吃法吃上三四个，我们才能吃上一个。于是我们也学着这种吃法，谁知不是硌了牙齿，便是咬了舌尖儿。小雪见了，嘴巴又弯成一道好看的弧线，轻轻地笑。

嘴巴吃得黏黏的时候，小雪便及时煮好茶，用水瓶盖装满了递给我，又把水壶给哥哥。哥哥喝了一口，看来心满意足。

“怎么样，比你们逛街强吧？”

我和小雪相视一笑。

“这儿的地貌太棒了！”他眯细眼睛，把大把牡蛎的空壳扔进海里，“应该想办法在近两年建一个海生物博物馆。……人类应该想办法更了解海，但是绝对不要想征服它。是大海使人类超越了那些有限的思想和行动，它是不可征服的。

“我觉得，人类和大自然之间最好和平共处，谁也别征服谁。”小雪呷了口茶漱漱嘴。

“但是实际上这种和平共处几乎是不可能的。人是自然界的叛徒，因而也是被自然界离弃的可悲元素。我想可能在远古时代，灵长动物中有一只，深得日月精华、造化之功，成为万物之灵的人。人就是自然界本身孕育的孩子，和天空、大地、流水，和鸟兽、森林、花朵没什么两样。人可以在水中游，天上飞，陆上跑，可以和天地万物进行对话和神秘的感情交流。然而人向自然界索取得越来越多，终于背叛了自然，同时也被自然界离弃了。人类的每一进步都意味着自然界‘报酬递减’规律的实现。人取之于自然的越多，剩下的也就越少。人类最终将毁灭自然界，同时也毁灭自身。这已成为定局。人类再也听不懂自然界那些神秘的对话了。只有极少数被人们称为具有‘特异功能’的人，还保留着一些人的自然习性。确切地说，人类的灵性是被各种各样的欲望吞噬了。”

“照你这么说，人类应当永远停留在原始社会？”我对哥哥的论调大不以为然。

“一点儿也不是。人类要进步就必须如此，人类的这种悲剧是不可避免的。这是职业科学家在理智上的悲观主义，不是一般人在感情上的悲观主义。”哥哥站起来。

小雪低着头，不断地往火堆里扔进枯枝，我发现她一直在十分认真地听着。

“……你们看那道古海岸线，见到它我就想到原始海洋，那些眼睛生在背上，嘴巴长在肚子上的三叶虫，那些腕足类、腹足类的动物和珊瑚、海百合、鹦鹉螺……直到奥陶纪才出现了最早的鱼，鱼的出现我想应该是生命进化过程中的一件大事。就说咱们这儿的特产文昌鱼吧，它现在算是世界上稀有的头索动物，身上只有一条脊索，既无头骨，也无脊椎骨，这是无脊椎动物向脊椎动物进化的过渡类型。实话说吧，赶海的时候我买了一批文昌鱼，都放生了，这么珍贵的鱼可真舍不得吃。”哥哥又提起前两年南非发现三十四亿年前古细胞化石的事儿，说闹不好那道古海岸线下面也能发现点儿什么。“没有古细胞化石，红藻化石、水母化石也行啊。到时候就以鄙人的名字来命名，像发现矛尾鱼的拉蒂迈小姐似的。”

怪不得近来总是找不着他，他大概常常到这儿来。他和那些海生物之间像是有了种神秘的联系。

那堆枯树枝已经快烧完了。

小雪忽然扑哧一笑。

“你笑什么？”哥哥和我都诧异地望着她。

“我笑人真是本性难移。”她从长睫毛下温柔地看着他。哥哥的脸大概有点儿红。

我莫名其妙地望望他们。后来才忽然想起哥哥曾告诉我的小雪那句名言：“你什么也发现不了，什么也改变不了……”

她现在仍持这种态度吗？

我去山上找枯枝，回来的时候，他们已谈得很热烈。我下意识地感到小雪在某些时候有意回避我，她似乎不愿让我知道她对一些事物真正的看法，而且，似乎也不愿当着我发表真正精彩的言论。

“人主要是通过遗传物质突变和自然选择进化而来。DNA式的细胞复制，每个细胞都含有整个身体的全部遗传指令。因而有生命的不断延续，不断循环。明白吗？就像艺术家用模子复制雕像那样。”

“那么自然选择呢？”小雪突然问。

“适者生存。”

“什么是‘适者’？”

“……”

“依我看，进化偏袒骗子。”她说得很快。

他扬扬眉毛，表示很感兴趣。

“鮟鱇鱼的花纹酷似钓饵，葵虾全身透明像块玻璃，比目鱼会改变色彩和斑纹，像海底岩石的一部分，鱼和海藻完全分辨不开。……凡是生存下来的物种，一定是具备某种骗术的。”

“也可以说是自我保护吧。”

“不，没有一个物种只是消极地自我保护，伪装行骗的目的在于吃掉对方，填饱自己的肚子。”

哥哥摇了摇头。

“‘没有一个物种’的说法不严密。”

“我知道你为什么这么说。”她诡谲地一笑，“因为这说法违反了你们理想主义的教育模式。”

“那倒不是。”他很诚恳，“人类世界和动物世界毕竟不同，人类有骗术也有很崇高的感情。”

“譬如？”

“譬如，友谊。”

“海生物中有种共生现象。比方，小丑鱼和海葵长期生活一处，分享食物，它可以在海葵触手里避难，同时用自己的鲜艳色彩诱使鱼上钩作为对海葵的报答。海葵的触手可以毒杀别的鱼却对小丑鱼无害。又比方说，某些珊瑚和海藻，珊瑚排出的二氧化碳和无机盐被海藻用来制造糖分和氧，而这两种物质是珊瑚生存所不可缺少的。这样的共生使双方都获益，也该算是一种友谊吧。”

他忍不住笑了：“这种说法倒很新鲜。”

哥哥穿着件普通的旧衬衫和制服短裤站在那里，高高大大的显得笨重又很温和。与其说他像熊还不如说他像只大海豚。他和所有人都能处得很好，除了我。不知为什么，我和他的关系始终不能像一般兄妹那般亲密。我们有话却愿意留给同学说。从小就是这样。站在这里，我觉得离他很远很远。他从来没有像和小雪谈话这样和我平等地谈起某个问题。我心里萌生出一股妒意。那火快灭了，就让它灭了吧，何必打搅他们的谈话。我倚着一块石头，慢慢地抠出上面的寄生物，放在脚下碾着。大概在小雪心目中我们也像海葵和小丑鱼那样在互相利用吧。她自然是海葵，有毒的触手蜇向别的海生物却能保护小丑鱼，可我并不需要她保护。

“其实你刚才恰恰说反了，应该说骗术越高的物种，再生和不死的能力就越低。”哥哥谈锋很健，“我记得过去看过一本科幻小说，写两群人，一群人是正常死亡的，另一群是不死的。这群人秩序很好，生活舒适，可惜没有儿童，没有活力，这样的社会很快就僵化了。”

“是啊。原生动物阿米巴倒是永远活着，简单地分裂，可永远没有变化。不知想长寿的人愿不愿做阿米巴？”

两人咯咯咯地笑起来，笑得心领神会。小雪跪坐在那堆熄灭的火堆旁，姿势很优美，束发用的那对红樱桃不见了。她的满头黑发被海风高高掀起，像燃烧着的黑色火焰，充满了一种动感和活力。

“所以死亡大概是人类成为真正复杂生物所必须付出的代价。死亡是美好的，起码可以自我证明不是低等生物。”哥哥用惯用的幽默口气说。

“有比死亡更美好的。”

“什么？”

她那黑丝绒帷幕似的睫毛抬起来了，我清清楚楚地看见他一直藏而不露的眼神。那里面有种热烈到狂浪的东西，像颗烧炽的陨星般一闪即逝。

她实在是个可怕的女孩子。我怎么会交了这么个朋友？我又一次感到困惑。

天空慢慢呈出一片淡淡的丁香色。有几缕云在天和海的接壤处游移，鸟翅似的。只有海浪拍击堤岸的声音。我的心空落落的。隔着一块石头，我和他们近在咫尺。他们全神贯注、专心一意，除他们本身和他们的谈话之外无视别的存在。大概在他们的视野里不仅没有我，也没有这岩岸、这石林、这海和天空。

然而海风却把他们的谈话断断续续地送过来：

“……你听说过那个关于‘海火’的传说吧？”是她的声音。

“当然。”

“你怎么看？”

“‘海火’不过是一种海生物发光的特殊现象，不足为奇。人类在上古时代就发现过海火，航海家有过记载。发生这种现象的原因极为复杂，但完全是可以解释的。当地人比较迷信，所以把这种现象看得很神秘，越传越神……”

“海洋中有些海生物是发光的，有些不发光，可是发生‘海火’现象的时候，很多不发光的海生物也发光，那是怎么回事？”

“大概受了某种刺激吧。我给几条夜光虫做过实验，发现它摆脱麻醉状态之后能发出加倍明亮的光，然后很快就死了。”

“是吗？这很有意思。”她的声音低下来，“我倒是……有个发现，我发觉……很多海生物在交配期发光，这种发光有助于雄性寻觅雌性。比方说蠕虫的交配期，雌虫先游到海面，发出明亮的光，然后雄虫就向那光球游去，它们在共同旋转中向水中散出精卵，这时它们的色彩变得异常美丽鲜明，交配之后，它们很快就停止发光，死去了。甲藻和它们的精卵相撞，继续发出火一般明亮的光。每一次海火后将有许许多多的海生物死去。对很多海生物来说，交配生殖是它们生命的最后行动，无论是鱼还是浮游生物都呈现出美的极致。这时候，‘海火’就出现了……”

谈话中断了。我站起身向他们走去。

我们互相看着，沉默不语。

“……刚才我们在谈进化问题，你的朋友谈了种挺新鲜的看法：进化偏袒骗子。”哥哥说。

“说的一点不错，进化的确是偏袒骗子。”我冷冷地说。

小雪看我一眼，显得若无其事。

海潮不断上涨。哥哥脱下打湿的鞋袜，一个亮闪闪的东西掉了出来。

“——体温表，快，别掉下去——”小雪叫了一声。哥哥早已把那支体温表抓住，然后回身望着我们哈哈大笑。

我也忍不住笑了，一时忘了刚才的不痛快。

小雪也微笑着，呆呆地望着海出神，乐谱绒上衣的两粒钮子开了，露出雪白修长的颈子，那里面有种楚楚动人的风韵。

“我发现你对海好像有一种特殊的感情？”哥哥忽然低声问。她好像哆嗦了一下。

“因为我就是在海里生的，将来也会死在海里——”看见我们惊奇的目光，她又急忙温柔地一笑，“咱们都是海的孩子，人类的祖先不就生在海里吗？”

我疑惑地望望她，又望望哥哥，他们都不说话。

天空高远，大海平静。

下卷

每逢期末，怡然自得的大学生们便变得张皇起来，一群群蝗虫似的拥向自习室。李宝明大姐没日没夜地伏在桌上做银行会计分录账。王妮妮故意把简谱放在她眼前，她竟昏头昏脑地把它们当数字入了账，发现之后便跟小胖子翻了脸："都这时候了！还开什么玩笑？"王妮妮凄惶惶找不到一个同情者，大家都明白"都这时候了"的严峻性，连平时嘻嘻哈哈的郎玉生此时也在腋下夹了活页夹子，煞有介事地走进自习室，然后一猛子扎在前来答疑的老师身边，用琏二奶奶式的伶牙俐齿，使尽浑身解数来套题。教政治经济学的王教授被里三层外三层的困在里面，圈子越缩越小，老头儿终于发现他和郎玉生的鼻尖儿要撞到一处，往后一闪，后脑勺又碰上唐晓峰的眼镜，老头儿定定神，被臭汗熏得阵阵窒息，昏昏沉沉之中自己也不知讲了些什么，只觉得后来眼前那些翕动的嘴忽然都哄开一笑，"哄"的一声作鸟兽散。顿时讲台上孤零零的只剩他一个人，有一种被人遗弃的冷落感。

于是王妮妮立刻扑到郎玉生的座位边，两人嘀咕了好一阵。只听见郎玉生说了一句："不想想我付出什么代价！整个儿接了一脸唾沫星子！”王妮妮便咕咕咕笑个没完没了。我回头望望，后面黑压压一群脑袋都向左侧着，唰唰唰笔尖擦纸的声音活像蚕吃桑叶，那情形好不庄严，只有王妮妮像个斑鸠似的“咕咕”乱颤。

“行了行了！总算熬出来了！”晚饭前郎玉生喘了口气，把政经课本塞进课桌，“就一门管理会计没准备了，方菁，你这课代表倒是给咱讲讲重点呀！……数这门儿课难！要不介意，你先把你的作业借我看看！……”

“方菁，管理会计作业第九题，那个跨国公司到底应不应该投资？”

“……课代表，货币的时间价值和风险价值到底该怎么计算？……”

天哪，一时间所有的炸弹都朝我扔过来，炸得我晕头转向。乱军之中郎玉生已把我的作业本拿走，男生也从后面涌上来，恨不得把我的作业本撕成八瓣。又有人建议道，不如到打字室去复印了，再发给大家人手一册。我声嘶力竭地声明我那并非是标准答案，然而没有任何人理睬我。

唐晓峰忽然风风火火地闯进来。

唐晓峰二十五岁，江苏南京人士，人很聪明但聪明得莫名其妙。在他身上倒是几乎找不出大学生的书生气。这种聪明大概称作机灵更合适。由于五官靠得紧，他比实际年龄要显小。此人身上似乎有股动荡不安的血，连头发也总是不驯服地翘着，乱得像鬃。按照古希腊的性格分类，他大约该算作胆汁质的人。热情洋溢，好争斗，挑衅心理极强，遇到挫折也颓废得快。在顺境时像只神气活现的雄鸡，逆境时却变成了一只秃尾巴鹌鹑。开学不几天他就大讲了一番过去反“四人帮”坐牢的光荣历史。即在北京“天安门事件”的同时，他在南京也写诗赋文，并且因此坐了几天班房。坐班房时的表现不得而知，但从此却就立了写长篇小说的志向。“我的抱负是，在大学四年之内完成一部四十万字的长篇。还要写剧本，戏剧的、电影的都要写，表现那个时代的英雄。”于是大家就等着，至今也没见他拿出片言只字，渐渐也不提了。他是男生中唯一佩服唐放的人，常在晚上找唐放聊天，每逢回来便像得了真传似的感叹一番，闲了没事便在男生堆里议论班里女生如何如何。男女生渐渐熟了之后，不免透出些谈话内容来，女生之间又一传，大家便个个对他睥睨相视。好在他脸皮较结实，也并不在乎。自从那次外语课之后，他见了我便似笑非笑，一脸意味深长的样子。我早猜到他和唐放没好话说，也就不加理睬。谁知后来哥哥很严肃地找我谈了一次男女交往和同学关系问题，我一下猜到肯定是唐晓峰到哥哥那里添油加醋说了什么。我跟小雪说了，她想一想，忽然给他想了个绝好的绰号“爪篱”——北方盛饺子的炊具，从此在班里女生中叫响，有时当着他的面便叫，他嘻嘻笑着，脑门上青筋鼓得老高，也不反驳。

见他两只小眼睛在眼镜儿后面发出一种奇亮，头发火刺刺地立着向我座位走来，我马上猜到一定是又出了什么事。

“……出事啦！’他压低嗓门儿在我耳边说。

“刚才王老头儿漏了政经题之后，我上汉语教研组兜了一圈儿，想在唐放那儿套套题，你猜怎么着？他不在！被校方找去谈话啦！”

他两眼亮晶晶地盯着我，冒出一股恶毒的快意。

“方菁，真有你的啊！”他嘻嘻笑着向我伸出大拇指。我莫名其妙地看着他。

“嘿，你就别装傻啦！……”

“我是真的不明白！”我急了。

“唐放、袁敏一块儿在渠州公园的事儿，不是你给捅上去的还有谁？……嘿，干的够漂亮！真是蔫萝卜辣心儿啊！嘻嘻嘻……”

“胡说八道！”我急得嚷出了声儿，唐晓峰立即“嘘”了一声。

“哎哎哎，别着急，我要说的还不是这个！”

我被他那种幸灾乐祸和打听别人隐私的业余爱好激怒了。

“你猜怎么着？唐放是个大骗子！他不是对咱班女生说他至今独身吗？告诉你，他不但结了婚，孩子都四岁了！”

我震惊了：“这消息可靠吗？”

“当然可靠，刚才我从汉语组出来，顺便到学校档案室兜了一圈儿。”

“你的能量也够大的。你不和他是本家吗？怎么反水了？”我撇撇嘴。

“得了得了方菁，别奚落我了！”他又是暴着青筋嘻嘻笑着，“看着吧，找了唐放，咱们系党支部就该找袁敏了，她这下子算完了，非臭到底不可！”

“我再次声明，他们去渠州的事儿我根本不知道，你为什么非咬定是我呢？”

他又嘻嘻地笑了：“因为唐放咬定是你。这事儿我也莫名其妙。”

“爪篱”真是名不虚传，到晚饭时候，全系同学都在议论此事了。

“……他唐放有什么了不起？不过是个爬格子动物！有的人也是贱，没见过真佛把土行孙当佛爷拜……”

“不过也不能轻敌，他一个初中生能当大学教师肯定有背景！校方对此一定持大事化小、小事化了的态度……”

“唐放这小子太可恶，应该给丫的上刑！”

“咱班男女生不团结和这小子有直接关系……”

“哎，我说，咱成立个‘讨唐’战斗队怎么样……”

“……别胡折腾了，还考不考试了！……”

饭厅里，男生这边儿像开了锅似的热闹，女生们也在窃窃私语。平时和唐放近乎的人都尽量显得轻松：“唐放找我从来都是谈文学，他家庭怎么样没打听过，他要骗也骗不到咱们头上。”平时疏远唐放的人脸上显出一种得意之色：“咳，咱们从不想攀高枝儿，也省了麻烦。”只有何小桃瞪着双天真的大眼睛嚷着：“唐放亲口对我说他没结婚哩……”于是像“皇帝的新衣”被道破似的，众女生皆哑然。郎玉生便拉过张丹、何小桃商议报复方法。连一贯事不关己不张口的李宝明大姐也凑到我耳边打听：“这事儿可真新鲜！你过去知道他的家庭情况吗……”

饭都快吃完了，大家才想起袁敏一直没露面儿。郎玉生的两片薄嘴唇于是便奚落地翘起来了。

“嘿！我说咱们着的哪门子急呀？人家真有事儿的倒不露面儿！”

“他俩上渠州的事儿到底是谁给传出来的？”

“不知道。”

我胡乱扒了最后几口饭，心里忽然有了一种不祥的预感。

袁敏大被蒙头倒在宿舍的床上。无论怎样推她她也毫不理睬，我意识到事情的严重性。

“袁敏，无论怎样你也得吃饭呀！”

她听出是我的声音，这才把被子掀到下巴，露出一双红肿的眼：“方菁，我完了！我可怎么办呀……”她号啕大哭，眼泪裹着发黄的粘液从肿成一道缝的眼睛里滞涩地流出来。

“你别哭，别哭，别的同学马上就要回来了……”我心软了，连忙哄她。

“方菁，现在只有你能救我！”她忽然疯了似的掀开被子坐起来，紧紧地抓住我的肩膀，“系主任这两天会找你谈的，求求你，好妹妹，你可千万别把那天我跟你说的那些事儿抖出来呀！求求你，求求你了！”她眼泪鼻涕一起流，胸前打湿了一片，“那样的话我就彻底完了！我会死的……”

“可为什么系主任要找我谈呢？”

“因为……因为去渠州的事……”

“可我从来不知道这件事！”我怒不可遏。

“你别生气，别生气呀方菁，你听我说，”她紧紧拉住我的手，那双手又使我想起冰凉的铁钳子，“这件事儿现在已经算不上什么了，关键是……你千万别把那件事说出去……”

话音未落，郎玉生等已拎着空饭盒走进来。“哟，这是怎么的啦？咱们袁敏怎么成病西施啦……”

“头疼，感冒。”袁敏鼻音很重地嗡嗡，又用大被蒙住头。

郎玉生站在她床前把双臂往胸前一抱：“嗯——是够头疼的。”

晚自习气氛已达白热化程度。两件够刺激的事儿搅在一起：考试和唐放事件。唐晓峰以胆汁质性格所具有的特大能量不断进进出出，向班里输送最新情报。据云，不知什么人把此事捅给校方，副校长龙颜大怒，责令经济系头头立即处理此案。系党支部书记和系主任有一种受愚弄的感觉，因为他们每周接受不少次汇报且有四十名忠于他们的学生，可竟然对此事毫无所知。党支部书记李祥尤其痛心疾首，因为袁敏一向是他最宠爱最信任的学生，何况过去在北京的时候，他和袁敏的父亲有过一段莫逆之交，而且袁敏父亲也曾来信请他“多帮助袁敏”等等。目前他大概感到很棘手。

“明天，他们大概要找你谈。”唐晓峰诡秘地向我一笑。

“见鬼！又是为了什么渠州的事吗？我不知道！没工夫！”我两眼瞪着管理会计复习思考题做不出来，脑袋涨得像要炸裂。

“你跟我嚷什么，我又不是系领导！”唐晓峰幸灾乐祸地舔舔嘴唇，“他们想从你身上打开缺口……”

“你别说了，求求你，让我安静一会儿。”我两手狠狠掐住太阳穴，我知道如果不掐住那儿，很可能就会掐向唐晓峰的脖子。天哪，我满脑子的公式和会计分录已经涨得快饱和了，可他哪儿来的这么多精力，这么多闲暇，这么兴致勃勃地去探访和研究别人的事儿呢？

唐晓峰认真地看了我一会儿，悻悻地走了。后面郎玉生忽又叫唤起来：“哎，郗小雪今儿怎么没来？”

“人家从不来自习室。”王妮妮的声音。

郎玉生静了一秒钟又想起一句话来：“也怪，她不来自习室在家闷儿着，怎么次次考试成绩还不错呢？”

没人应声儿。吴德志踮起脚尖儿把前面的灯打开了。

直到下晚自习的铃声响了，我心里依然没能静下来。我决定求助于哥哥。

空气里弥漫着一种带着腥味儿的潮湿，月黑风轻。下晚自习的人流涌向宿舍楼，我有意走得很慢，远远地，能看见宿舍楼区那一杆孤零零的路灯。灯光是紫色的，疲惫不堪的学生们的面孔也带着紫色。临考前的那种紧张气氛似乎使校园也窒息了。我心里忽然掠过一种说不清的感觉，好像这里和我过去所想象的大学生活相去甚远。我只有越过这大学区去眺望更远的海滨，那里，似乎是对于目前生活的唯一补偿。无论如何，海每天涨潮又落潮，太阳每天沉没，然后升起。

我拐向那条去海边的小路。我想象着哥哥的小屋一定亮着灯光，那一群高大的树簇拥着那灯光，树梢悄悄地消融在夜空中。哥哥选择这样一个靠海的小屋大概是想常常听到海妖的歌声。我羡慕他，他似乎永远有一种本领：能够摆脱世俗的纷争而藏匿于自然之中。这本领可不是人人都有的，因为自然并不是对人人都接纳的。

小屋的灯光已近在咫尺了，从槟榔树后面忽然闪出一个人。

“唐放！”我大吃一惊，那两只奇亮的大眼在夜色里放着光。

“对，是我。我要找你谈谈。”

“没什么好谈的，我有事要去哥哥那里。”

“方菁！何必这么跟我过不去？求你高抬贵手，放我一条生路，日后一定涌泉相报！”

“见鬼！我有什么跟你过不去的？……”

“是啊，我知道你生我的气，渠州那件事，也就算了，现在……”

“你还说渠州！渠州渠州！鬼知道你们去了什么渠州！再说，你们去渠州跟我有什么关系？”

“天哪，你的自尊心真强，”他古怪地一笑，“你爱我，难道不承认吗？这一切不过是一场醋海风波，难道不是这样吗……”

我简直快要晕过去了。

“好了好了，就算渠州那件事不是你说的，现在我求你帮帮忙，总可以吧？”他盯着我，一副卑躬屈膝的样子。

我半天才缓过这口气来。气恼中忽又觉得好笑，天下竟有这等自作多情之人！此人的脸皮之厚大概连小钢炮也打不透，只能用原子弹来炸了。

“你知道，我们教研组的头儿找我谈过，大概我很快就要调离此地了。”他曲眉皱眼儿作悲苦状，“我不愿害你们，也请你们别害我。袁敏告诉我，她只把那件事对你说过，求你千万千万不要对任何人讲，系里找你谈你就说不了解，你要是漏了一句，那我可就要吃不了兜着走了！”

“那你为什么当初要干这种事？好汉做事好汉当嘛！”我冷冷地说。

“我错了错了错了，我的姑奶奶你就救我一命吧！”他连连打躬作揖，顿首如捣蒜，早把平日那点师道尊严抛在脑后。可我觉得无论是他现在的卑屈还是平时的倨傲都像是在作戏。

“你可真像……”

“像什么？”

“海魔鬼鮟鱇鱼。……当然，比它还要胆小一点儿。”

“是的是的是的，你说我像什么就像什么吧，”他气急败坏的样子显得十分滑稽，“只求你把这个条子带给袁敏，免得三堂会审的时候，她万一和我口供不一致就麻烦了。”说着，他不由分说地把一个条子塞进我手里。

“这种事情我不想做。”我把条子扔还给他。

“方菁，你的心好狠！你不看僧面看佛面，袁敏好歹是你的同学，难道你就那么忍心看着她完蛋？这事儿对我来讲倒没什么，可以一走了之，可你要不救袁敏，她可就完了……”

“可你为什么非要把我卷入这种是非旋涡？我讨厌这种事！从来也没有介入过这种事……”我们吵了很久。唐放大概是深知我这种人的弱点的。我属于那种能够被一些低格调的电视节目赚取眼泪的人，尽管过后感到恶心，可廉价的眼泪已经流过了。就在你流泪的时候，你已经有什么重要的东西被人掠夺走了。唐放钻的就是这样的空子。

这样的争论当然最后是我软下来。对于一个二十多岁的姑娘来说，毁灭名誉便是致命打击，何况袁敏是那么要强。我不忍心说不。

“好了好了，方小姐真是心胸宽阔，心地善良！”他乘势把纸条又塞给我，“来日方长，我唐放也并非等闲之辈，将来肯定是会发达的！那时候我再好好报答你，相信将来我们都会是这个社会的精英，一定还会相遇。这件事就这么谈定了，我走之前会来向你辞行的——”他好像立即神气起来。

“不必了。”我冷冷地盯着他。他的眼光在黑夜里一闪就熄了，那里面有种恶毒的狡黠和得意之色。

哥哥小屋里的灯熄灭了。

直到后来许多年，我也闹不明白自己为什么在这个荒唐事件中充当这么个荒唐角色。

在系领导和老师们面前我撒了谎。无论他们怎样启发诱导，我守口如瓶。后来我突然发现这些可敬的人们对这种事怀着一种极大的兴趣和关注，当班主任用记会计明细账的细心问到每一个细节时，李书记的眼睛和下巴便显出一种异样的亢奋。我感到恶心，可心里仍然怀着歉疚，因为我对他们撒了谎。

我的神经都快崩溃了。我不愿撒谎，那么，我就必须背叛。我不愿背叛，那么，我就必须撒谎。好孩子当不成了。

“大概像你这样的好孩子也免不了撒谎的！”郗小雪说。

说对了说对了说对了！我违反了规则。游戏是有规则的，人生于是也就有规则。

可我无法不违反规则。

我并不是希腊神话里的两头蛇，可以随便向任一方向前进。

知情者只有三人。两位当事人死不承认，第三位知情者又拒不做证，这件公案也就这么了结了。

只是众人们——上至校长下至同学都有些悻悻的，意犹未尽。“这件事没意思！没意思！太没意思了！”唐晓峰悻悻地嘟哝着。

幸好有考试来调剂这种索然乏味的气氛。唐放事件接近尾声的时候，较明智者就已经开始用和从前一样冷冷的眼光注视那些总账明细账和借贷分录了。现在教室里又是座无虚席，人头攒动，每天都有来答疑的老师，同学们仍在各显神通，使尽浑身解数来套题。一切照旧，刚刚过去的那个事件变得像幻梦般不可信。

袁敏的创伤愈和能力更是惊人。“三堂会审”的那一天，她哭得昏天黑地，手里还拿着一把水果刀跃跃欲试，倒把老师们都唬住了。李书记毕竟是久经沙场的，上前将那刀子一把夺了，好言相劝：“小敏啊，别背那么重的包袱！党是相信你的！这件事已经真相大白了！你没错！还要照样工作、照样学习嘛！抬头挺胸做你的人！这不过是人生中一段小插曲嘛……”众老师见书记也已表态，又回想起袁敏平时种种好处，都忙不迭地温言安抚。末了儿，又特意让班长郑轩和要求入党的积极分子张丹留下陪着她，她这才止了泪，重新洗脸梳头，开始一小勺一小勺地吃班主任杨老师亲自打来的病号饭。

一丝不苟的杨老师又亲临教室做了解释工作。“经调查核实，袁敏同志是清白的！是值得信任的！”她用至少 bB 调的音阶开了腔，“她一直协助党支部、协助系里做了不少工作！为了这件事她思想包袱很重，咱们大伙儿要帮助她卸掉包袱，轻装前进！事实证明她是值得大家信任的！”

第二天袁敏进教室的时候，果然是昂首挺胸。眼泡虽有些肿，整个精神却已缓过来。一节课上完了，大伙都纷纷上前表示慰问。她应酬自如谈笑风生，只有在和我的眼光相撞的时候她的笑容才变得凝固起来。

我不愿再接触她的眼睛。

我也不由自主地在躲闪着别人的眼睛。

我总是用管理会计复习思考题挡着脸：这个跨国公司应不应该投资呢？它应该投资，它应当承担一定的风险，它有能力承担这种风险，否则它要错过一个绝好的投资机会，让货币白白地贬值；它不应该投资，它应当考虑到货币的时间价值和机会成本，风险太大，如果失败就会破产的，不仅仅是盈不盈利的问题。它应该投资，它不应该投资。

我把书啪地摔在桌上。

我变成了一个撒谎的人。而那个迫使我撒谎的人此刻却以胜利者的眼光在俯视着我。

袁敏：无论如何不要承认那件事，方菁答应为我们保密。

——唐放即日

那个条子上这样写着。我记得。一辈子都记得。但是袁敏大概是忘了，岂止是忘了，她大概还在恨着这个记着条子的人。她这种恨是有道理的，我应当理解。

吃中饭时我们在饭厅门口互相碰撞了一下，都像被火烫了似的闪开了，脸上同时露出笑容。

她走过去了，笑容还印在我的脸上。我这才明白自己原来也是会演戏的，不过是演技太拙劣，于是便嫉妒那些演技高超的演员。

这种嫉妒是没有道理的。我应当慢慢使自己的演技纯熟起来。这件事我既没有告诉哥哥也没有跟小雪说，可小雪却像什么都知道似的。

她仍像以前那样，常常换一身新的行头，美而古怪。飘然而来，又飘然而去。

从此袁敏见了我便带有一种程式化的笑容了。按照唐放的分法，她那种笑容不该列入“斯氏体系”，因为缺乏体验派的那种细腻与逼真。她的笑容遮不住一种不酸不凉不阴不阳的情绪。我从没奢望过她的谢意，不过我也受不了这种笑容。我不想伤害她，只有逃遁。大概她看出了这个，反而以攻为守了。因为最好的防守方法是进攻。

渐渐地，周围同学们的微笑也变得不阴不阳不酸不凉了。这大概是中国特有的产物，你只能接受不能反抗。因为你无从反抗，因为你不知攻击来自何方，因为你不想犯此地无银之嫌。你只好装作不在乎，可你又不是不在乎的人，于是你夜夜失眠，痛苦万状，变得沉默寡言、面容苍白，便愈发加深了周围的怀疑和防范。事情就这么滑稽。

“方菁，你的眼圈儿怎么这么黑呀？”袁敏当着很多男女生的面十分关心地问我，“睡不好觉吧？”

我强迫自己做出微笑，可我的心痛得在发抖。

“唉，像咱这号没心没肺的，倒床就着！人呀，太聪明了也不行！”郎玉生在后面念叨。接着女生们又在窃窃私语。最近她们常常这样。一见到我就什么都不说了。有一回我推开宿舍门时总算听见了一句：“……出于嫉妒给人家造谣，这种人也太卑鄙了！”我的心顿时像被跺了一脚似的生疼，拿饭盒的手不听话地抖起来，我的脸色苍白，大概愈加像个“卑鄙”的人。天哪！我真想把全部真相和盘托出！我为什么要这样无端地代人受过？何况是个根本不配别人为她受过的人！

可我被什么牢牢捆着。我生下来就是被捆着的，即使解开了绳子，我也不懂得胳膊腿儿怎么使。

开学之后我一直没机会和小雪深聊，唐放事件之后，我更是烦闷得很，不想说什么。几次想把暑期的所见所闻，特别是祝培明的事告诉她，都没说成，日子一久，一些新鲜念头也搁浅了。虽没说什么，小雪大概料到我在这件事上吃了亏，对我愈发加倍地关照起来。我记得那时课间盛行玩“飞碟”，把那么一个鲜艳的塑料圆盘子扔来扔去的，都很上瘾，一下课就自动围成个大圈子。“唐放事件”后全班显得精诚团结。——只有我闷闷地远离这圈子。小雪见了，便走出来陪着我一个人玩。我们转到教室后面那块开阔地，她也并不说什么，只尽心竭力地让我高兴。

我当然不会忘记她在那些日子里所给予我的。

当时还有个人对我很好的，他是郑轩。哪怕是最兴高采烈的时候，一见到我，他的目光就不同了，我时时感觉到有一道特别的目光在注视着我。

我竭力避开，那目光却灼着我的脸。

“……你为什么不把这些事告诉你哥哥？”

又坐在那个小小的鱼餐馆里，郑轩为我叫了满满一桌菜。

“告诉他又怎么样？”

“他可以帮你出出主意。”

“算了吧，他自己还搞不好呢。”我拣了一只肥虾，一口咬掉了虾头。真奇怪，我原以为我什么都吃不下的，现在却食量惊人，而且当我把这些佳肴拆成碎末咽进肚里的时候，心里确实感到了一阵轻松。我很惊奇，又夹了一个很大的鱼圆放进嘴里。原来美食对忧郁有一种特殊的疗效。

“再说，我又不是三岁孩子。”我一边咬碎海蟹的钳子，一边呜噜不清地说。

“可我觉得，你有时候就是很像一个孩子。”他忽然红着脸低声说，然后胆怯地抬起眼睛。这双眼睛原来并不是什么鱼目，它真诚含蓄，还透出一种朴拙。过去我怎么没发现这个？

“大人和孩子区别在哪儿？”

他又低下头，两只大手在下颏处搓来搓去：“大人用脑子去想问题，孩子嘛，只用他的心去想。”

“那么大人的心是用来干什么的？”

他怔了一下，把手指关节弄得咔吧吧地响。

“我总觉得你一直是在真空里生活的。”

我手上的酒杯碎了，酒水溅到他的脸上，他呆了。

周围人的目光像聚光灯似的打在我身上，一个服务员走过来。

没等她走近，我把钱摔在地上。她低头去拾，本想翻脸的，但不知为什么，看看我又走了。

“你这是怎么了？”半晌，他才小心翼翼地问。

“不怎么。想摔，就摔了。”我又抄起一个杯子喝酒。看着他那张皇失措的样子，我心里涌起一种快意——这种快意是从来没有过的！

“班里……党小组已经开过会了，”他吞吞吐吐地，“对这件事大家议论很多，意见分歧也大……”

“怎么说的？”

“……我不能说。对不起，这是党的会议。……反正……反正现在袁敏在班里造成的局面对你很不利，闹不好，将来还会影响分配。”他特别加重了那四个字的分量，“你最好找老师谈谈，别太被动了……我可以陪你去。”

杯盘狼藉的桌面在我眼前晃动起来。

“不，我不去。”我忽然全身乏力，有一种滚烫的、疯狂的东西从心里突突地往外冒。我费了好大力气才控制住右手没有抓起瓶子或菜盘向邻桌一个肥得走油的胖脑袋上砸去，那个脑袋晃来晃去的，挡住了我的视线，我的眼前一片模糊。

“方菁，你不要太难过了，我知道你心里委屈……”

他温柔地抓住我的手放在他的大手里，我很快地轻轻地抽了出来。

“谁给你的权力？”

“……”

“别以为请我吃了顿饭，表示了点儿同情，就可以为所欲为了！”我心里有种疯狂的东西在发酵，我管不了也不想管我自己。

我把口袋里所有的钱慢慢放在桌上。

他的脸很红，一根青色的脉管在太阳穴上突突地跳，手指关节又在咔巴巴地响。

“你别误会。”他大概努力在使自己平静下来，从书包里掏出他那个著名的笔记本，“这两天你大概没好好听讲，借给你吧。”

离考试只有一个星期了。我默默地望着他，他的眼睛望着别处，带着一种老实人生闷气的样子皱紧了鼻孔。

“为什么别人打你左脸，你还要把右脸伸过去？”我接过笔记本。

“因为我很对不起你，很抱歉。可我不能不那么做。”

“对不起是怎么回事？”我警觉起来。

“以后再说吧。”他把嘴唇抿得紧紧的，站起来闷头走了，走了几步又回过头。“我从来没见过你这样烈性子的女孩。”

我没有抬眼。忽然觉得一切都很可笑。慢慢地，我绽开了嘴角，可眼泪却落下来了。我不断地抹泪不断地笑，觉得这一切都很滑稽。

郗小雪在下象棋，仍是和自己对弈，确切地说是在摆棋局。

和学校里那热火朝天的复习气氛相比，她这里可真有了点出世的味道。

“……把真相和盘托出？”她淡淡地反问我，微微一笑，“可什么是真相？”

我无言以对。

“依我看，世上没有真相，你觉得它像真的就是真相。”

我打了个寒噤。

阿圭端茶出来，额外还加了一碗红糖荷包蛋。见我来她非常高兴，特意回房换了我送给她的银腰带，长长地一直拖到裤裆那里。

“太太已睡了，小姐说话轻声些。”她站在一旁不断为我们续茶。

“你去吧。”小雪冷冷地催她。她踟蹰了一下又顺下眼，端着茶盘走了。我知道她很想在这里听我们谈话。

“每个人眼里都有自己的真相。”小雪盯着棋盘拈起一枚子儿，“你说得对，有些事是无法解释的，越搅越混，越说越说不清，越想洗就越洗不干净。只能沉默，只能以静制动，只能以不变应万变。……否则你这盘棋就要输到底了。”

“我奇怪你这一套都是打哪儿来的？”我盯着她那拈着棋子的手指，

细长的，根根都透出一种娴熟的狡黠。

“什么？”她抬起眼帘，黑茸茸的睫毛在神经质地跳动着。

在目光碰撞的瞬间我蓦地想到一个月前在海滩边吃牡蛎的时候，她带着一种冷冷的美丽谈到“进化偏袒骗子”，当时天空高远，大海深沉，被偏袒的骗子们大概正在海底酣睡。

她目光的回流变得微妙，隐隐地，我感到一种心灵的回应。

“大概我这个小丑鱼必须靠海葵来保护。”我冷淡地说。

她慢慢地把棋局打乱。

“菁菁，你讨厌我了？”她像个小孩似的依着我。

我一声不吭，假如一出声，喉头哽塞着的那股热浪一定会冲出来。

“菁菁，你现在一定把我想得很坏吧？”她轻轻地摇我的胳膊，“其实我一点儿也不坏，真的，菁菁，我不过是跟你说几句真话，这些都是生活教会我的。”

“你是不是觉得……我是个书呆子？”我的声音在发抖。

“一点儿也不。你漂亮你善良你聪明你热情……我说过，你是一首完美的诗。我不如你，你比我……强多了……”她轻轻叹了一声。

“你用不着哄我，善良？善良顶个屁！我现在总算明白了，善良不过是傻子的代名词罢了！”

“干吗这么恶狠狠？你呀，就是外强中干！”她敛住微笑冷冷地看着我，“不管你自觉不自觉，你从小就习惯于虚伪，害怕真实，到现在这一步了，你还是听不进真话！”

我知道她说的是对的。我的的确确是小丑鱼，从小就寄生在海葵的触手里，习惯于别人的保护，可现在一旦直面现实，才发现世界就像一架坏了焦距的相机似的，理想的真实和现实的真实很难重叠！

“那你说吧，我该怎么做？”

“该怎么做？”她锐利的眼风刺了我一下，“你该怎么做就怎么做好了！说句不好听的，现在这份儿上，就是赛脸皮呢！谁皮厚谁就赢！也真怪了，人家真有事儿的倒昂首挺胸，你清清白白一个人整天心事重重垂头丧气，让大伙儿看了怎么想？！你呀！”

说罢，她便不再理我，从织锦袋里又抖出一块新布料，找出纸样子比了，拿剪子铰。

“那我走了。”半晌，我怔怔地说。

“等等！一会儿试试衣裳再走！”她三下两下就铰好了，放在缝纫机上轧。

我疑惑地看看她。

“这衣裳是给你做的！身处逆境，美容和新衣裳都能增加抵御能力，懂吗？”她又像平时那样嫣然一笑，“明天你精精神神地去上课，自己就有了种重新开始的感觉！没什么了不起，什么都会过去的！过去了之后，你还是你！”

我不知道说什么才好。

这是块当时很时兴的的女士呢，铁锈红的，后来缝成一件一字领泡泡袖的外衣，很适合我。

梅姐姐给哥哥寄来了照片。“王冠式”变成了直发式，鲜红的紧身衫和乳白的牛仔裤。俨然成了美国姑娘。

哥哥的朋友便有开玩笑的。

“狼这个人，思想上高度解放，行为上极端保守。”哥哥胸有成竹地一笑。

梅姐姐很幸运，读硕士的同时找到了三份工作：翻译、导师助手和饭馆里的“waitress”（女侍者）。

“我现在的第一个目标是一辆汽车，当然，一开始可能买不起新的。你来美国的那一天我一定开着自己的车去机场接你。”她在信里这么写。

她定了目标，就一定能实现。小时候，当我把她作为偶像来崇拜的时候，她距我很远，可现在我长大了。

她就像一面镜子，愈是精明强干，便愈照出我的懦弱无能，这几乎令人难以忍受。

“狼想给我办陪读，我现在还真没下这个决心。”哥哥在宿舍里踱来踱去。开学那天安排行李之后，他还是头一次来我的宿舍。女同学们都很知趣地走开了。我穿着铁锈红色的新衣裳却依然掩饰不住懊丧。我从额前散乱的头发下面漠然地看着他。

“你说呢？菁菁，你说我该怎么办？”

“不知道。”

“说话怎么这么丧气啊！”

“哼！”我冷冷地笑了，抓本书挡着脸，“不知道我们马上要考试了？”

哥哥愤怒了：“你除了考试和书本还关心什么！”

“因为我很少得到别人的关心。”

“实话跟你说，今天我就是不放心才来看看你！你得到的关心不是太少，而是太多了！”他吼了一阵渐渐平静下来，走到我面前定定地看着我。

“菁菁你有什么心事吗？你……好像瘦了？”

“居然还看出我瘦了，感谢。”我并不是有意这么漠然，不知为什么，想诉苦的念头这些日子消失殆尽。再说，哥哥心里装着什么我知道，何必给他那些微小缝隙里再填塞点儿新的苦恼。

“好吧，等你考完了再找你。”哥哥拿起他那个永远沾泥的书包，瞥我一眼，“你这件衣服倒是挺漂亮的嘛。”

“小雪做的。”

他哦了一声，仔细看看做工。“她最近怎么没露面？”他不经意似的问。

我看看他：“我发现你和她倒是挺谈得来。”

“和谁？”

“小雪。”

“是啊。这倒是没想到，”他笑得很坦然，“没想到和一个比自己小一轮的女孩还有点共同语言。”

“而且你对她还很感兴趣。”

“是的。”他直言不讳，“这女孩子身上确实有令人感兴趣的地方，挺特别的。你不这么认为吗？”

我不愿再继续这个话题，便提出要一张梅姐姐的照片，他很慷慨地送了一张梅姐姐站在圣诞树旁的照片给我，这张是被公认为最好的。

“哥哥，你看梅姐姐的照片时是什么样的心情呢？”我忽然问。哥哥怔了。

“真的，我特别不明白男人在爱一个人的时候究竟是怎么想的……假如一个男人爱上了一个女人……”我反复地翻着那几张照片。

“这个嘛……”哥哥沉吟之后很坚定地做了回答，“爱上了一个人就意味着为她去死，为她再生。在西方的婚礼上，神父对着新婚夫妻说：上帝，汝将分离之二人合而为一……”

我闭上眼睛，周围的一切都不存在了。从那黑暗深处，从那梦一般的深海里，从那混沌的天空走来了一个人。他伸展开一双铁似的臂膀把我与黑暗隔开，我可以伏在他的胸膛上放声痛哭。他宠我爱我像美丽的阳光绿色的植物紫色的空气一样，他就在这个世界里，正用手指在气流中匆匆画出自己的名字。当日月星辰在宇宙间更迭的那一刻，他发誓为我去死，为我再生。

《管理会计》大概是学生们最头疼的课了。临考前夜应当是松弛的时候，可大家今晚都到自习室里来了。这时班里同学对我果然好一些，不知是不是铁锈红外套的作用。可不知为什么，我现在对于别人的态度已经不那么在乎了。我似乎栖息在一种麻木状态中在享受着我的悲哀，无论这件事最终导致什么样的结局对我来讲都变得毫无意义了。

我想大慈大悲，把一切鬼魅都统统放生，可鬼魅并没有放过我。

正在看第四章“预测和决策”的时候，唐放来向我辞行。他竟剃了个囚犯式的光头，带着青茬儿的头皮在路灯下得意扬扬地闪亮。

“对不起，我没时间。”我扭身就走。他又是那样突兀地挡在我的面前，微笑着。

“很感谢你。日后一定报你的大恩大德。现在有点儿小事麻烦你。郗小雪借了我的书，都是外面搞不到的珍藏本，大约有七八种。现在我来不及上她家去取了，请你转告她，让她好好保存，今年暑假我再来取。”他的奇亮的大眼睛得意地转着，“我调回北京搞专业文学评论了，以后我们大概还要打交道的。”

我冷冷地听他说完，然后淡然地说：“这件事我没法儿帮你，谁欠你的书，你自己去要好了。我没有时间。”我转身回到自习室，听见他还在黑暗里愤愤地压低声音喊着：“郗小雪不是你的好朋友吗？怎么这么不近人情……”

回到座位上我仍心跳不已，长了这么大我是头一次学会“拒绝”。是的，拒绝也是一门艺术，生活中总少不了的。然而周围同学们异样的眼光却像张网似的压过来了，尽管我是低着头进来的，却也强烈感觉到了。连王妮妮也用不信任的眼光盯着我，直到和我的目光相撞，她才低低地问了一句：“听说唐放又来找你啦？”这话的含义无穷，我的心一下子又乱了，似乎听到一片窃窃私语声。

“……嘿嘿，谁干净？贾府门口儿俩石狮子干净罢了！”

“咱班女生只有郗小雪没搅和进去……”

“对，应该给郗小雪挂功勋奖章啦……”

我狠狠地咬住了嘴唇。

是的，在班上男同学的眼里，她是唯一冰清玉洁的一个。岂止是男生，就连过去一贯和她作对的郎玉生如今对她的态度也大大改观了，袁敏更不必说，如今不但不对她的装束说三道四，还上赶着学她，连挑块料子也拉着她去，回来又请她裁，现在班里女生大概都请她做过衣裳，个个对她刮目相看。这一切都发生在“唐放事件”之后，大概是被唐放揭穿了西洋镜，女生们琢磨着自个儿也不必再矜持下去了，索性随心所欲地美他两年！何必要装尼姑装修女让青春白白逝去呢？

小雪成了理想女性，成了一种象征，一面旗帜。每天都有男同学写信给她。这种事传得比风还快，现在全校的男同学大概都知道经济系七八届有个女孩子叫郗小雪，不但美丽聪明还冰清玉洁，这当然是中国男性公认的理想爱人标准，于是信件便雪片似的飞来。

可她那里至今还放着唐放的藏书。谁也不知道这个，就连我也是今天头一次听说。她竟对我瞒得滴水不漏，她的心好深。

眼前的字都变成一口口跳动的深井，个个张开血盆大口像要把我吸入。这太荒唐了！她在唐放、袁敏，在我，在全班同学全体老师面前都是好人，实际上所有的实惠都让她捞去了。世上果然没有真相。她大概是因知道了这个，才活得这么自由自在。

我开始劈里啪拉地把书本塞进书包。

“上哪儿去？”王妮妮在问我。我没回答，在那张异样目光的网里我冲了出去，被一种什么热力灼烧着，我一口气跑到郗小雪家。

“菁菁是你，我正有一道题不会做呢！”她见到我眼睛一亮。

我三下两下扒掉身上的新衣裳摔在椅子上。

她惊奇地睁大眼睛。

“这衣裳我穿不合适，你还是收起来吧，”我用冰冷的声音说，转过身拉开门，“唐放让你还书，他要走了。”说罢，不等她开口，使尽全力“砰”地关上门，那腐朽的小楼竟颤了半天。

郗小雪那张突然变白的脸一直在我眼前晃动着，无法消失。

世上最无能最无用的大概就算我这一类了。我既没有那种可以修炼成佛的超脱和宽容，又缺乏那种干脆变鬼的凶恶和狠毒。我死后一定上不了天堂也入不了地狱，变成孤魂野鬼在旷野里徘徊，就像银石滩夜晚出没的那些鬼一样。这就是平庸的下场。大善或大恶都是有归宿的，我却偏偏走了那中间一条路，这条路注定我永世不得安宁。

报复是一种悲哀，不会报复更是一种悲哀，想报复别人竟给自己带来痛苦，这实在是一种最大的悲哀了。

我带着那样一颗迷乱的心进入考场，四位监考老师早在那里严阵以待。卷子发下之后我仍没有清醒过来，后来听老师之一在那里喊，不要忘了写名字，我才在试卷右上角填上名字，这时我听到一片钢笔的沙沙声。

从小雪家回来后我彻夜未眠。她那张突然变白的脸仍在我的眼前晃动。我原想，使她痛苦大概能使自己的心轻松些，可现在恰恰相反。我对自己充满了失望，我一定是个孱弱发锈的种子，是爸爸患了慢性病，妈妈吃了避孕药之后偶然存活的一颗受精卵。我来到这个世界太偶然了，我看不透周围的世界，世界也从不关心我的去留。过去，我在一个假性的小世界里寄生着，现在被抛出来，惊惶地寻找自己的栖身处。

又是那个老掉牙的问题：这个跨国公司应不应该投资呢？它应该投资，它应该承担一定的风险，它有能力承担这种风险，否则它要错过一个绝好的投资机会，让货币白白贬值；它不应该投资，它应该考虑到货币的时间价值和机会成本，风险太大，如果失败就会破产的，不仅仅是赢不赢利的问题。

它应该投资，它不应该投资。

人类大概永远陷入这种两难困境。

我反复看着试卷，脑子却像一块凝固的钢板。

离下课只有四十分钟了、三十分钟了、二十分钟了……我的试卷空白处仍空白着。一种深深的恐惧在袭击着我的心。冥冥中像是有人在笑，一种奇异的有节奏的笑声，就像金属钟摆的声音似的。

“方菁完了。方菁完了。好一个规矩女孩，好一个五分的好学生……”那声音在呜噜着，我堵起耳朵。这时我看到已有人在交卷子了。

“今天的题目比较多，可以延长二十分钟交卷。”老师之二在喊。

救救我吧。救救我吧。我的心无可奈何地祈祷着，像小时候那样。

四方过路神明，你们发点慈悲吧，只要别让我交白卷就行……天哪，上帝呀，如来佛呀！观世音呀……

一个熟悉的窈窕身影从我课桌旁蹭过去，她也是交卷子的！她这时一定对我的窘境充满快意！我硬着头皮尽量用胳膊肘挡住试卷上的那些空白。

“老师，我借了方菁一块橡皮，还给她可以吧？”我听见她清清楚楚地向老师之三请示，在得到准许之后，她飞快地把一块方方的类似橡皮的东西塞到我手里。

我抬起头，我们的眼睛在瞬间碰撞了一下。她似乎眼泪汪汪，就像是受了天大委屈似的。接着红樱桃一闪，她黑发的光波便消失了，留下一片槟榔的清香。

我把握在手里的东西悄悄打开，是一个装订书钉的小方盒，里面塞了一团极薄的纸。

躲过监考老师的眼睛，我慢慢打开那张纸：上面工工整整地写着管理会计的全部答案。

海又绿了。二十世纪八十年代的第一个春天开始得并不美妙，尽管那绿色的翅膀在热烈地活泼泼地鼓动，寒风却迟迟不肯让位。这座小小的滨海城市依旧被透着绿的灰调子裹胁着，人们的防寒服颜色却渐渐鲜艳起来，春风中终于透出一股蓬勃的生机。

想不到哥哥这头懒熊在冬眠期倒干了件大事。当我拎着手提皮箱走进校园的时候，得到的第一个消息就是海生物实验室建成了，这是国家海洋局特批的，主要负责人是哥哥。我这才知道，他很早就在做这种努力，并且从去年起就在申请贷款了。

实验室靠着他的小屋，不大，设备倒还挺全。哥哥穿上了白大褂，俨然一副职业科学家的样子。他正聚精会神地把一束与美螅属很相近的一种硬水母放在盛盐水的容器中。“菁菁，去把窗帘关上。”他头也不抬地说。

所有的光线都被有效地遮挡住，室内暗下来。他开始摩擦水母那树枝状群体。慢慢地，亮光出来了，闪烁的光从树枝状群体的基部走向终端，最后发出绿宝石一般的强光，这实在非常动人。

“软水母和海鳃类的发光基本上也是这么传递。”哥哥的声音放得很轻，像是怕惊扰了那些闪光的生物似的，“海鳃类的枕状群体闪光以每秒九厘米的速度迅速传递，羽毛状海鳃闪光的传递速度还要快上一两倍。管水母在受刺激时发淡青色光，夜光游水母发橙黄色光，这都属于细胞外发光，鱼类就不是这样……”

他喋喋不休，好像根本不知道我是从北京来度寒假刚刚下火车似的。说实话我羡慕他，他似乎总能超脱于七情六欲之上而高居于自然科学的理性与玄奥之中，这样的人大概会活得轻松些。我也正在向这方向努力。此次回京我总算从各种外在角色中退了出来，闭门思过，反省自身，度过了一个漫长而乏味的冬天。我借了许多书，我想大概能从宗教书中寻到一种自我解脱并超越之路，谁知越读越感到无限的迷惘。“诸比丘，若灵肉同属一体，则无获救人生；若灵肉各成一体，仍无获救人生。”既然怎么样都无法获救，我还是这么凑合活着吧。——大约这也是我不具备道行的缘故。可内心的苦闷终要寻一个宣泄口，于是我就在一个晚上“炮制”了一首谁也看不懂的诗。写完了，我总算轻松地睡了一觉。自此我发现写诗是一剂自我解脱并超越的良药。

“爸爸妈妈都好吧？”他总算问了一句。

“还行。过年那会儿妈妈发了几天烧，好了。”我把手提皮箱里给他带的东西一一拿出来，他提心吊胆地看着，好像生怕碰了他那些宝贝玻璃罐似的。

“你气色好多了，就是没胖。”

我扬扬眉毛。

“你的事我都听说了，为什么当时不告诉我？”

“听谁说的？小雪？”

“有她，还有别人。我知道你是头一次遇到这种麻烦，菁菁。”他的语调温温的，变得像个哥哥了。

“那又有什么，已经过去了。”我微笑了一下，努力显得毫不在乎。

“以后大概还会遇到的。记住菁菁，不要轻易为人所动。善良同情是一回事，软弱可欺又是另一回事。”他仍穿着梅姐姐给他买的那件毛衣，这毛衣已有十年的历史了。我注意到袖口脱线处已经被很仔细地勾好，“咱们家这种家庭培养的孩子总是害怕说‘不’，特别是你，得学会说这个‘不’字，而且要说得毫不内疚。没有那么多内疚，你得知道世上没有什么值得你内疚的事情。”

他说了这么多，多得让人生疑。于是我问到梅姐姐的近况。

“她还是老样子。”他淡淡地说，“我可是决心已定。我想把研究海生物发光现象的实验做下去，不办陪读了。”

他始终不抽烟，但是咖啡也没有了，他只好喝茶。我没有本事搞到雀巢咖啡。

这一年过得异乎寻常的平静。“唐放事件”似乎渐渐被淡忘了。大家见了面，比先前倒添了几分客气。原先的那些神圣同盟都在慢慢分化瓦解，于无声处，不断地爆发出一个个小小的“惊雷”。图书馆变成了鸳鸯馆，而银石滩呢，简直就成了为情侣们特设的天然公园了。

与此同时，全国各地却热热闹闹。我们这个小城也建了不少集贸市场，又是被一阵热风裹胁着，不少本地人一夜之间变成了小商贩。渠州过去就是以出售舶来品著称的城市，每天都有不少走私者被缉私队拿获。这一开放，立即有不少渠州小贩拥入，胆子大些的甚至跑到校园里来卖东西。女同学们并未声张，却个个戴上了崭新的电子表。进一趟城，回来便是大包小包的。我也拉着哥哥去看了看，走不了三步便闪出一个小贩，拉着你上他家去看“真货色”，讨价还价的声音把头都吵昏了，却又着实新鲜有趣。特别是水产品，真有好东西，新鲜海货看着就令人馋涎欲滴。牡蛎竟混在花蛤里，一堆海杂鱼里还杂着几条文昌鱼。哥哥还从一盆活虾里发现了几只尾部发光的磷虾，立即不惜血本买了下来。回来路上哥哥又乘兴花八十元钱买了两块日本进口的东方双狮表，愈加得意。

“这表有什么好的？”我表示怀疑。

“这你就外行了。”他兴奋得脑门儿发光，“这表国营要卖到一百二十多块钱哪！确实棒，泡在开水里指针照样儿走！没听电视里的广告节目吗：东方表，世界计时之宝——”他乔装着娇滴滴的女声。

“那你一定得给我一块！”我从他手里接过一个网袋，“有一块就是给我买的，是吧？”

“那我可得考虑考虑——”

不觉之间已走进校园，远远地便看见小雪她们正从图书馆走出来。小雪向我们做了个可爱的鬼脸，哥哥便招手叫她过来。

“日本进口的？”她狡黠地一笑，“不会吧，这儿顶多能买到港澳的货色。”

“这还有假？我看过样品了，真正的日本东方表。”哥哥迫不及待地掏出来，两块表被厚厚的牛皮纸袋包得严严的。小雪溜了一眼便捂着嘴一笑。

纸袋一打开我和哥哥都傻了：原来是两块圆溜溜的铁疙瘩！

“东方表——世界计时之宝——”小雪幸灾乐祸地盯着哥哥，把电视女播音员的声音模仿得惟妙惟肖。

银石滩是越来越热闹了。似乎仗着那股热风的威力，许多人连鬼也不怕了，便有些胆子大的渔民开始在近海捕鱼。夜里出海的也有，并未碰上什么鬼魅，传开来，来的人就愈多。又有人要在此地建一个大的水产公司，又要建生物标本厂。有人算了一下，单是此地产的文昌鱼一项便可赚取大量外汇。又听说省里已经做了开发银石滩计划，省报也做了宣传，一时间轰轰烈烈，许多双眼睛都虎视眈眈地盯上了这块宝地。学生们也受了鼓舞。有好事的，如唐晓峰者流，常四处打听消息，唐晓峰还为此去了趟省报，回来便俨然成了特约撰稿人，接长不短地在省报的报屁股上发一块火柴盒大小的文章，拿到稿费便约上两三好友去鱼餐馆喝酒。

这些日子阿圭的眉毛便拧成了个疙瘩，常听见她叨叨：“会报应的，天会报应的，这些人不得好死——”老太太也阴着脸一言不发。在这点上大概她们是一致的。都认为这地方不宜动土，动土必遭天谴。

“哪那么迷信，人家不少出海的，不是都好好回来了？”我和阿圭扯闲话。

“话不是这么说的，方小姐，你看好了，报应在后头——你可见过那条反扣的船？”阿圭埋着头刷洗衣服，两只手在满满一盆肥皂水里泡得通红，额前掉下来一绺头发，随着她用劲儿的动作来回地晃。

那一条反扣的船，几乎被船蛆所洞穿的白垩质骨架，想起那船我便有种恐怖感，仿佛是一首邪恶的寓言，一面未被破译的古老神咒。石林石笋成为遮蔽它的屏障。它倒卧于斯，实在更像是一具恐龙的骨架。

“那船……有多少年了？”

“哪个晓得。”阿圭眼皮也不抬，“反正先人老早就讲过，先人的先人都晓得，银石滩的冤鬼多——多亏老天降了石林，不然谁也压不住的——”

“这更是迷信了，”我笑笑，“鬼那么多，怎么谁也没见过？”

“怎么没见过，见过的。”阿圭仍不抬眼，把刷好的衣裳拣起来，起身倒水，那么大一个木盆轻轻巧巧地就端起来，她光裸着的粗胳膊上戴着个银镯子，头上严严地包着一块大灰头巾。

老太太挺着笔直的上身慢慢走出来。

“小时我就亲眼见到海像着大火一样的。娘抱着我一动都不叫动，小孩子一出去就要附体的。我的一个小姊妹不听话跑出去，性情都变了！挨到三更过了，普陀寺的钟一响，娘拉着我去拜石林，灵验唉——”

老妇人冷冷地捻着佛珠：“又是你那一套！你的话倒越来越多啦——别忘了自己的身份！”

阿圭头一埋，鬼气森森地一笑，又打来桶清水倒进水盆里。

“咳，就是真的有鬼也没什么稀奇，”小雪弯着腰在裁一件连衣裙，真丝双绉的，是古色古香的图案。她现在已不再避讳我了。我和哥哥在鼓动她开裁缝店，那天我们说得连阿圭都动了心，她却一直犹豫不决。

“大千世界，什么事儿没有呀？”她直起腰，拿起卷尺量袖笼，“告诉你方菁，我就见过鬼。”

“鬼什么样儿？”

“和人一样，俩肩膀儿上扛一个脑袋。”

“那你怎么就知道那是鬼？”

“当然，因为他死了呀！……真的，小时候有天深夜，我清清楚楚地看见过我爸爸，那会儿他已经死去半年了呀……”

窗子被吹开了，一股寒冷阴森的海风悄悄钻进来，窗帘忽悠悠地掀起。

“他在干什么？”我的声音有点发紧。

“他在阿圭房间里说话呢。那会儿，我们刚搬到这儿来没多久，马桶还放在楼下。我想撒完尿就悄悄进去吓他们一跳，可我坐了马桶出来爸爸就不见了。我就嚷起来，阿圭给我叫了一夜魂儿哩，你说好笑不好笑？”

老太太的蜡黄的脸忽然变得毫无血色。阿圭的头埋得更低，一双粗手上的筋突突地跳。

我忽然有种感觉，仿佛一下子触到这个家庭掩埋深处的一种模模糊糊的边缘似的。

“你当时睡得迷迷糊糊的，别是看差了吧？”我满腹狐疑地打量眼前这三个人。

“绝对没错儿。我记得我看爸爸的时候，他好像也看见了我，他的两只眼睛生得怪，隔得开，像螃蟹的眼睛……”

阿圭忽地站起身，急急地往厨房奔去。

“她怎么了？”

“没事儿。”小雪安详而熟练地把料子裁好，然后拎起来放在胸前比画着，“你说来个什么领子好？青果领？一字领？要不干脆不要领子，镶一圈花边儿或者打褶子，对了，打褶子！还是打褶子好看……”

老太太颓然坐在摇摇晃晃的枣木椅子上。

“那一年，来抄家，有多少书哇。”她唱歌似的哼哼，“全是线装本的……都堆在院子里……线装的呀……风吹日晒禁不起呀……毁了我多少珍本呀……”

“你爸爸是什么时候去世的？”

“我上小学那年。”

“那是‘文革’第三年了吧？”

“别什么都跟‘文革’联系起来，他的死跟‘文革’毫无关系。‘文革’不过是天方夜谭里那个傻渔夫，由于太相信魔鬼才开了胆瓶的盖儿，于是魔鬼就跑出来，再也收不回去啦……其实魔鬼也没什么可怕，它是因为被关在胆瓶里太久了才变得可怕的，要是常常让它出来跑一跑，玩一玩，就没事儿了，是吗菁菁？”她的笑靥里透出一股妖娆，“你可以把我的这个论调向你哥哥转述，他大概会感兴趣的……”

厨房里传来压抑的呜咽声，连小雪也怔住了，举起一个手指放在唇边。那呜咽声嘶哑得像一只疲惫不堪的母鸡，只有那种伤心得肝肠寸断的人才能发出这种声音。持续了一会儿，终于一声尖号突破了那道压抑的防线，哭声一下子像骤雨似的汹涌澎湃，那真是号啕大哭，我这辈子也没听到过的。

“天哪，这是怎么了？她是从来不哭的呀……”小雪把剪子一扔就冲进厨房。

接下来的情景令我难以相信：阿圭，这个一向在小雪面前服帖得像只狗似的老忠仆，竟用她那铁板似的大巴掌劈头盖脸掴了她的小姐一掌，接着是恶狠狠的怒骂伴着许多的眼泪喷涌而出：“我把你这个……你这个……”她咬牙切齿地说了许多“你这个”，才哆嗦着说出：“……反先人的东西！……你忘了本了，忘了先人了……”她痛哭着，怒气未消，“按照我们惠安人的规矩，忘了先人是要受罚的！今晚普陀寺第一回钟响，你要去石林跪香的！”

小雪吓得脸色苍白，像个可怜的小姑娘似的，无助地看看我又看看老太太，也呜呜咽咽地抽搭起来。

“阿圭，算了吧，小雪也没说什么，何必发这么大火。”我紧张之中又觉得有些好笑，急忙把小雪的乱发理理好，半个额头和脸颊上印了五个红指印，这时肿起来了。

“你不是我郗家人，不要你多嘴！”阿圭突然凶得像头母豹子。

“她到底还是个小孩子，看在我面上，这次就算了吧。”老太太竟也求阿圭，双手合十压住佛珠，向惠安女人作了个揖。

阿圭这才不吭气，瘫坐在灶旁的小凳上，灰着脸泪如雨下。那块大大的灰头巾上落了许多土，两只粗手掩着脸，阔大的胸脯拉风箱似的一抽一抽。小雪又忍着疼去给她倒一杯水，她也不喝。

老太太嘟嘟囔囔地走了，我以为是在念佛，却忽然清清楚楚地听见一句：“……什么了不起，离了男人就活不了的贱货！……”

“伯母，你在说什么？”

“唔，我是说，此地人饮的‘铁观音’，泡得太浓了，不如我们家乡喝点末子倒好……”老太太苍白着脸，结结巴巴地说。

一个月以后，这木楼上挂了个“代客裁剪”的牌子。但是小雪从不直接接活，都是阿圭一个人忙进忙出的。老太太仍是一天到晚地唠叨，说开裁缝店实在辱没了她的书香门第。在新中国成立三十一周年前，有一天哥哥也来到这里做了一件纯毛加厚花呢西服，这是他有生以来最考究的一件衣裳。试穿之后便被收进了箱子底，大概是准备结婚时穿的。

终于大家都感到一股时代的热风了。这热风使什么都变得很快，不仅是都市在变，校园在变，人们的观念也都在变。女生们的衣裳已经在争奇斗艳；男生们的头发都蓄得像一丛丛剑麻，瘦腿裤变成了喇叭裤，后又成直筒裤，然后是水磨石的牛仔裤和腿肚上系扣的半截水仔裤；女生们于是又开始在领子上别小徽章，之后又发展为戴镀金项链；男生们那边的水仔裤又发展为运动服，女生们也积极响应，于是整系整班的都成了运动员。总之变化很多也很快，Pass 就 Pass 了再不回来，令人眼花缭乱、头晕目眩。

恋爱观也在变，从低年级开始，有了那种速度极快变化极快的现代式恋爱。一个女孩子和一个男孩子谈了三个月恋爱并送他一块极精美的生日蛋糕然后说拒绝做他的妻子。“我爱你，可我说过嫁给你吗？”她对着那目瞪口呆的男孩子说，“我给你幸福，但你要还我自由。”不知怎么的她这句名言一下子在全校传开了，所有谈恋爱的善男信女都记住了这句话，只是到了哥哥那儿才惨遭荼毒：

“这还不定是从哪个外国电影儿上学来的呢，我要是那个男孩一定先劝她学会了好莱坞式接吻再来谈恋爱！”

但“外国电影”式的恋爱很快也蔓延到我们系里了。何小桃和那位“巴士”好汉率先学会了“好莱坞式”的接吻，那位巴士好汉后来验明正身是个机械工人，而且是个很有才气的业余艺术家。他们的恋爱以一日千里的速度向前发展，直到有一天何小桃手持一座雕像来到课堂大家才目瞪口呆。

那是一座少女全身像。全裸，连细部也塑得很逼真，关键是那脸蛋连弱视者也能看出是谁，于是大家在赞叹雕像之美之后，不免产生一种极复杂的心绪。

“哟，小桃，这是谁呀——”郎玉生尖声尖气地问。女生们忽而都像看外星人似的盯着何小桃，男生们的目光里还含着另一重含义。两股目光的交织拧绞似乎都旨在揭开她那层薄薄的衣裳，好验证一下那真实的肉体是否与雕像相符，是否含有某种虚妄的成分。

“嘻嘻嘻，你猜呢？嘻嘻嘻。”小桃笑起来天真烂漫，一双大近视眼眯得像中午强光下的猫眼。

“我瞅着怎么那么像你呀？”郎玉生整个像是刚从醋缸里提拎出来的。有人在偷偷地笑。

“像我？就是我呗！”小桃大大方方地承认，“我一直在给他当模特儿。他照着我做了四个像，这个算最成功的。”她边说边用一个特制的泡沫塑料盒子把这宝贝雕像装起来，圆圆的下巴发出一种孩子气的满意光泽，“他画人体是很出色的，这次参加省展，他有幅画给选到北京参加全国展去了。”

“听说这次全国美展里有幅《霸王别姬》，相当棒！”有个男生掺进来。

“得了吧，那幅画才不怎么样呢。”小桃撇撇嘴，好像这个月来她也成了半个艺术家，“他最讨厌那幅画啦，把虞姬画得像个大白馒头似的，一点儿力度也没有，纯粹媚俗！虞姬不仅是美女，首先应该是战士！咱们现在的画儿也都是阴柔有余，阳刚不足，这就是因为和平时期太久了，人都待得生锈了，知道吗？他最近准备去西藏，去寻找那种力度，那种原始、朴拙的美……”

小桃侃侃而谈，一扫过去那种小儿女态，同学们都感到惊奇。唐晓峰两眼闪着光，嘻嘻笑着：“何小桃你够 open 啊！”小桃听了，脸微微有点红，正色道：“你们知道什么！世界上最美丽的就是健康完美的人体，不懂得欣赏的人意识才土！”于是大家都不作声，谁也不愿自己的意识土，又忽然对何小桃肃然起敬，看来以后对她真该刮目相看了。

但那雕像给人的印象太深了，似乎从此情绪上就微微地有一点起伏。当天吃罢晚饭男女生不约而同地聚在一起，又有些惶惶然的样子，说不了几句就散了。郑轩悄悄把我拉走，一定要去银石滩散步。

月亮很好，浅黄色的。这使我想起那个神奇的夜晚，那个美丽的幻影。我只把那件事告诉了哥哥，哥哥半信半疑地觉得很美，一定要我写出来。我几次尝试都以失败告终。实际上那失败是注定了的。因为那是一种非人间的美丽景象，任何人间的笔也无法描摹。只有那轮浅黄色的月亮以后仍常常出现，唯一可以和月亮媲美的便是那个美丽的精灵，那一定是隐匿在深海里的那个常常唱歌的海妖。哥哥不是听过她的单音节的催人欲睡的歌声吗？难道银石滩这不可思议的一切怪异都来自她的咒语？我最近常常这么想入非非。我从那些一丝不苟的总账和明细账里走出，并且走得太远了。

“咱班同学最近变化挺大的，何小桃……可真有意思——”郑轩低着头在笑。

“怎么，党支部对此持何态度？”

郑轩扑哧一笑：“别那么神经紧张好不好，我可不是以党支部成员的身份和你谈话。”

我想反问他“那是以什么身份”，又觉得不好便没吭声。这时只有一点细微的海风，空气少有的干爽透明，槟榔树的剪影渐渐远去，石林像一支支远古时代的骨镞指向幽蓝的天。这样美的夜晚使人心情也轻松下来。于是我们聊起最近学校里放的几部外国片子。

“山口百惠在日本那么红简直不可想象，我觉得她的演技太一般了，中国随便拉出个演员都比她强。”

“我倒觉得她的表演挺棒的，含蓄，不做作。”

“你们女生喜欢什么样的男演员？高仓健吗？”

“有人喜欢，可我不是。”

他注意地看了我一眼：“你当然更喜欢佐罗——”

“过去是。现在……”我抬头向他笑笑，“看过《卡桑德拉大桥》吗？我现在特喜欢那个张伯伦医生！”

“唔？”他意外地看看我，“那个人有什么特别的吸引力吗？”

“当然。他有一种饱经忧患之后的幽默，彻悟人生之后的豁达、幽默，当然还有智慧，我认为这是构成男子魅力的三大要素。”

他站在那里勉强笑了一笑：“可惜，这三条我一条也不具备。”

“不不不，怎么能这么说……”看着他那可怜样儿，我赶紧转移话题，“听说以后咱们班要分成搞理论和搞实际工作的两摊儿，是吗？”

“不，不是绝对分开，四年级实习分这么两个大组。”他仍然沮丧地低着头。

“你想搞什么呢？”我使劲找话说。

“你呢？你想搞什么？”

“我想，还是搞实际工作吧，或者，搞数学……”

“我和你想的一样。”他的声音里有了点儿生气。他向前走走，我不易觉察地向后退退。

“你知道吗？袁敏和唐放一直没断联系。上星期开党小组会，她给我们大讲了一通北京学生竞选人民代表的事儿，消息就是从唐放那儿来的。”

“你怎么知道？”

“我亲眼见过她给唐放写信。”

“那是她自己的事。”我努力显得淡淡的，可心里不知怎么忽地一下沉落，满满的都是悲哀。人啊人，人怎么这么复杂，这么难以捉摸呢？她至今还在恋着他——那个骗子！我内心残存那点类似自我牺牲的崇高感也被剥夺了。

“听说连王妮妮也有男朋友了。”

“妮妮为什么就不能有男朋友呢？”我的心情一下子变坏了。

“你知道王妮妮的外号吗？男生都叫她‘三叉戟’，因为有个男生说，就是给他一架三叉戟，他也不要王妮妮做老婆！”

“真无聊。你们男的在一起就说这些吗？”

“不不不，随便说说，”他小心翼翼地看着我的脸色，“方菁，你为什么还不交朋友呢？”

原来他旁敲侧击了半天是为了问这个。我飞快地瞥了他一眼。

“现在我好像没工夫考虑这个。再说，现在交了朋友，将来分不到一起，很难成。”

“那就争取分到一起嘛！”

“假如我要求去西藏呢？”

“那……如果你的朋友是我，我也会要求去西藏的……”他低着头嘟嘟囔囔地说。他的脸一定很红。我感动之余又有些惊讶，可奇怪的是我心里十分平静，没有任何激情、冲动，或者朦胧的喜悦。我忽然对自己产生了一种恐惧，我是不是有什么不正常？一个风华正茂的姑娘生平第一次听到异性爱慕的表白竟无动于衷，这实在是不可思议的！

“我这人乏味得很，脾气又坏，谁跟我交朋友谁倒霉。”半晌，我低低地说。

“只要喜欢就都可以容忍。”他柔柔地一笑，定定地看着我，含情脉脉。

他大概是早有准备了，对于各种可能发生的情况都准备得很充分。他确是个好人，生活得很认真，善良、富于同情心。我想起他为我做的一切，包括那个极细致极工整极详尽的笔记本，毕竟这样的人也是难得的。

“谢谢你，郑轩，为了很多事谢谢你，”我真心诚意地说。“我感谢你，不过我要对你说实话：我并不……并不……”我想说“并不爱你”，却又觉得这话太直露会伤他，便改口说：“我看我们还是做一般的朋友更好些。”

他默默地低下了头。

“我会把你当作最好的朋友的，真的……”

“不。”他忽然抬起头，“我不想和你做一般朋友。假如……假如你不爱我，那就算了，没有什么必要再保持友谊。”

他说得斩钉截铁。我忍不住看看他，他眼睛里亮晶晶的竟闪着泪珠。我心里乱了。

“方菁你还是老样子。你为什么不像别的女孩子那样说‘考虑考虑’呢？那样我还能再骗自己一段时间。……你知道，那也是种享受呢。”

我心里深深地感动着。

他掏出两张票，苦笑了一下：“这是渠州剧院的电影票《红菱艳》，原想明天和你一起去看的……”他很快把票撕得粉碎，扔进了大海。此时天已全黑，海像一只巨大的黑色风琴，在黑暗中叩响着神秘的音键。真的有渔船在风浪中颠簸。

海风渐渐冷了。

年底，北京大学生竞选人民代表的消息在这里传开了，学生们反响很大。粉碎“四人帮”已有四年多了，人们对“德先生”和“赛先生”的渴望格外强烈（瞧，又是这两位先生）。于是年轻的和不怎么年轻的，有背景和没有背景的，血气方刚和工于心计、老谋深算的，有献身热情和有政治野心的，统统混在一起，纷纷发表自己的竞选纲领和竞选演说。北京学生本来就仿佛有一颗容易热血冲动的魂，不大需要去努力唤起，便已成为燎原之势了。

“咱们这儿太闭塞，太缺乏革命热情了！”袁敏在宿舍里发议论。她的衣裳如今鲜艳多了，一件红绿黑三色相间的紧身衫紧绷着她茁实的身子，仿佛一喘气便要开绽似的，“你们要是支持，我真想 to try！（去试试）”

“你要是搞女权运动我一定响应。”郎玉生把国民经济管理概论的作业摊了一大桌子；王妮妮正在桌角上吃油煎蛋（用小电炉煎的），不小心掉了一点儿在作业纸上；郎玉生无可奈何地拍了小胖子一巴掌：“我说妮妮呀，我可把你怎么好呀？差不离儿少吃点儿成不成？要不搞对象可困难啦！”

“哎，对了，妮妮，正有个事想跟你说呢！”张丹从上铺探下一个脑袋，“七九届有个小伙子挺不错的，二十六岁，是我妈同事的孩子，挺着急找对象，就是人胖点儿，我想跟你倒是挺合适的。”

“胖呀？我不要。”妮妮头也不抬地吃着油煎蛋，嘴角上沾着蛋黄，下巴和脖子完全连在一起，像个无锡大阿福。

大家都哈哈大笑。

“笑什么？本来嘛，我就够胖的啦，再找个胖的，将来那孩子还能不能要啦？”

大伙“哄”的一声笑起来，都刮脸羞她，她也不在乎，有滋有味儿地吃完油煎蛋，才笑眯眯地伸了个懒腰。

袁敏走出去了，门“砰”的一声响。

“瞧瞧，人家嫌咱们庸俗了是不是？”郎玉生脱了外衣，仅穿了一套黑色弹力紧身衣裤，“人家在谈大事儿，你们偏谈搞对象——待会儿请等着穿小鞋儿吧！你呀张丹，预备期又得延长！——”

“郎玉生你说话注意点儿！”王妮妮严厉地伸过来一只带肉坑的小手。

“什么了不起，现在真是不抓偷牛的，倒抓拔桩的，”郎玉生嘟嘟囔囔，“不信，你们下回洗澡的时候注意注意袁敏——”

“郎玉生，你穿这身衣裳真像《天鹅湖》里的王子！”小雪推门进来。

“是吗？哈哈……”郎玉生带着酸味笑起来，“那怎么着小天鹅，咱们跳一段？”说罢搂着小雪便跳起探戈，没想到两人倒配合得非常默契。大家欣赏了一会儿，都问起小雪裁缝店的经营情况。

“我给你算过，你可赚海了去啦！”郎玉生停了舞步，“现如今大家都图实惠，政策放宽了，能捞的谁不想捞点儿？说实在的，这个学我都上腻味啦，恨不得现在就毕业，去个什么公司的……对啦，方菁，你哥搞的那摊儿有意思吗？”

“他那儿可赚不了钱。”我笑着说。

“赔钱的买卖这年头儿怎么能开张？你哥的路子够野的呀——”

“什么路子？！申请了一年的银行贷款才批了六千！”

“有六千就不错了，教授都不一定能申请到呢，你哥连学历都没有，够可以的了！”

“有没有学历有什么区别？”小雪一边抄管理概论作业一边说，“咱们比人家会抄点儿罢了！”

大家一时无话。这时袁敏忽又推门，探出半个头说：“大家马上到操场集合，学习第六套广播体操！”

郎玉生倒吸一口冷气：“妈呀——我当是上操场听她竞选演说哪——”说罢，穿着“王子服”就走出去了。

竞选终于没搞成，自那天下午后袁敏就再没提此事，大家都猜度她一定又领了什么“圣旨”。只有唐晓峰等几人闹哄哄地在校园里糊了几张大字报，终于也没能掀起大波澜。

对哥哥办海生物实验室的议论确实很多，赞成者少，持观望态度者居多。假如他们若知道哥哥的脾气，恐怕摇头的人就更多了。不过连我也对哥哥这次兴趣的持久性表示惊讶，一定有什么冥冥之中的力量在鼓舞着他。

饲养在液泡中的夜光虫看上去像是浮游性鱼卵，被包在一个薄而透明，但相当坚韧的外膜中。口沟附近有一个可伸缩的触手和一根鞭毛。中央的原生质团围绕着细胞核，从核中散射出柔软的原生质丝与垫在细胞膜内的细胞质层相接。数目众多的可发光的拟脂物质散布在所有细胞质中，大的占整个夜光虫体质的百分之二十一，拟脂物质常带粉红色，哥哥说这是由于吞食含胡萝卜素的矽藻和桡足类所致。并且说，加利福尼亚湾北部古称“朱砂海”，便是极富夜光虫的缘故。

哥哥的手指长而灵活，好像天生就是为了当镊子用的。我忽然想起一件小小的往事：那时我刚记事，哥哥好像是刚剃了一个光头，很有兴趣地把一个盛水的纸盒放到火炉上去。“你要干什么？”在一旁看报纸的爸爸眼睛忽然瞪得像糖炒栗子。“这是物理小实验，纸盒烧水！”哥哥很神气地回答。“混账！”爸爸一巴掌打在哥哥的光头上，“纸盒能烧水吗？这道理连菁菁都懂，我看你是越活越回去了！”现在我仍记得哥哥捂着光脑袋的委屈样儿。后来我长大了，终于知道“活回去”的不是哥哥，而是爸爸，可我从没敢在爸爸那里再提一个字。

拉开实验室的窗帘能看见海，距这里不远的地方正在大兴土木，听说是要建一座高级宾馆。

“咱们要快，要快，”哥哥在催着他的那两个助手，“不然的话这地方就要完了。”

三年级一开始，同学们就有些两样。过去都离得很近，现在却距得很远。各干各的，仿佛各自干的事都具有一定的神秘性。见了面，便说些今天天气哈哈哈之类无关紧要的话，彼此都心照不宣。谁都在避讳深谈，谁都在避讳着实质性的接触，大家都似乎在努力保持自己的形象。在这一切的背后，隐藏着那个令所有大学生都发颤的字眼——毕业分配。

我却在这种关键时刻对乏味的课程越来越难以忍受了。我常往哥哥的实验室和小雪的裁缝店跑，可回来便是加倍地寂寞。因为它们不属于我，我还没有一个完全属于我自己的天地。于是我又开始写诗，结果却是令自己也不满意。大概唐放的话是对的，我还没有学会那种不真实的真实，因此当不成作家和诗人。

小雪倒是活得越来越鲜灵了，她的家也完全改观：除了老太太那一间不让动之外，其余的摆设全部向现代化迈进。厨房已经“半电气化”，“三洋”收录机、“东芝”彩电、“白兰”洗衣机，全套高档钢木家具，新近又买了“星海牌”钢琴，这一批五光十色的现代家伙把这座古董式的小楼震得摇摇欲坠。小雪对她的收入守口如瓶，但大家都猜测她已是名副其实的万元户。谢天谢地，她现在穿的衣裳总算没有了拼接痕迹。“你男朋友知道了会怎么说？”我故意提醒她，我发现最近几个月她很少提到她的男朋友了。

她怔了怔才回答：“他当然会很高兴。”

“高兴你挣了这么多钱吗？”

她垂了眼皮：“不，高兴我又学会了一种新的游戏。”

接着她又温柔地望望我，嫣然一笑：“别这么自命清高，难道钱不重要吗？现在我总算知道有的人为什么那么善良，那么宽容了，一句话，那是因为他们不缺钱花！”

“什么话？！”

“我问你，假如一个人靠抢银行成了大富翁，可后来又把钱用来搞慈善事业，成了大家心目中的圣者，你对这个人怎么看？”

“你尽有些稀奇古怪的念头……”

“你以为没本钱也能积德行善？一个两手空空的善良人只能被人们看成可怜虫，可你只要有了成就，达到了目的，就很少有人会追究当初你用的方法手段，这就是游戏规则。掌握了规则你才能获得自由，不然，你一辈子都被捆着，被那些毫无意义的所谓道德约束力捆着，一辈子都只能是个可怜虫！”说罢，她嘻嘻一笑，把刚裁好的衣裳料子装进一个纸袋里，“这玩意儿我也快厌烦了，该换换样儿了。”

“小雪，我觉得你很奇怪，有时像十七岁，可有时像七十岁。”

她翻眼看着我，没回答，眼圈儿竟微微地有点红。

最近她的身体倒是慢慢好起来，连着几个月都没有痛经，脸色也不那么白得吓人了。阿圭总以为是我的功劳，因此待我越来越好，其实我却一直在云里雾中。

那个长长的灰影子又投在地面上。

“若是则身非身也，蝶也，飞宿眠食，尽在人间；人非人也，仙也，行起坐卧，无非乐境……”老太太捧了杯盖碗茶环视四周，“古人的话不会错的，这屋里要不摆个花儿，总觉得不大像样。花儿上不摆花，就是摆个香炉、佛手，也是好的……

我们谁也没说话。

阿圭在忙饭，被灶火呛得咔咔地咳。自打上次之后，小雪只字再不提家里的事，对阿圭也像比先前更好些似的。我总觉得这里面有点什么名堂。小雪也并不像表面上那般自由快乐，她的内心深处像是有一种真正的无法解脱的痛苦。这痛苦隐隐露出来，便成为她轻松地“做游戏”的渊源和动力。这时我才惊奇地发现，做了两年多朋友，她对于我来讲仍然是个谜。难怪她喜欢莫罗的那幅画呢，她本人实在就是一个斯芬克斯。

“毕业后你有什么打算吗？”我问。

“谁知道。还没想好，不过，我肯定是离不开这片海的。你呢？你想留校吗？”

“不，我想回北京。”

“这么说，咱们一定要分手了？”她果然有些凄怆。

我点点头。

“菁菁，我知道你不像过去那样喜欢我了，看得出来。过去也是，我的朋友最后总是离开我，我从来不在乎，可是这回……”她咬着下唇，左腮上又透出那个妖娆的笑靥，“我在乎，我太在乎了！”

我想笑一下，可一笑出来便成了苦笑。

“记得你说过，你会永远和我做好朋友的，你记得吧？”

“当然。”

“那以后呢？以后你交了男朋友，结了婚……”

我连连摇头：“不，不存在这个‘以后’，我不会结婚的。”

“为什么？”

“不知道。我有这个感觉，很早就有了，我会当老处女的……”

“你这人真怪！”她扑哧一笑，小嘴噘成一个喇叭状，“眼前就有人嘛，你没发觉郑轩一直在追你……”

“哼，已经是‘过去时’了。”

“什么？你拒绝他了？”她一下子从沙发上蹦跳下来，窜到我面前，“你这傻孩子，怎么这么大的事儿也不跟我商量商量？见鬼！郑轩和你真是再合适不过了！你会后悔的！”

她还很少用这种严重的口气说话，我怔住了。

“郑轩做你的丈夫绝对合适。”她把红色装饰珠摘下来，两股黑发从肩上垂下来，越发衬得那脸莹洁如雪。

“可我并不爱他。”

“又是书呆子的话！当丈夫要什么爱不爱！Husband 和 lover 绝对是

两回事儿，懂吗？”

“不懂。你这种恋爱观一定是从玛尔库塞那儿批发来的。”

“我可不懂什么玛尔库塞。我早就告诉过你，我很少看书，我的经验都来自生活。”

“那么你的男朋友是可以做Husband还是可以做Lover呢？”

她怔了怔。“当然是Lover，到现在我也没想过能和谁签订一个永久性契约。我觉得……无论是女人还是男人……都需要一个自己的小世界，这个世界无须任何人进入……可结婚，就意味着互相参与，制约太多了……我受不了，我受不了将来有哪个男人看着我刷牙的样子……”

“你这人才真怪！”我也忍不住扑哧笑了。

“嘻嘻，菁菁，我发现尽管咱俩的想法相反，可在不愿意结婚这一点上是一致的！这太好了！”她跳到书案上坐着，荡着两条腿，笑容粲然，“这意味着咱们能做一辈子好朋友！”

阿圭不小心把泡马蹄的水打翻了，弄得满屋都是气味。老太太在屋里焚了三炷龙涎香，小雪向我喷了许多巴黎香水。不用问，这又是她那位神秘的男朋友带来的。

银石滩宾馆于一九八一年春建成，建成之后很快便投入使用。仿佛银石滩这块地方一下子变成了旅游胜地，中外宾客络绎不绝，垃圾污物也随之暴涨。以哥哥为首的大声疾呼要保护这里的自然地貌，一月之内向上打了七个报告。学校当局出面抗争，官司打了许久，也没有结果。大多数学生倒是无所谓，晚上散步的时候还常常找老外们练外语。

到了盛夏，这里的海便像下饺子似的，密密集集、花花绿绿的一片。南国的太阳蒸腾着潮气，海蓝得耀眼，阳光把那一片五彩缤纷的美丽阳伞变成半透明，这里成了地地道道的海滨浴场。救生圈、气垫船、自制筏子甚至折叠小帆船在海面上星罗棋布，中外友人在海里自由交谈。男同学们似乎对欧美客人茂密的胸毛兴趣浓厚，而女同学们艳羡的眼光则盯着外国女人身上鲜艳的“比基尼”和比自己大上两圈儿的“三围”。一切都很新鲜，同学们似乎重又有了生气。

这些日子哥哥的眉头紧锁，每天晚上都要打着手电，拿着渠州市海洋研究所的证明，仔细检查石林和沿岸海洋生物的情况，仿佛一个藤壶一个牡蛎的变动也逃不过他的眼睛。每天有许许多多的废弃物和垃圾流入海里，这片海被严重污染了，大概每天都有许许多多的海生物死亡。哥哥把禁令送到宾馆，宾馆负责人却毫不买账。哥哥只好又来搬校领导，可谈了几次毫无结果。副校长反不酸不凉地说：“方达，你适可而止嘛，那不是你的责权范围……”大概是最近有关哥哥的谗言太多所致。一个没有学历的人耗资近万元办起一个毫无实用价值的海生物实验室，历时一年半之久竟没有拿出任何一项具有实际意义的研究成果，这本身早就已引起许多人愤愤不平了。

“以后学校对你的实验室不准备再投资了。”副校长用一双涉世甚深的眼睛看着哥哥，“学校现在资金很紧张，这你是知道的……”

“好，以后实验室的资金我自己解决。……但是银石滩的问题您一定要出面，您最好今天就去和他们交涉一下……”

“那是海洋研究所的事……”

“可远水救不了近火。您可以先以校领导身份，从维护学校海生物实验利益的角度出发和他们谈……海洋研究所很快也会来人的……”

“好，研究研究吧。”

“他妈的研究研究！”哥哥回来后暴怒得像头狮子，“研究研究在中国就等于判了死缓，他妈的……”

哥哥很少骂人，这次却骂出一连串的粗话。我在小雪家吃了晚饭一起来到哥哥的实验室，听他转述之后我看着他狂怒的样子一筹莫展，小雪却忽然忍不住似的扑哧一笑。

“你笑什么？”哥哥愈加愤怒。他生气的时候最讨厌别人笑，谁笑了谁就要倒霉。

“笑也不让啦？”小雪抿着嘴，眼梢嘴角却透出妩媚温柔，那样子让人想咬都没法儿下嘴，“要不，我帮你想想法子？”她轻描淡写地说，并不在乎哥哥那凶神似的眼光。

“你能有什么法子可想？”哥哥瞥了她一眼，像头困兽似的在屋里走来走去。

“试试吧。”她轻轻说了一句就走了，轻盈得像只蝴蝶。

大概有两盘棋的工夫她回来了，笑盈盈的一进门儿就嚷：“方达你怎么谢我？事儿办成了！”

哥哥的嘴张大了。

“说起来也简单得很，”她两颊上带着新鲜的胭脂色，在灯光下显得特别美丽，“咱们副校长夫人经常请我裁衣裳，副校长本人也请我给他做过一套猎装，满意得很。正愁没法儿谢我呢！这下儿，倒便宜他们了！”她又是嫣然一笑。

“花钱做衣裳，算什么人情债？”哥哥仍不明白。

小雪微微低了头，“对他们，我都是睁一只眼的闭一只眼的，就是收钱，也是按最低价，这个他们心里有数。副校长最近要出国访问，单位做的两套衣服他都不满意，到市里找了个有名的私人裁缝，要价又高，又慢，只好又求我，以后这类事儿大概多得很，我这个小店儿也要人庇护……大概这也是一种共生关系吧……”

我和哥哥面面相觑，谁也说不出什么。

“小小年纪，这些事儿倒挺明白……”半晌，哥哥忍不住轻声说了一句。

小雪像被火烫了一下似的蓦地抬起头，眼光变得火辣辣的：“什么？”

“哦，我是说，你比我们菁菁的社会经验要丰富得多喽！”哥哥似笑非笑地看看她，又看看我。

小雪变了脸色：“原来你也这么看我！你是觉着我这么做是巴结头头拍他们马屁挺不干净吧？可就是因为给他们这点儿便宜，我的小店儿生存下来了，现在整个银石滩的海洋生物都得救了！这不是事实？你干净！你们干净！你们干得像风干的肉燕就会掉渣儿，就是想不出法子来！让我哪只眼睛瞧得上……”她说着说着哭了，眼泪花儿扑簌簌一个劲儿往下掉，我还从没见她这么激动过。

哥哥慌了神儿，不知道怎么办才好。一面使眼色让我哄她，一面到处翻箱倒柜的好不容易才从个发黄的玻璃瓶里倒出最后一点雀巢咖啡。冲好端过去了，却被小雪推到一边，哭着往外走。

“我也是多管闲事儿，”她伤心伤意哭得像个小女孩儿，“我这就去把话收回来，以后什么都不管就是了……”

哥哥急得冲上去堵着门，我软拉硬拽的算是把她拦住了，可惜这幕好戏没人看见。小雪仍抽泣着，哥哥向来不会哄人，今天却破天荒放了架子。

“其实，我不就说了那一句话吗？真不知道您公主殿下是一句话都说不得的！”哥哥一脸啼笑皆非的样子，“行了行了，您老人家就把我当成宫廷弄臣，别跟我计较了！”

小雪含着眼泪扑哧一笑：“呸，做我的宫廷弄臣都不合格！”

“好了好了，又哭又笑，鼻涕冒泡儿，”哥哥搓搓手直起腰，翻了个白眼，“咳！看你是个女孩儿，你要是个男的，哼……”

“怎么样？”小雪火辣辣地盯着他。

“你要是男的，我就把你从这个窗户里扔出去，让你到银石滩和鱼一块儿过夜！”哥哥又变得神气活现了。

“那我还谢天谢地了呢！”她泪水未干的眼睛闪出亮晶晶的光彩，“你以为和鱼在一起让我怕？哼，那可比和人在一起舒服多啦！”

我起了个大早去买回京的车票。这个暑假哥哥仍不能回家，我只好买我自己的票了。

哥哥是放假前两天接到支援夏收的通知的。在此之前，为海洋环境保护问题和有关部门一直在扯皮，实验室的工作实际上已经停顿了。他正急得焦头烂额，谁知又被学校拨拉到一批不受待见的教职员工中去附近农村支援夏收。这是不容推辞的，于是他只好把工作交代给两个助手，自己戴个破草帽儿走了。

天才蒙蒙亮，海像是一片迷迷朦朦的灰色磨砂玻璃。在东方海平线上有一抹胭脂红在慢慢扩展，就像是国画里的“曙红”在宣纸上逐渐晕开似的，一会儿，变成了一片金色的火烧云。我还是头一次起得这样早，忍不住远远地站着看。看久了，那金色把眼睛都灼得痛，迷迷糊糊的像是有许多黑点向岸边涌来。又定神细看，那许多个黑点聚成了一个。是的，那是一个人！我没有看错，那人正奋力挥臂向岸边游来。

渐渐地游近了，又游近了。那人上了岸，娴熟地往肩上搭块毛巾，晃着宽宽的肩膀向我走来。这时，他身后的太阳给他全身勾勒出明亮的金色轮廓，他的面部模糊不清，体形却带着一种成熟男子的魅力，那种魅力被太阳照耀得夺人心魄。

他走近了，由于逆光仍看不清他的眉眼，却看见两排雪白的牙齿，他在笑。

“真健忘啊，方菁！”他叉腰站在我面前，那一股活力像潮水一般向我涌来，我感到一种力量的冲击，几乎站立不稳。

祝培明。这是他，那浑厚深沉的男中音不可能出自别人。我想做出一个礼节性的微笑，像成年人对待一切朋友那样亲切地问候——可是忽然一切都乱了。莫名其妙的，我的心怦怦地跳得很凶，我甚至疑心他听到了我的心跳声，问候的声音哽在了喉头，这一瞬间——大海作证！——这一瞬间我只想逃跑，从他身边匆匆地逃开。我会跑很远很远，因为我心里忽然涌上了一种莫名其妙的疯狂。

“哦，你好。你怎么来了？”我听到自己用一种奇怪的声音在说话，我怀疑那不是我自己的声音。

“在这儿开全国经济体制改革工作会议，你没听说吗？”他用毛巾迅速地揩着身子，他身上的每一块肌肉都充满着一种动感和活力，并且像涂了一层橄榄油似的发亮。那动感给人的感觉非常美，我悄悄看了一眼又急忙避开，我控制不了自己的羞涩。他却极为自然地爽然一笑，“我不是说过我会来吗？我说话从来算数！”

我被他那种坦然的笑感染了，也微笑起来，这时我才看清他那英俊的眉眼和一圈儿金属丝似的小胡子。这的的确确是他，没错儿。

“你怎么样，这么早你上哪儿去？”他揩干了身子，裹着一条大浴巾伴着我走。

我告诉他我要买车票，他立刻做了个遗憾的手势：“家里有事一定要回去吗？”

“不，没事。”

“哦，那我就奉劝阁下最好别回去了。回北京的票很难买，你回去又没什么意义，何必浪费精力？不如在这儿过暑假，机会难得，我们好好聊聊？”

“那我再想想。”我轻声说，下意识地摸了一下脸，这才发觉手指冰凉，不过，也许是脸太烫的缘故。

我躲闪着他的目光说些无关紧要的废话，他一定是看出了我的窘态并且在心里暗暗发笑。天哪！我这是怎么了？这时我才突然感觉到我心里其实一直在想念着他！自从那个星光灿烂的北方夜晚，干燥凉爽的空气在阳台上弥漫着，他金属丝似的小胡子在夜色里闪光，乐声迷离，他带着一种神秘的微笑谈起海火，我的心确是曾被什么触动了。后来，一切趋于平静，而被淡化的一切却没有死灭。人哪！你这又爱又怕的傻瓜！你之所以敢于拒绝你不爱的，是因为你在潜意识中迷恋着你所爱的！

豪华的大吊灯在红地毯上投下巨大的光斑，地毯边缘湿湿的像是浸出血来。我还是头一次走进这样的高级宾馆，屏声静气的，低着头穿过衣冠楚楚的服务员，远远的一个嵌着木雕花的大镜子，映出我的窘态。我用一种挑剔的目光看着那一个“我”，自度还算优雅，但却谈不上美丽，衣着也过分朴素了一点。我忽然后悔穿这件素色小花的连衣裙来，这种雪青色并不适合我，而且，那小花也太小家子气了。

祝培明在房间里看《新闻联播》。他大概刚洗过澡，还带着股湿漉漉的香皂味。那是一种很健康的体味，闻着很舒服。他只随随便便地穿着身紧身衫和制服短裤，都是洁白的。两条结实而富于弹性的长腿上也长满着像他胡须一样的小卷毛。他那种洒脱的样子总是很让人喜欢，大概他自己也知道这个，因此总是自我感觉良好。

“你不回家真是太好了。”他趿着双拖鞋把电扇打开，又转了个面，以免那风直着吹我。然后冲了杯雀巢咖啡，放上糖，他在干这一切的时候都极娴熟，我忽然想起哥哥干这些事时那笨手笨脚的样子。

“这儿只有咖啡了，你要是想喝果子露什么的我可以去前厅买。”

“不，咖啡就很好。你能买到雀巢咖啡？”

“是啊。”他洒脱地一笑，“梅若行，是你嫂子吧？她还托我给她走过后门呢。”

“她是为我哥哥走的后门儿。”我说。我们俩都笑了。

“我习惯夜里工作，整听整听地喝雀巢咖啡，你看，头发和眼睛都喝成咖啡色了——”他笑着挠了挠头皮，果然，他的头发和眼睛都现出一种浅浅的咖啡色。听梅姐姐说，这家伙能在一天之内打好一个十万字的腹稿，储备起来，谁也别想刺探出点儿什么。然后在需要的时候再倒出来。我怀疑他体内藏有骆驼式的功能。

“你的三个愿望实现了吗？”我坐在沙发上，电扇的风撩着我的衣裙，心里好像轻松下来了。

他怔了一下：“哦……前两个都实现了，科技实业公司早就开办了，外贸公司马上就要对外营业，只有第三个……上面没有批下来。”

“为什么？”

“为什么？可能是中国人不重视娱乐吧。”他锐利地看了我一眼，笑了笑，“我现在倒有个古怪的想法：中国近年来之所以发展慢可能是中国人缺乏游戏头脑的缘故。”

我看了他一眼，不大明白他指的是什么。

“在游戏中最能发展自己，”他似笑非笑地看看我，“因为游戏需要对手。”

“你是说中国人缺乏一种竞争心理吗？”

“不完全是。”他说。这时电视里在播放一家小厂改革的经济新闻，他把电视机关上了。

“你的那些‘有识之士’都网罗到手了吗？”我开玩笑。

“哪那么容易？人的问题在中国比什么问题都难！”

“我总觉得，现在的经济体制改革没有一个完整、系统的理论体系，也没有一个可以效法的模式……总觉得心里没底，现在大家谈起‘开放搞活’好像就是和西方和钱连在一起，连那些‘小倒儿’们也在‘引导世界新潮流’了，你对这问题怎么看？”

“当然没那么简单。讲到理论体系，讲到模式，这当然都是非常重要的，可最重要的我认为还是人，是领导者。在中国，并不适合推行西方式的民主，”他斩钉截铁地说，“中国应该搞的是精英政治。懂吗？精英政治！只有强有力的精英人物才能治理这个国家！”谈起这个他很亢奋，点燃一支烟，来回走。

“你还想搞偶像崇拜吗？”我小声反驳他。

“不，不不！”他挥挥手，在我面前站住了，“要说清这个问题得横向看世界，纵向看中国历史。你得承认，世界上的统治者基本上都是借助于人民的宗教信仰来完成统治的。整个西方受新教影响很深，崇尚个体的完整性，以自我组织的方式去面对生命的挑战，这本身就带有一种动态的意向性，容易导致超越与进步；拉丁文化受天主教影响，比较注重社群关系，倾向于热情、享受生活、制造美感，甚至破坏规矩以表现个性这样一种无政府状态，还有阿拉伯文化受伊斯兰教影响，印度文化受印度教、佛教影响等。而中国实际上是个缺乏信仰的国家，既然缺乏信仰，就需要一种特殊的凝聚力。从中国历史上看，农民战争虽然推动了中国社会历史的前进，但是从另一方面看，它也是使中国社会向支离破碎、一盘散沙方向发展的一个因素。因为每一次的农民战争都是以平均主义为前提的，平均的结果就是越来越支离破碎，也就越需要国家来组织它，而国家也就越来越专制。这样的恶性循环一直发展，中唐前还有世族地主，到了宋朝，国家科举制度使中央集权制向前迈了一大步，明清时代，专制主义已达到传统水平的完善状态。”他吸了口烟，然后慢慢地吐出来，声调放平和了，“到帝制晚期，孙中山提出的救国方案仍然是平均地权和节制资本。直到我们建国三十年的‘铁饭碗’制度，实际上都是一种‘平均思想’的再现。对于这样一个既乏信仰又热衷于平均的民族，必须有一批强有力的人物才能驾驭它。”

“你用‘驾驭’这个词？”

“是的，驾驭。中国是条龙，确切点说，是条懒龙。现在缺的是敢于骑龙的人！”他的浅咖啡色眼睛炯炯放光。

我慢慢品着他刚才那番话。还是头一次听到这样的理论，觉得很新鲜。无论如何他是信任我的，意识到这点，心里就很感激。

“看来人是离不开信仰的。”我说。

“是的。”

“没有信仰，就会寻找别的替代物。”

“是的。”他看看我，眼神有点奇怪。“听说过‘Charisma’这个词吗？它来自早期基督教语汇，指的是‘得有神助的人物’。后来马克斯·韦伯在界定权威的不同形态时，用‘Charisma’，来指有创新精神人物的某些非凡素质，带有一点‘个人魅力权威’的意思。现在我们就译作‘卡里斯玛’吧。按照我的理解，卡里斯玛还不仅仅指个人的创造，它应当被理解成为社会符号秩序的中心，也就是说，实际上每个社会都有一个中心带，而这个中心带是社会价值和信仰领域的一种现象。因此‘卡里斯玛’也就是赖以维护价值和信仰的一种品质……不知道你能不能理解？一个民族内在的凝聚力，国民精神的产生实际上与这个国家的‘卡里斯玛’有极重要的关系。‘卡里斯玛’崩溃了，必然导致这个国家的文化脱序，道德混乱……就像一个人失去了灵魂一样。一个人肉体受了伤倒还可以治愈，可是假如失去了灵魂……”他笑了笑，把烟灰弹在中间那个茶几上的烟缸里。

我没想到他对我说这些，于是沉默着，不知说什么好。

他倒显得挺轻松：“知道吗？我这人很能识人。”

“……”

“我知道在什么样的人面前可以无须设防。”他的一双浅咖啡色眼睛在两道浓眉下微笑。

“谢谢。”我有点不好意思地笑笑。

“和你在一起挺轻松的，真的。”他坐近了些，看着我的眼睛。

“……我这人……傻乎乎的……”

“我就喜欢傻乎乎的，聪明人太多了，蝗虫似的漫山遍野。”

“……”

“你喜欢游泳吗？到海里游泳？”

“喜欢。不过……技术不行……”

“日出的时候游过吗？……哎呀！真不会享受生活！我看你是白在这儿上了三年大学了！我每天黎明时都去游泳，你根本想象不出太阳出来的时候是怎么回事！那时候你才发现，咱们的语言是太贫乏、太苍白无力了！就在泊着渔船的那个地方。”他唰地一下拉开双层的丝绸窗帘，外面一片黛色的海面上，有渔船停泊的黑色剪影，“太阳的第一道光就洒在那儿，特别柔，淡红色，可还没等你抬头换气儿，你就已经泡在金色汪洋之中了！那简直是纯金，你会伸手去抓，那金子烧得烫手！遇上好天儿，太阳就像红纸剪的似的粘在天边儿，是半个圆，下面半个圆被海划碎成几半，清澈得就像泡在水银里似的，就连我这个最不善于幻想的人那时也出现了一种幻觉：仿佛太阳是可以摸到似的，于是你奋力地向太阳那边游，再近些，你忽然发现太阳原来很薄，半透明，不过是像红玻璃那样一种脆弱的物质，你别笑，真的，当时感觉就是这样。”他眼睛流露出一种诚实可信的目光，“当时你会突然觉得太阳不过是整个天空的一扇圆形玻璃门，敞开着，充满了诱惑。”他停了停，把烟捻灭了，脸上那种恒温的微笑和略带讥嘲的倨傲统统消除殆尽，现出一种深不可测的严肃神情，这神情像是从他内心里流露出来的。“天空，像一座巨大的房子，云彩是墙壁上变幻的浮雕。这大概是上天给你的一次机会，然而只要有瞬间的犹豫，那门就关闭了。”

我痴痴地看着他，在他透明的眸子里，我很像个小女孩，刚吃饱饭，正在听大人讲故事。

“后来呢？”

“后来，太阳就变成了普普通通的太阳，天空也变成了普普通通的天空。”他又恢复了原来的样子，微笑着。

“后来呢？”

“后来……后来我就想，要是当时从天边驶来一条船就好了！”

“没想到……你还挺浪漫的。”

“是不是在你们眼里，搞经济的就跟木乃伊似的？”

“不不，我也是搞经济的呀！”

“当时我真希望那茫茫大海之中会出现一条船，一条……诺亚方舟。”

“难道……你也想寻求保护？”

他笑了笑。

房间里变得非常的静。海潮的声音仿佛近在咫尺，仿佛要冲进房间，或者把这小小的房间抬起来似的。

“我们这小房间很像条诺亚方舟，是吗？”

“我……我该走了。”我避开他的目光，心里感觉到一种沉重的压迫。

“好。”他挥挥手，像一个好绅士那样给我拉开门，但并没有打算送我。“今晚对你说的话，比我一年之内说的话还要多。”他忽然轻轻地说，在走廊里我回了一下头。

“明天我们一起去游泳吗？你去的话，早晨四点钟在石林见。”

他仍是不等我说行或者不行，就自行决断了。我犹疑着点点头，我始终比他慢半拍，无法赶上他的节奏。

整整一夜我失眠了，像一切电影、小说里的傻女孩那样一遍遍地温习着晚上那不同寻常的谈话，千百次地回忆着他当时说话时的语调、动作、表情，不放过任何一个细节。大概视觉记忆也有一种储存的功能，我惊奇地发现，即便是当时我没有感受到的东西，这时也在黑暗中释放了出来，像一架全息摄影仪似的，展现着全部被忽略的隐秘。

这是二十多年来我心灵上受到的第一次冲击。在黑暗中我感觉到自己全身在颤抖。我带着一种疯狂的冲动在惶惑中抱紧被子翻来翻去，仿佛肉体内部是空荡荡的，需要一种依托的力量。睡在下铺的何小桃重重地呻吟了一声，是在说梦话：“别翻了，床都快塌架了……”

我抱着被子呆住了，把烧红的脸深深隐到黑暗中去。半晌，四肢才放松下来。我明显地感觉到自己身体内部的一种情欲的骚动。从那可以捕捉到的骚动中我明白自己已是一个完全成熟的女子，而不再是那个只崇尚“柏拉图式”精神恋爱的小姑娘了。

我忽然想起小雪的话，大概，有些男人确实能够在瞬息之间重新塑造一个女人。

盖在脸上的被子慢慢潮湿了。我发觉自己一直在流泪。同学们睡得很香，王妮妮还发出响亮而有节奏的鼾声，她们明天就要回家了。

我并不想责怪自己。

我失约了。当镜子里照出我苍白浮肿的眼睑时，我说什么也不想去领受他惊异的目光了。可这么孤零零地坐在宿舍里更是酷刑，拿起本书，翻翻又扔下。躺下，又忽地坐起来，撕开包方便面就那么放在嘴里嚼着，一面躲闪着镜子里那张难看的脸。

……他等着，等得咖啡色的眼睛要冒出火星来：“原来这个貌似憨厚的小丫头在捉弄人！”于是一怒之下拎着游泳衣就走了。

……他讥诮的目光露出来了：“这样一个失信的人，不配做我的朋友。”然后若无其事地，像平常那样游进海里。

各种各样的情形都被我想到了，唯独想不到他肯原谅我。

小雪拎着那个织锦袋走进来了。

“哟，菁菁！你怎么成这样子了？病了吗？”她一手放下袋子，一手轻轻地抚一下我的前额。

“我……我正要找你。”我大睁着一双饥渴的眼睛，忽然想起哥哥以前说过，小雪的生活经验丰富，可以帮我出主意。

“……怎么说呢，我认识了一个人……”我的脸又不听话地烧起来了。

她挑开黑羽毛扇似的浓密睫毛注示着我。

“……就是……就是那个祝培明，你听说过吧？”

“祝培明？”她惊异地挑挑眉毛，“你怎么会认识他？”

于是我把一切经过详细告诉她。她听着，目光在双睫中闪烁如星。

“哟，我说是怎么了，原来我们菁菁堕入情网了！”她调笑着，风似的在屋里旋了两个圈。

“你还笑人家！心里都快乱死了！”我埋怨着。

她打开织锦袋拿出一个搪瓷饭盒（就是那个有争议的饭盒）：“喏，知道你不回家，阿圭专门给你做了米粑和酱肉。”她把一片肉放在米粑里夹了，递给我。

“想不到我们菁菁是这样的！头一次尝到这种滋味儿吧？”她嘻嘻地笑。

“你说，我失约了，他会生气吗？”

“才不会！女孩子头两次失约是矜持的表现！你要是真的准时赴约了，他还会瞧不起你呢！”

“不，他不是这样的人……”

“而且……”她咬着嘴唇，透出那个妖娆的笑靥，什么都看透了似的盯着我，“他为什么头一次就约你游泳呢……”

“游泳怎么了？”

她轻笑一声，从织锦袋里抖出一件钩了半截的白色丝光线钩针衫，用一根刻着鹤头的银色小钩针飞快地钩起来。

我对着镜子慢慢地梳头，从镜子里感觉到她的目光在上下打量我。

“你身材确实挺好的。”她说。

我意识到她指的是什么，不禁红了脸。

“男人都对这个感兴趣。到了一定年龄之后，男人对女性的漂亮身材比对脸蛋更有兴趣。”

“你都想到哪儿去啦？”镜子里的我一下子面孔绯红。

“又听不进真话！”她瞥我一眼，把两条光裸着的娇美的腿放在我平时写作业的桌上，头仰在床上，躺着钩。银白的底子上已经浮起一朵朵凸起的花纹，像孔雀尾巴似的很好看。“像你这样把人都想得太好，早晚还得吃亏上当。”

我不吭气了。看来我真应该被泼点儿凉水了，我上当上怕了，现在还心有余悸。

“不过这人倒还有点儿意思，”她眼皮不抬地说。

“那你说……”

“可是单凭这几次可判断不出一个人。”

“不过说心里话，我……”

“你爱上他了是吗？”那目光好像有点鄙夷。

“不，现在还谈不上，但我挺……挺喜欢他的，只是……”

“不知怎么表达，是吗？”她把钩针衫扔在一边，“你可以送他一件小礼物。”

“送什么好呢？”

“他需要什么？”

“好像……什么也不需要。不过……我看他用的那个杯子套已经很旧了……”

“这倒是个好主意，我两天之内就能帮你编好。”

“不，这次……这次我想自己编，因为毕竟……”

“别因为所以了，”她不知为什么有些发烦，“等您老先生编完，人家会议早结束了！还是我来吧，要什么花样儿的？”

我不好再推辞，只好说要红黑白三色螺旋花的，她听了笑一笑，答应我明天晚上就拿出来。

“可是小雪，我在他面前……老是紧张……我都恨死自己了……怎么办哪？”

“这证明你相当重视他。谁也不会在一个自己认为无足轻重的男人面前那么紧张，”她淡淡地说，“不过你现在说什么也白搭，我不好帮你判断哪！”

我想了想，答应找个机会让她和祝培明认识一下。她答应了。

米粑做得很好吃。我让她代我谢谢阿圭，她冷笑了一下：“她就是天生的劳碌命，你不让她干她还不高兴呢。有的女的就是贱！”

这类的话现在我已听惯，不在意了，只大口地吃着米粑，也不睬她。

“这些时候她天天都到银石滩去拜石林，三更半夜的，也不是哪儿来那么大精神头儿，”她也撕了块米粑放在嘴里嚼，“不过我现在倒是有个发现——”她突然很媚人地一笑：“最讲科学和最讲迷信的在保护银石滩这点上倒是惊人的一致！”

我过了一会儿才反应过来：“你是说我哥哥……”

“对。很有意思，不是吗？是不是科学高度发展之后，会有一种向神秘主义的回归？……或者是现代科学本身就和宗教迷信有一种内在的契约？”

我迷惑地望着她油汪汪的嘴唇，说不出什么。

对于我的失约祝培明是很在乎的，当天晚上他就到宿舍找到了我，我不知如何做解释。他用犀利的目光看了我好一会儿，然后缓和下来，建议一起去石林散步。

天气潮热，在房间里挂起帐子便会喘不过气来，因此石林那里聚满了乘凉的人。我把他带到石林以西那一小片人迹稀少的苔藓地，石笋像一根根原始人的骨镞在月亮下闪着白光。那条反扣的船几乎被白垩质的船蛆吞食了，在这幽森的夜里越发像一具恐龙的骨架。他环顾四周，眼里发出一种惊喜的光芒。

“想不到这儿还保存着这么棒的天然景色！难怪你哥哥夸这儿的地貌！确实了不起！”

“可是这种天然景色保不住多久了！为了你们那个高级宾馆的废物垃圾什么的，我哥哥和那帮人扯了几个月皮！现在又听说要在附近搞什么鱼类加工厂、什么水产公司……”

他皱皱眉想了一下：“我这两天就给北京挂长途。向上级反映一下。你们放心，这点忙我还是可以帮的。”

“听说……听说你是通天人物，是吗？”我鼓起勇气问了一句。

他哈哈大笑：“什么通天人物！开玩笑开玩笑！”他晃着宽宽的肩膀往前走，很轻松地绕开那些障碍物，在特别滑的苔藓地就伸出胳臂挽我一把。

“知道吗，在中国想出名儿也很容易，”他回头向我俏皮地一笑，“只须跟一般的既定观点反着来就是了。”

“你喜欢当名人吗？”

“没出名的总想出名，出了名的又想成为普通人，就是这样。……

小心！这儿滑。”他又伸出手，那温暖干燥的掌心总令人感到舒服。

“不过，我现在是宠辱不惊了。”他仰头淡然地说。月亮周围聚着很大的一圈光晕，星星慢慢隐退了。

“你修炼出来了？”

他笑起来，拿出打火机点烟，“哈，修炼，这个词用得很好。是啊，我修炼出来了，不过现在还没有达到炉火纯青的地步。”

我也忍不住咯咯地笑。在去年我和哥哥、小雪生起火堆的地方，似乎仍有一片被剥光的地衣。我们绕过那里，向南面上山的路走去。

他昨天讲过的那番话仍在我心里纠缠不休，见他心情很好，便壮着胆子问：“昨天你讲的……我总不大懂。你讲的精英式人物……指的是什么样的人呢？”

他宽容地笑笑：“我是指像唐太宗、康熙皇帝、林肯、罗斯福、丘吉尔、圣雄甘地这样的人。这种人具有我说过的那种个人魅力权威，这是因为他们参透了社会生活，掌握了政治斗争的规则，更因为他们具有某种别人不具备的素质。至于那些封建时代的清官，那种所谓刚直不阿、为民请命的人物，作为抽象的人来讲他是高尚的，值得尊敬的。可如果把他放在历史这个流里，他往往会充当一种可悲的角色，懂吗？……海瑞就是这样，这种人就像舞台上的英雄人物，在情绪上可以使许多观众激动，但不过是一时激动而已。在政治角逐中，道德说教这种东西就比较可怜了。……来，你拉着我的手……没关系没关系，”他把烟叼在嘴里，声音变得含混不清了，“真正的政治家首先是大艺术家，任何一种艺术你不管把它推向何等极致，最终要把握住一种内在的平衡，失去了平衡就会崩溃。所以比萨斜塔不会倒下，‘掷铁饼者’的铁饼既不会飞出也不会下落。”

我们停了下来。

“好了，不说这些了。我今天本来是下决心莫谈国事的。”他微微一笑。

他这样的人我以前从未遇到过，我想起梅姐姐的话：“他天生是个政治家！”可他……为什么对我这样一个天生对政治无兴趣的人感兴趣呢？我心里隐隐产生一种警觉。

海显得深不可测，一切仿佛都在动荡、飘移，石林像是史前期的高大野兽，缓缓地在移动。天上没有星星，海里却映出粼粼星光。

“那是海火吗？”

“不，不是。海火要比这亮得多。”

“不知为什么，看到大海我就想起了天空。”

他惊异地笑笑：“怎么和我一样？而且，我想的是两年前那个北方星空。”

“我还想起那个关于天空和海洋的著名论断。”我红着脸看他。

他哈哈大笑，笑得很快活。

我也微笑。

“我发现你笑起来非常美。”

“怎么会？我知道我是个丑小鸭。”

“胡说八道！你是个非常出色的人，懂吗？非常出色！……我接触过许多女性，有权做出判断。你呀！你根本没有认识你自己！你心里的东西没释放出来，如果释放出来不得了！……你看着我的眼睛，看着！对，从里面你可以认出你自己！”

我看着他的眼睛，那里面有一种冷的火焰在慢慢燃烧。那是一种纯白色的火焰，那种持久的冷隽的温暖像双臂一样从目光中伸展出来，慢慢地把我拥抱。

我被一种不可抗拒的东西深深打动了。

从来没有人对我说过这些！从来没有人帮助我认识我自己！从来没有人温柔地对我说：“你真美！”

在这一瞬间我真正地变成了一个美女，在夜色中我自己也感觉到自己灼人的光彩。这光彩照亮了他的脸，他对我回报以真实的微笑。

“我喜欢你，非常喜欢。”他明白无误地表示。

“我也喜欢你。”我听见自己的声音在夜气里发颤，仿佛是被一种莫名的力量推动着，感染着，不能不这么说。

一块岩石后面像是发出一种声音，我们俩都听见了。

但是什么也没有。

我忽然觉得海风变冷了。

“你相信银石滩的传说吗？”

他摇摇头，好像在想什么。

“过去我也不信，可是……发生了一些事儿……无法解释，”我不觉向他靠一靠，在夜晚讲起这些事，自己是要被自己吓住的，“告诉你一个秘密，有一天夜里，我亲眼看见一个幻影从石柱后面走出来，真的……”

我详详细细地向他描述着，可他像是大人听孩子讲故事似的。于是我们往回走。

在一根石柱后面真的藏着两条黑影：是郑轩和张丹！我完全是根据他们平时的习惯姿势判断出来的！他们在接吻。

祝培明生日那天请我到渠州最好的海味馆去吃鱼圆，我把小雪也请了去。约好的晚上七点钟，过了二十分钟小雪还没来。我穿着一条崭新的、色彩鲜艳的裙子，这是小雪为这次约会特意为我赶做的。“你得好好打扮打扮了，菁菁！这样你才能更深地吸引他……”我糊里糊涂地任她摆布，在这种事情上我真是一点儿经验也没有。

他接受了我的礼物——那个红黑白三色的杯子套，很高兴：“这是你亲手编的吗？”

我脸一红，跟他说了实话。他笑得很温和：“这个我并不在乎，只要你能来我就很高兴。”服务员拿来菜单，我坚持等小雪来了再点菜。他忽然说：“我发现你对你们这个同学挺崇拜呀！”我问他怎么知道，他笑笑说：“你这人太不会掩饰自己了，心里的一本账，全在眼睛里。”说得我有些不好意思，便垂了眼帘。一会儿，小雪款款地来了。

我抬眼看她，吓了一跳：那件白色丝光线钩针衫她已穿上身，象牙色的底子上凸起一朵朵的白花，下摆钩出层层叠叠的云头和雀尾。系一条细细的银色腰带。长裙曳地，显得高贵典雅。脚下穿一双象牙色的坡跟皮鞋。乌黑蓬松的头发环抱着她那莹洁如雪的脸，全身上下就像水洗过似的那么鲜明，纤尘不染。她略施淡妆，只在眼圈和嘴唇处着了色，但又似显非显看不出来，这一身纯白中愈发衬托出那一对红色装饰珠，玲珑可爱，于典雅之中又透出一种娇俏别致。

“真对不起，我来晚了。”她嫣然一笑，左腮上透出那个小小的笑靥。

我半晌说不出话来，祝培明的眼光中也透着惊异。那一身高雅的装束衬托出我的衣裳的俗艳。

“哦，郗小雪？这杯子套就是你编的吧？”我介绍之后，祝培明向她笑了笑，表示谢意。

于是大家点菜，每人点两个，无非是海鲜之类。小雪便从书包里拿出两瓶酒放在桌上，问："能喝酒吗？"

祝培明的眼光中又现出惊异，询问似的看看我，我把头转开去。

小雪似乎对我的心绪毫无觉察，兴致勃勃地叫服务员拿来酒杯和起子，倒出三杯酒。

"菁菁也喝一点儿？"她诚心诚意地说。

我只抿了一小口。

早就想好的"生日祝词"我一个字也不想说了，连"Happy birthday"也说得勉强。

酒都是上好的。是"西凤"和"沉缸酒"。沉缸酒似乎有股古怪的药味，祝培明却连声赞好。

"来来，你们尝尝这个……"上菜后，祝培明用调羹给我和小雪舀红烧海参，情绪很高，"中国最贵重的食品都具有三种特征：无色、无香、无味。燕窝鱼翅都是。海参也是。"

小雪转转黑茸茸的眸子："你吃过宴会吗？"

"吃过。不过，不感兴趣。"

我用调羹慢慢地从小碟子里舀起一勺蛎黄。

"中国式的宴会太奢侈了，也太耗时间，性子急的人陪不起。"他把杯子里的酒喝干，小雪立即又给他斟上一杯。

"中国人大概是世界上最讲究吃的民族，老子就说过：'治大国同烹小鲜。'知道宰相的'宰'应当怎么解吗？"他看看我们，哈哈一笑，"汉相陈平年轻时是主持乡里宰肉和分配的，由于他分得均，父老曰：'善哉陈孺子之为宰也！'于是有了宰相，后来又有了浆人、盐人、庖人等官职。"他笑起来，小雪听得入神，也跟着笑。我也勉强笑了笑。

“也难怪，在中国，大概吃是最合法的感官享受了。”小雪轻柔地笑笑。

他瞥了她一眼，眼光犀利。

“可是在西方，过分注重吃是一种不会‘得救’的行为，这是他们的新教文化给他们的。”他又喝干一杯，奇怪的是他只喝酒不吃菜，“而且，中国式的吃也太不适合工业化时代。”

“可是西方人好像没有不对中国菜感兴趣的。”小雪仍是用两个指头拈着杯子不动声色地喝酒，“我认识几个华侨，都是很西化的，唯有在吃上还是很中国化。他们常抱怨西方人专爱吃生菜，甲鱼汤没有味道，还把那么新鲜的内脏都给扔了，你要是给他们做一道炸鸡肫，他们就美疯了，什么都听你的。”

于是祝培明又谈起他去过的几个国家，宴会都比较简单。由此谈开去，什么各国政治经济风俗民情等，每当他要告一段落，小雪总有些稀奇古怪的问题提出来，引发他继续。我插不上话，也不想插话，只在一边默默地听。

“方菁，你一点儿不能喝吗？来一点儿吧。”

“不。”他往我杯子里倒酒，我把杯子挪开了。

“太遗憾了。”他说。

“遗憾什么？”

“你领略不到喝酒的妙处。”

我冷冷一笑。

“真的，菁菁，”小雪温柔地看看我，“喝酒确是有些妙处。特别是半醉的时候，好像有一片云雾围着你，隐隐能闻见香气……你不用别人帮助就能达到快感，那真是一种至乐。”

“可惜我对这种至乐毫无兴趣。”我生硬地说，然后又觉得有点过分。祝培明看了我一眼，然后是一种突然的沉默。

“没关系，兴趣是可以培养的嘛。”小雪做出并不在乎我态度的样子，仍温柔地笑着，“欢迎你们有时间去我家玩，我家里有茅台和花雕。”

“唔？茅台现在可是俏货啊。”他说，又看看我。

两瓶酒竟已喝光了。小雪又上柜台那里买了两瓶葡萄酒。

“你的同学真是酒量惊人。”他说。

“这酒主要是为了菁菁，一点儿不喝真是太可惜了。”她给我斟了一杯，又瞟了他一眼，“能说出葡萄酒有几种吗？”

“干葡萄酒，甜葡萄酒，餐前、佐餐、餐后葡萄酒，家葡萄酒，野葡萄酒，还有红、白葡萄酒。”他如数家珍。

“知道吗？香槟酒其实是含二氧化碳气体的白葡萄酒，味美思是加入多种药材的白葡萄酒，白兰地是葡萄酒经过蒸馏之后的葡萄酒精，然后再放到橡木桶里长期储存而成的，”她娇媚地一笑，“这你就不知道了吧？”

他也笑了笑：“想不到今天碰上个喝酒的行家。”

“品酒也是门艺术呢。”她把酒杯举在灯下，“你们看，这两盏灯的交叉光线可以给这杯酒来个透视，看见了吗，很纯净，而且很香，香又分原香和陈香，这是原香，不脱火气，刚才喝的沉缸酒就是陈香。陈香比较温和。……来，干了这杯。”她一饮而尽，把空杯亮给我们。我一把按住祝培明的杯子。

“别喝了，好吗？”我恳求地望着他的眼睛。

“好。”他犹豫了一下，放下杯子。小雪的唇边滑过一个古怪的微笑，她站起身，很优雅地把滑在胸前的黑发甩向身后。“法国品酒师协会认为美好的酒要具备八个条件：均匀、健康、文雅、丰满、特性、酸性、柔顺、成熟。”她一字一字地说，仿佛字字都有含义，“当然，最重要的还是有味儿。……好了，我该走了。不好打搅你们太久。”说罢，她嫣然一笑，挎着那个织锦袋，仪态万方地走了。

沉默了很久，我们谁也不说话。后来，他说他头有些涨，想回去了。

“方菁，你和我原来想象的不大一样。”临分手时他忽然说。

我想说你也和我想象的不一样，但是什么也没说。

过了几天。一早，我还躺在被窝里，小雪就来敲门。她又是大包小包的提了来，说是阿圭单给我做的。

“菁菁，你那天好像有点儿不高兴？”她小心翼翼地盯着我的眼睛。

她这么一问，我反有些不好意思。是不是自己太小心眼儿了？无论如何那天是我把她请去的，我的所作所为也确实缺一点心胸，难怪祝培明不高兴。后来他已经很直率地提出来了，我们也早已和好，想到这儿我反觉得有些对她不起。

“那天我走了之后，你们又聊了多久？”她把饭菜摆好，不经意似的问。

“什么也没聊，十分钟吧，就分手了。”

“真的？”她惊讶极了。

我起了床，梳洗完毕，坐在桌旁吃早点，那么美味的糯米豆沙卷我吃着味同嚼蜡。

“菁菁，恕我直言，我觉得……”

“怎么了？”

“我不知该说不该说……”

“说吧说吧。”

“我觉得……祝培明这个人只适合做情人，不适合做丈夫。”

我的嗓子眼儿像是突然被火烫了一下，噎住了。

“这个人倒是很有味道。可惜……”

“什么？”

“可惜不大实在。他很会……很会做戏。恕我直言，凭我的经验，我觉得……他是个情场老手。”

我呆住了，嗓子里那块东西噎得我直要冒眼泪。

“你……你怎么能这么说？你有什么证据？”我急了。

“知道我为什么那么匆匆走开吗？我本来还想多坐一会儿的。可他……他……”她苍白的脸上浮起两片红晕。

“他怎么了？”

“菁菁！你真是世界上最傻最傻的了！你难道没看见他在桌子下边摸我的大腿吗？”

不啻一声霹雳，我几乎被震晕过去。

“不，他绝不是这样的人！”我拼命抗争。

“哼，男人骨子里都是一样的。”她微微冷笑，“给他们真情，你自己就会吃亏。我不是说过吗，你还不信。”

每个字都像冰雹一样打在我的脸上。

“这几天他约了我好几次。”

“……你去了？”我的声音在发抖。

“……去了。我和你不同，他们做戏我也做戏，体验一下各种味道的男人可以丰富人生，不是吗？”她优雅地靠在桌边。这两天她更出落得娇美了，穿一件宝石蓝色的连衣裙，脖子上还醒目地挂着一串珍珠项链。在她的身旁，我一定显得丑陋不堪。

“好，你走吧。”我冷冷地盯着她。

“你怎么了？菁菁？”她吃惊地看看我，“你不会生病了吧？脸色这么难看……早知道，我不该告诉你……”

“你走吧，我想一个人待一会儿。”

“我真是为你好，菁菁……好好，以后我也不理他了，行了吗？……”她搂住我的肩膀轻轻地摇，我把她的手推开了。

“你走吧。”

“好……我走了。这件事你千万别放在心里呀，菁菁……”她慢慢地把餐具收好，一双惊慌的眸子在我眼前晃来晃去。

她走后我不知哭了多久，直到再也发不出声音来，泪水还在流。心上感到一种难忍的痛楚，毕竟，我是头一次爱。我受不了，受不了。

晚上，祝培明来了，敲了很长时间的门。

“方菁，为什么不开门？”他愤愤地压低声音，“我有事要找你！”

我不想再理他，可我一听见那浑厚的嗓音就忍不住发抖。

“你怎么了？不舒服了吗？”

一滴眼泪顺着鼻沟流进我的嘴里。

“到底怎么回事？”声音又愤愤然了，“你大概不会像那些无聊的小女孩那样故意无病呻吟吧！”

“你以后……不要再来了！”我咬紧牙，从齿缝里硬硬地顶出几个字。

沉默许久，我以为他走了，心里立即涌上一阵怅然。

“好吧！明天这个时候我还来找你！记住，我最讨厌女孩子的那些小手腕儿！假如真的有什么误会我可以解释。再见！”

他走了。我沉浸在黑暗里，只觉得全身发冷，冷得彻骨。我不愿让他看见我哭肿的眼睛，我一直躲避着镜子，但我知道自己的样子一定挺难看。

所有的问号和叹号一股脑儿地跑来了。我忽然感到自己的荒唐：我和他认识的时间全加起来还不到两个月，实际上我对他一无所知。我怎么会犯那种少女式的错误，仅仅由于一时的热情冲动就会对一个陌生男人说“我喜欢你”呢！

他是谁？他是什么？我看到的他不过是我自己塑造的，并不是真的他。

他大概也在塑造我。现在我的形象也遭到破坏，再不那么纯洁美好，而是像一切俗里俗气的女孩那样小肚鸡肠、猜疑嫉妒……总之，凡俗所有的一切弱点我都具备，因为我实在是个凡人。那个星汉灿烂的北方星空不过是海市蜃楼，在那样的天空下面谁都会变得美好的。

我这才明白我一贯显示给人看的，不过是一种脆弱的表层，在这表层里面有着很固执的东西。由于它固执所以它已经开始老化了，新鲜的细胞一个个在死去，然后沉淀下来，变成岩石状的物质。难怪我心里总是这么沉，难怪我活得这么不轻松。

第二天他真的来了，显得疲倦。

“会议很快就要结束了。”他说。

我没说话。宿舍里乱得可以，可他好像并没注意。

“可惜大部分会议内容没法儿告诉你。这么说一句吧，改革的路太艰难了！太艰难了！”

“农村改革不是很有成效吗？”

他像是没听见我的话，忽然问：“你们系同学对计划经济和市场调节作用感兴趣吗？”

“当然，特别是学了价值规律的作用之后。”

“有什么新鲜观点？”

我一时答不上来，他似乎也没想让我回答，紧接着便说：“这回为这个问题我跟他们干了一仗！”

“那你的知名度又要提高了，你不是说过在中国想出名就得跟人家反着来吗？”

他苦笑一下：“我想让你知道我的见解。我认为中国经济改革中最关键的一点就是要在宏观控制的前提下搞活微观。过去一个是统得太死，一个是平均主义、大锅饭。根治这种痼疾的良方就是要逐步建立完善社会主义的市场体系——”

“‘市场体系’？你可真危言耸听！”

“是啊，当时在座的眼神儿都不对——怀疑我有病，或者怀疑他们自己有病！……我当时提了几点：一、这样做有利于增加企业自我改造自我发展的能力；二、有利用发挥竞争机制的作用；三、有利用加强对宏观经济的间接控制能力，因为只有借助于市场，才能充分发挥经济杠杆作用。具体想法是，首先要建立多层次的流通网络。商品交换主要依托于城市，按照城市的辐射力和联系面可分为四个层次；第一层是城市内部，第二层是城市与周围地区，第三层是城市与国内其他城市，第四层是城市与国外其他城市。这四个流通网络一畅通，整个市场体系才能形成，我指的市场并不仅仅指生产资料，还包括技术市场，建筑市场，信息市场，甚至金融市场……”他侃侃而谈，咖啡色的眼睛发出一种亮光，那亮光我似曾相识。

不，他不仅仅是实干家，他还是个梦想家，或者是这两种人奇妙的结合。

“怎么样？”他满怀希望地看着我。

我轻轻叹了口气：“你呀！我看你是空有屠龙之技！”

他怔了怔：“哎，我发现你倒是经常能说出一些朴素的真理！”

我红着脸咬咬嘴唇：“什么呀！……这是我哥哥的话。”

“真遗憾，这次没能跟你哥哥好好聊聊。”他舔舔干巴巴的嘴唇，“给点儿水喝！”

我把水递过去，他喝了一口。

“你这种人要在封建社会给人当老婆，非被休了不可！”他笑着盯住我。

我满脸通红。忽然想和他和解，但又不愿这么不明不白的。那件事儿可真没法儿说，说了，不管是不是误会，他都会恨小雪的。我总不能把自己的女朋友置于一种尴尬的境地吧。

没想到他倒先开口了。

“知道昨天来想跟你说什么吗？”他咕嘟嘟地一气喝完，皱眉看着我：“方菁，你……对你那个朋友了解吗？”

“当然。我们已经相处三年了。”

他摇摇头。“时间不能说明问题。有的人你一瞬间就可以了解，有的人一辈子你也别想了解。你那个朋友，人不老实。”

我一惊。

他掏出支烟叼在嘴里，微微一笑：“干吗这么紧张？其实也没什么大不了的。这女孩爱耍点儿小聪明。她生活经验确实丰富，可你和她交朋友必须保持距离，不然，像你这样的人，很容易被侵犯，懂吗？被侵犯！”

我发觉我是被夹在两块质料完全不同的金属板中间了。

“她是有点儿坏毛病，像有时候撒个谎什么的，可这也不能完全怪她。论经历她也够惨的，很小就死了父亲，断了经济来源，没少吃苦。不管怎么样，她对我一直是真诚的……特别是在关键时刻——”

我给他讲了“唐放事件”及其一系列余波。

“当时多亏她，我才从那个无底洞里走出来。”我眼圈儿一热，“要不是真心，没法儿解释。”

“不见得吧。有时候人干了悖理的事儿，就会加倍对你好。没那么简单，小姑娘。”

“你干吗把人想得那么坏？”

“并不是我把人想得坏，是你看人看事物太幼稚。”

“我是幼稚，而且我一辈子也不想学得圆滑。”

“你不但幼稚，还很固执。”他不动声色地微笑着。

“那你为什么还要来找我。”

“我说过了，我就喜欢傻乎乎的。”

“好让你这个聪明人为所欲为，是吗？”

他一下子沉了脸，狠狠地瞪我一眼。

我不敢说什么了。

沉默。

“那你什么时候走？”

“就这几天。”

“需要买点儿什么？这儿的特产还是不少的，文昌鱼罐头、牡蛎、肉燕……”

“少来这套。”

我看着他。他望着别处，吞云吐雾。

良久，他缓和了口气，站起来：“唐放那件事之后，你仔细地反省过吗？记住，一个人不怕被石头绊倒，就怕两次被同样的石头绊倒！知道吗？”他看看我，摇了摇头，“好，我走了。明天早上我还在老地方游泳！”

我始终没有和他一起游泳，我的被捆过的手脚仍然不知道怎么使用。我恨那捆住我的力量，但最恨的还是自己。当一个人被外部角色分裂时，即使在自省时也充当着一种角色，无法还原自我。

见到阿圭的时候几乎认不出她来——她完全憔悴了，而且疲惫不堪，似有无限愁苦。我问她，她反说我：“方小姐，你瘦得很，学校里吃不好，到家里来搭伙吧？”

老太太仍是老样子，优哉游哉地捻着一串佛珠走出来，竟亲亲热热地拉住我的手：“菁姑娘，你这向很少来了，是不是我家小雪惹你生气了？”

说得轻柔款曼，爱女之情溢于言表，现在我不再怀疑她是小雪的生母了。不是亲生母亲，不会这么说的。

小雪不在家。阿圭痴痴地看着我像是肚里有话，老太太却亲亲热热地把我拉到她的房间里去了。

这间屋，我是头一回进。过去只在外屋看到房间里这个旧梳妆台，上面那个腰子形镜子越发迷迷蒙蒙了。旁边原来摆着个案儿，佛龛放在墙角处，四个香炉里都满满地焚了香。佛像放在玻璃匣子里，上面挡了块红绸布。屋子里密不透风，门窗紧闭，厚厚的灰尘中香烟缭绕，待上一小会儿便喘不上气来。

佛龛对面摆着幅黑框的照片。那是一张典型的南方男人的脸，除深陷的眼睛和高颧骨之外，那薄薄的嘴唇和线条纤细的鼻梁都和小雪很相像。细细看看，这张脸竟还很生动，像活人一样。

“这是小雪的父亲吧？”我问。

老太太点一下头，忽然泪水盈眶。

“您也别太难过了。”

“都是命，都是命啊……我家里过去是世代书香，出嫁的时候还带了两箱子线装书哩！‘文革’那年都抄出来了，可怜满满的一院子线装书，哪经得起风吹日晒！那都是我从娘家带来的，他郗家有什么？什么也没有呀……”

原来她是在为自己难过。

“我熬呀，熬呀，等熬到我小雪长大了，招个能干的女婿入赘，把那鬼婆子辞了，我也就算是熬出来了！”

我真不明白她对阿圭那种刻毒的仇恨是从哪儿来的。

“知道我们为什么搬到这儿来？”

我摇头。

“北京那老房子，闹鬼哩！”老太太伸出一双树枝似的枯手，眼睛又发直了。

“搬到这儿来原想好一些，谁知鬼又跟来了！这鬼婆子在哪里，那鬼就……”她突然顿住。我感到身后一阵发冷。从那个迷迷蒙蒙的旧镜子里，我发现她的目光突然变得狰狞起来，在她那张蜡塑一样的脸后面，黑框里的男人好像笑了一下，笑得很阴险。

那一瞬间的印象太强烈了，我一下子捂住嘴，怕叫出声来。

可后来什么又都没有了。

“人家说他是喝了毒药死的，你相信吗？”

这是从齿缝里顶出来的声音。那张蜡塑似的脸几乎贴在我的脸上，那一张白晃晃的面膜。我的心怦怦地跳得很响。

“不……”我连连摇头。

她露出一丝笑容，松了口气似的：“随那个鬼婆子怎么说你也别信。好姑娘，你也别叫小雪信！我那个傻闺女，专爱信鬼婆子的……”

我壮起胆子悄悄瞥了那相框一眼。男人仍是老样子，相框下的灰尘像缕缕蒸气扑上来，那张白生生的蜡塑面膜被淹没了。

相框里的那个男人在这个家庭里的三个女人眼中有三个形象。哪个是他的真面？大概真面确是没有的，你把他看成什么他就是什么。

“……是我，你……今天有时间吗？”终于忍不住了，吃过晚饭，我一个人跑到电话亭，惶惶不安地拨了祝培明房间的号码。

“有。我正要找你。”

“什么事？”

“重要事儿。”

“你的事儿都是重要的。”这句话带点儿卖弄风情的调子——我努力在学。

“我很想到你哥哥的实验室去看看。”

“可他不在。……好吧，也好，你来吧，七点半我在实验室门口等你。”

我放下电话松了口气。我还没到不可救药的地步，尽管我刚才拨号码的时候手指头发抖，并且在拨通后恨不得把电话扔掉。

我没扔掉，这是个胜利，大概什么都是一咬牙就过来了。管他呢，今天我得好好问问他，到底发生了什么事儿？他和小雪究竟是怎么回事儿？

他很早就等在那里。我从哥哥的助手那里拿到钥匙。实验室的灯很亮。所有被饲养的水生物一下子被惊扰起来，他在密闭的玻璃罩前站了许久。

“可惜，这次没有看到海火。”他疲倦地说。

从这里可以清楚地看到海。他试着掏出打火机又放了回去，这里不让吸烟。他站在我身后。进实验室必须换上平底拖鞋，这样一来我只能够上他的胸膛。从窗玻璃上我发现自己显得很小，像个小孩。我忽然感到自己愿意变得更小，藏进他的衣袋里。

“听说你很喜欢诗？”

“听谁说的？”

他看了我一眼。“过去，我也很喜欢诗。”他眯着眼睛，仿佛在追忆着极遥远的事，“有一首写大海的诗我特别喜欢。可惜记不全了。……‘你从雷霆的腹中诞生 / 在忏悔的云里颤动 /……靠近海涛的轰鸣 / 泡沫的哀叹 / 在睡眠的圣餐品之间 / 当星星在荒野中徘徊 / 搜寻黎明的证言 / 你体验诞生的欢忭……’知道这是谁的诗吗？”

“希腊诗人奥·埃里蒂斯的《桑托林颂歌》。”

他点点头：“你读过很多诗。……喜欢谁的？”

“爱米丽·狄金森。……还有约翰顿和汉蒂的一部分诗。对西门尼斯和惠特曼也很喜欢……

“除了惠特曼以外我都没听说过。”他遗憾地笑笑，“能背一首给我听听吗？”

我感觉到他有些异样。跨过肉体的间隔，我好像能想象到他的心正孤零零地在渴求着什么。我想起关于“诺亚方舟”的谈话，像他这样的人，是不是比常人更孤独，因而也更渴望某种安全感？他的表情依旧，很难识破。我的心轻轻地战栗起来。

“崩溃不是片刻的行动 / 不是一个基音的停顿 / 所有坍崩的过程 / 都是有组织的腐烂”。我轻轻地背诵，避开他的目光。我知道他在凝视着我，很固执。

“首先是灵魂上的一层蜘蛛网 / 其后是尘埃的表层 / 轴心一个钻蛀虫 / 一个元素的铁锈 / 废墟是标准的——魔鬼的著作 / 连续而缓慢——没有人能够在片刻中 / 溜走——是毁灭的法则……”

他的目光有点闪烁：“你为什么喜欢这首诗？”

“你不喜欢吗？”

他沉默了，周围的海生物也都沉默着，金属窗框在海风里咝咝地叫着。

“我非常喜欢。”过了好一会儿他才承认，然后请我把诗录给他。

“‘没有人能够在片刻中溜走’……这句话很有意思，这有一种在劫难逃的感觉，”他沉吟着，“这是不是说惩罚必然降临呢？……可惜我们现在干的许多事无法得到验证……”

“哥哥常常说，文明和人类必然要最终毁灭，我们就像遇难航船上的旅客……”

他咬了咬嘴唇：“即使如此，我想人类在毁灭之前还是应当一往无前地走下去。我们生下来不就知道自己是要死的吗？难道为了自己会死就一辈子什么也不干了？”

我望望他，他的喉结在抖动。这一瞬间我心里忽然对他涌上一股无比亲近的感情。

我伏在桌上录诗，不敢抬头，怕他看见我含在眼里的泪。

他默默地走到我身边。

“你……你在旁边，我会写不好的。”我几乎把脑袋趴在桌子上了。

“为什么？”

他的声音这样近，轻柔得令我战栗，我的手指握不住笔了。

忽然，外面的景色一下子清晰起来——他把灯关闭了。

“你是块未经雕琢的璞玉。”他低低地说，他温暖的唇息一下子扑进我的领口里，我后悔穿这样一件低领口的裙子，还没等我转过来，我的整个身子就被一下子拥住了。那是两条结实得像铁一样的臂膀，那种健康的体味弥漫开来，像一堵密不透风的墙把我紧紧围住，我透不过气，想推开他，想大声叫喊，但声音被一股突然涌出的泪水堵塞了。

“为什么哭？”

那柔和的声音幽幽的，像来自天外。

“是第一次爱吗？……瞧你，像个小女孩儿……”他紧抱着我慢慢地摇，轻轻抚着我的头发，像父亲在哄女儿。

“嫁给我吧。”他轻轻地吻了我一下。

“……我们认识还不到两个月……”我的泪水在他胸前湿了一片，我明白我必须克制自己，“这……这是很复杂的……”

“应当说这是世界上最简单的一件事，都是被你们这些人给复杂化了。”他的微笑很明朗。

“你……你为什么要和我……”

“为什么为什么！哪儿那么些为什么！”他好像有点儿不高兴了。“我说的还不够多吗？你是要我提出像逻辑学里的‘充要条件’，还是非让我说出一串求爱的傻话你才听着过瘾……”

“你的脾气真急……让我想想……给我一天……”我几乎是在恳求他了。

他脸上那种明朗欢乐的光彩消失了，勉强点点头。

之后的事情我不愿回忆，更不愿写出来，但也许读者已经猜到了，我把一切又告诉小雪，这仿佛有点儿鬼使神差了。

“这怎么可能！菁菁，你千万千万不能答应他！”她一反常态，嘴唇都有点儿发白了。

她的裁缝店最近越来越兴旺，又雇了两个助手，她自己倒常常不在家，神出鬼没的不知上哪儿去了。

“这太明显了，他对你能这么快表示爱情，对别人也会一样。我早就告诉你，他是个情场老手……你别急，就算不是吧，你总该承认他比一般人更聪明吧！像他这样聪明的人，早就掌握了你的全部弱点……他见过的女人太多了，为什么非要跟你……恕我直言，菁菁……你没问问他什么原因吗？”

我低下头，心里乱得要命。

“好了好了。就算他是好人，可他个性太强，他那种个性会把你全部淹没的，你很快就会失去你自己，变成一个为他服务的工具……真的，他是需要一个驯服工具的……”

她说了很多很多，她说得很有道理。

“你要是不听我的，将来后悔的时候可别来找我。”她最后冷冷地说，把一个槟榔丢进嘴里。

我拒绝了祝培明，他反应平静。

“我预料到了。”他说。

“我们互相了解毕竟太少了，以后可以再……”

他冷笑：“你又向谁求援了？该不会是郗小雪吧？”

“是她。”

他的表情更冷了，一种深深的失望映在他的眸子里，它使我害怕。

黑色的潮水慢慢涌上来，浸湿了我的脚。

“这里过去一定是片古战场。”他望着那片笋状岩石，“原始人的牛角号在这儿吹过，羯鼓发出金钺之声。这一片石林大概全是原始人的骷髅堆积成的！然后又变成古老的图腾，什么都没了，只有古风在旷野上惨叫，然后整个大陆陷下去，变成海。”

我的脑子里也像一片残留的古战场，变成一片空白。

“从你身上，我能看到自己过去的影子，人总是没什么就想要什么。你不总是问原因吗？这就是。”他平淡地说。

我头脑里那片古战场正在被什么东西一点一滴地击碎。

“好，不说这些了。这次唯一的遗憾是没能见到海火。”

我忽然想到，我正在失去什么，那也许是我生命中最重要的东西，它正在失去，却无法抓住。

开学之后，同学们见到我的第一句话都是：“你怎么瘦得脱形儿了？”

我不敢照镜子，精神倒是出奇地好。何小桃有一天忧虑地看着我说："瞧着吧，你会突然崩溃的。"大概是吧。那个早上我忽然想好好地活一次，像小时候迎接妈妈那样我拼命地跑到海滨，可什么都没有了，连太阳也有气无力。后来我知道他走了，连一句话、一个字也没有留。

失败，失败比感情上的折磨更可怕。两次被同样的石头绊倒，不幸被她言中了。

我只能做个失败者吗？我知道这种失败将很久很久地毒化和扭曲我的心灵。

郗小雪比我还要气愤："他凭什么不辞而别？这不是明明在玩弄你的感情吗……"不知从什么时候起，她提起他总是狠狠的，仿佛有不共戴天之仇。

终于有一天我模模糊糊地意识到什么。那个中午，我找小雪去借件东西，她躺在床上睡着了，旁边放着一封摊开的信。我下意识地瞄了一眼，突然，我全身的血都凝住了。

经济体制改革研究院负责同志：

贵院工作人员祝培明在渠州开会期间，曾向我所索要男性避孕药物"POT"，此药因系联合国世界卫生组织最新药物，药源奇缺，无法成批投放市场，我们已与北京计划生育研究所联系，下半年可望到货。你们可转告祝同志届时可向该所直接索取。

此致

敬礼

渠州市计划生育研究所（公章）

那字虽刻意写得工整，可分明是小雪的笔迹！困惑中我的心狂跳起来。

她为什么要这样？为什么呀？我真想把她的心扒开来看一看，那里面到底是些什么呀！难道这就是她对他的报复？她的心好狠！……我忽又想起莎乐美和施洗约翰那颗放着灵光的头颅，心里突然明白了什么。

什么都怕走向极致，到了极致，便要走向反面了。我倒忽然冷静下来，很快离开这里，去找阿圭闲聊，然后不出我所料，小雪醒来后便找到我，手里拿着一封贴好邮票的信。

“菁菁，待会儿你走的时候帮我把这封信带去发了。”她睡眼惺忪地打着哈欠。

“给谁的？”

“向体改院反映一下咱们银石滩的情况，这是你哥哥临走前起草的，后来那小助手没找到你，就放在我这儿了。我怕拖的时间太长，还是赶在你哥哥回来之前给发了吧！没来得及给你看，你不会介意吧？”

她说得情真意切，若不是刚才我亲眼见到，此刻又会深信不疑。我淡淡地笑了一笑。

“不，这有什么可介意的，很好。谢谢你。”

那封信被撕得粉碎投向大海。我机械地、不停地撕着，雪白的粉末在海面上飞扬，一群水鸟像是想叼住它们，徒劳地追逐着，我想象那便是小雪被撕碎的肉体，可海浪把那些粉末淹没的时候，真正感到痛楚的却是我的心，我撕碎的正是我的心。现在那里面什么都没了，既无爱，又无憎。

当黑夜在星星的荒野中徘徊

搜寻着黎明的证言

你体验着诞生的欢忭……

哥哥回来了，是躺着被人送回来的。他得了中毒性痢疾，高烧，昏迷，我赶到医院时已经有很多人在那里。小雪也在，我们只微微地点了一下头，然后她提出要帮我一起护理哥哥。

“不，你一个年轻女孩子，不方便。”我冷冷地拒绝。

“可……可是你一个人肯定忙不过来。”她大概没想到我会拒绝，显得有点慌乱。

“我可以找别人。”

她眼里蓦地冒出屈辱的泪花，低下头为哥哥收拾床头柜里的食品，再不和我说一句话。

第二天，她又拎着那个手提搪瓷饭盒来了。打开一看，是煮得稀稀的藕粉和蒸蛋羹。

“这些医院都有，不用往这儿带。”我冷冷地斜她一眼。

“……那……先喝点儿浓茶吧。”她忍气吞声地把带来的茶叶放进哥哥的保温杯里，“浓茶里含有大量的鞣酸，可以减弱肠蠕动，使肠分泌减少……”

“我也会烧茶，你留着自己喝吧。”没等她说完我就冷冷地打断了她。

“……菁菁，你怎么这么说话？”床上的哥哥睁开眼睛，责备地看着我。

小雪什么也没说，坐在哥哥床边，拿起一柄不锈钢小勺舀了一点藕粉，先放在自己唇上沾了一下，然后轻柔地送到哥哥唇边。他嘴巴一吸了进去，她又舀一小勺。就这么一小勺一小勺地喂着，哥哥像是很惬意。病房里的另一个病人睡着了，极安静，吊得高高的输液瓶发出清晰的滴答声。

她的侧影是那么美，那么温柔，长长的睫毛的阴影使她的眼窝呈淡青色，雪白的颈子像白天鹅似的修长美丽，后面那个浅浅的颈窝微微在起伏，一缕鬓发飘到脸前，又被她微微地吹开去。这分明是个小天使的形象，哪里像什么莎乐美或斯芬克斯。

我长长地嘘了口气。

喂完了，她迅速把一切收拾好，然后去倒大便。她把便盆刷得非常干净，又放回哥哥的床下。

“你回去休息吧，谢谢了。”我缓和下来。

她仍垂着眼帘一声不响，忽然，浓密的睫毛缝里渗出亮晶晶的东西，然后一大滴一大滴地落下来。

哥哥恢复很快，大概恢复期最需要营养，医院伙食又不行，小雪便成天大包小包地送来，倒让我心里有些过不去了。哥哥的病正是时候，这些日子，劳累使我心里的疼痛慢慢麻木了，于是也就暂时摆脱了那些烦心的事。可现在稍一轻松，那刚刚过去的一切又回来了。祝培明的形象大概是永远无法抹去的了。一想起他，我就非常非常地恨小雪。我努力压抑这种仇恨，可奇怪的是，这仇恨仅仅孤独地伴随着我，一见到她，这仇恨便突然化为乌有，一切又都会恢复原样。

她一定具有什么巫术。

哥哥和她的友谊倒是日渐一日地加深，他们好像已经无话不谈。有一天我进病房时，他们正在开玩笑互相指责对方娇气。

“你在家肯定是受宠的，我早就发现你比菁菁娇气多啦！”小雪又恢复了那活泼的样子。

“娇气？哼！我受苦受难的时候你们大概还戴着脏兮兮的围嘴吧？”哥哥又活过来了，不过眼睛凹进去，瘦了许多，倒显精神了，“给你们讲一件事吧：过去我插队的时候，大腿上长了个疖子——”

“那一定是你不讲卫生——”小雪笑嘻嘻地。

“可大队没有卫生所，得走二十多里上公社卫生院打针。去的时候我截了辆送粮的130，可回来的时候怎么也找不着车。当时疖子已经溃烂，到天黑的时候，这两条腿已经在打哆嗦了……”

哥哥讲得很淡，不带什么感情色彩，但越是淡，那种感染力就越强，当他讲到他最后爬回大队，满身是血的时候，我几乎忍不住想流泪。

过去他从来没对任何人讲过这件事。

我看看小雪，她眼里满满地噙着泪，那一脸的悲伤无论如何也不可能是在作假。

我已知道我无法识破她，于是不再做这种徒劳的努力。

她是谁？

她一定是魔鬼和天使通奸以后生下的女儿。

毕业实习开始了，班里果然分为搞理论和搞实际工作的两路军。小雪先是分到缝纫机厂，后来不知为什么又要求来我们组。

我是准备搞点实际工作的，因此报名上电视机厂，实习组长是郑轩。他现在已公开了和张丹的恋爱关系，大概毕业后就准备结婚了。

现在班里女生大多有了朋友，郗小雪是不必说了，青梅竹马牢不可破；小桃和那位艺术家时好时坏地维持到现在，打得不可开交又好得蜜里调油，完全是罗曼蒂克式的；李宝明找了个比她小七岁的“小四川”，竟也情投意合；郎玉生则被一位法律系的青年讲师所征服，那位讲师是全校著名的铁嘴钢牙，将来可望做超一流律师的，大约也是惺惺相惜的意思，他特别欣赏郎玉生的那张利嘴；最让人想不到的是王妮妮竟找了个漂亮多情的小伙，无论哪方面都比妮妮强得多，却甘于俯首帖耳“听喝儿”，把女生们都羡慕得了不得。

剩下的只有袁敏和我了。袁敏日渐显老，脸上显出黄褐斑，嘴角上常常起泡，脑门儿上长满了疱疹。郎玉生见了她便半真半假地说：“袁敏，你该结婚了！”说得袁敏心里恼恨，脸上还要做出满不在乎的笑容，让人看了难受。现在她洗澡常背着人，尽管这样，还是被郎玉生侦察出来：“知道袁敏为什么不敢跟咱们一块儿洗澡吗？她肚子上显黑道儿哩！”说得小雪捂了嘴哧哧地笑。

至于我，别人的议论自然也少不了。有次小雪悄悄找了我，笑嘻嘻的：“你知道咱班男生说你什么吗？……他们说，你现在不但走路像唐纳·薇，连长相、气质也越来越像她了，说你像是‘被冰镇过的冷美人’，唐晓峰更酸，说你‘具有冰山一般冷峻的美’，哈——哈——哈……”她开心地大笑。

“我不觉得这有什么好笑。”若在过去，听了这话我会脸红，可现在却连眉毛也没动一动，我大概也快“修炼”出来了。

“真的，菁菁，连我也觉得你越来越‘冷’了！是怎么回事？……是不是还在想着祝培明？”

我淡淡地看了她一眼。

这一眼马上引起她的警觉，她垂下睫毛——那黑色的帷幕，我能想象出她的眼睛正在睫毛的掩护下飞快地转动。

“我觉得你大可不必……”

我摇了一下头，微笑着：“不，我倒是常常在想你的那位男朋友，最近你好像很少提到他了。”

“毕业以后他会来的，可惜你那时回北京，见不到了。”她的眼睛从睫毛缝底下看我，显得黑沉沉的。

“不，那时我不管在哪儿都会来看他，我太想见识见识这位伟大人物了。”我口气里带着讥刺。她咯咯地笑，好像什么也听不出来。

“能使你折服可不那么容易。”

她又笑。

电视机厂没完没了地安排我们参观，却迟迟不准我们碰他们的账簿。交涉了几次，才算给了一批过去已封存的旧账。打开一看，简直混乱不堪，根本对不上。郑轩便去与厂领导和财务科长交涉，让我们白白坐了一天冷板凳，第二天小雪便不来了。

郑轩本来是坚持查账的，谁知交涉回来之后便改了口。“我们是下来实习的，首先得跟人家搞好关系，得尊重人家的意思。他们坚持不让查账，我们就算了吧。反正我们为的是写论文，只要了解大概的走账程序就行了，至于人家厂里的情况，咱们不必过问……”这一番话说得大家心灰意冷——同学们原是准备大干一番的！想想也没什么反驳的理由，于是只好坐下来翻翻那些对不上的旧账，然后自己再重新编造数字。

这种实习真是味同嚼蜡，可电视机厂的躲躲闪闪反激起我的好奇。我心里那个不安定分子又在躁动了，我要知道，这是为什么。

财务科有个新分来的大学生，北京人，一听见北京话他就热情洋溢。正是他帮忙给了我便利条件。

一连十几个晚上，我终于查完全部总账、明细账和原始凭证。白天，我又把积满厚厚灰尘的旧账翻了一遍。看完之后，我真有点张口结舌的感觉，混乱得实在是太惊人了。这个厂的头头常常用免费赠送电视机来拉关系，当然，是以试用试看为名。再就是把正品当次品削价卖给职工，其实是半卖半送，这个名目是职工福利。我查到很多写有“赠送”和“试看”的发货凭证，而收领单位并无收据，这证明他们根本没有入账。至于正副品，可以从成品入库出库凭证上查出。其他的花样儿还多得很，比方年终时为了扩大销售收入，开空头支票，做‘应收销售款’处理，然后次年初又做退货处理……那个小北京还悄悄告诉我，他们厂还利用套购国家计划物资、虚报临时工名额、隐瞒收入等手段积累了一大笔资金，私设了一个小金库！而这些资金的用途是不言而喻的……

“这个厂的问题不得了，查不清的！”小北京摇晃着脑袋，“我早就想向上反映反映，可不行啊，我还得吃饭呢。你要真想干，最好能写篇东西投给报社，把记者们给招来！”

我被一种新的激情控制了，全身心地投入。竟感到很充实。竟感到自己刚刚真正进入生活，而以前实际上是一直浮着的。终于找到了一个新的支点了，是不是一直等待着的那种变化终于来了？

第二天我找到郑轩。可惜我的亢奋没有传导给他。他反应很冷淡：“实习两个月就结束了，我可不想找这个麻烦。”他对我的态度和以前大不一样了，那潜意识里似乎是“没你我也照样能找到合适的”。

小雪也力劝我不要多管闲事惹麻烦，可我心里那个不安分的家伙是十分执拗的，我决定自己干。按真实情况写实习报告，然后是毕业论文，题目我都想好了，叫作《必须建立健全社会主义审计制度》，围着老师的指挥捧转了四年，我得真实地活一次，起码得让我发出一次自己的声音！

现在想起来，当时我那种疯狂热情大半竟是为了自己。——我只能用这样的合理方式来舔干净自己的伤口。

小雪恰恰相反，她简直是销声匿迹了，仿佛这实习便理应是她的假期似的。奇怪的是同学们也并无非议，好像她不来是天经地义，而我天天四处奔波倒沾点儿什么嫌疑似的。

好日子没过几天，麻烦事儿就都来了。先是班主任找，实习老师找，后来索性厂领导也杀来了。郑轩气急败坏：“你要再这么干就调组吧！”一时间我只好收敛了一下，但这种妥协完全是表面上的。

一切都像是故意在和我作对。最后不到两周的时间，论文规定了范围。这样一来，我不得不按照标准化作业过程来做做样子。时间紧迫，有几个好心的同学便悄悄告诉我，郑组长那里有一份精心绘制的“电视机厂产品制作程序图”，看后可对该厂生产情况一目了然。于是顶着烈日我立即驱车去找郑轩，谁想他一副大咧咧的样子：“怎么样？碰壁了吧？你这样满身的书生气将来到社会上绝对吃不开！信不信？以后，最好还是听听别人的意见！那张图借人了，过几天你再来拿吧！”

我大概还没修炼到家，我忽然想起了那个在鱼餐馆腼腆地念诗的傻小子，于是，我笑了。他的脸涨成紫棠色，那样子就像是有人要揍他似的。

小雪家里的自制冰点把我的火气慢慢降下来。这冰点味道很好，是牛奶、鸡蛋、白糖、可可粉做的。小雪在一旁说，裁缝店开腻了，应该开个冷饮店了。“这一份成本加起来也到不了四角钱，可外边卖三块哩！”阿圭气色比先前好了些，见我来了，也不说什么，一个劲儿往外端吃的。小雪撇撇嘴：“如今你把我都比下去了！”我满嘴大嚼，也顾不上回话。

饱餐一顿之后小雪便把我手一拈，带我走进她的房间。“菁菁，你作死哟！”她轻轻点了我鼻子一下，“你还想不想分个好单位啦？带队的实习老师说你都快成全校重点啦！无组织无纪律的重点！”“你也没去，怎么知道老师说什么？”她摇摇身子嫣然一笑：“别看我没去，比你去的知道的还多！”“什么人那么虔诚天天向你汇报？”我不以为然地撇撇嘴。“嘻嘻，向我汇报的人就太多啦，咱们这叫运筹于帷幄之中，决胜于千里之外！大将风度嘛！”她开心地笑起来。我斜了她一眼。

她敛住笑容：“说真的，你得赶紧动手了！这个厂里的问题，以后有机会你再披露。各种形式都可以，甚至可以写篇报告文学什么的，现在你别管，先过了毕业关再说！”她东找西找地抱来一堆材料扔在桌上，“有用的你就拿去好了！”

我翻了翻，有一份厚厚的利华纸绘着的，正是郑轩画的那份程序图。

“咱们郑夫子也够迂的，那天顶着那么大太阳，汗流浃背地就来了，”她嘻嘻地笑，“不过倒真该谢谢他，四年了，每到临考前他就给我整一份详细的复习材料送来，你说他是为什么？我连碰也没让他碰过呢！”她妩媚地一笑，把所有材料都整理好。

毕业分配方案下来了，这两天分配小组的老师天天找人谈话，形势已到了白热化程度。大家白天见了面儿虽也总聊些有关分配的事儿，可总把真正重要的信息藏在心里，讳莫如深。晚上做梦才喊出几句真话，使失眠者大有收益。

终于有一天，杨老师找到我了。自从“唐放事件”之后，她见了我总是一副皮笑肉不笑的表情，深奥莫测。我也只淡然相对，并不问缘由。今天她却满面春风，带着一种明显的笑意。

“方菁，怎么样？对分配有什么想法吗？”

“我希望能搞点儿实际工作。”

“好好好，组织上会照顾这个的。”她的笑容有点儿古怪，“过去，你在哪个厂工作？”

“北京粮食加工厂。”

“你是带工资上学吧？”

“是的。”我预感到有些不妙了。

“这就是了，你初中毕业就分在那儿，干了四年，据说干得很不错，你个人对那里也是很有感情的吧？”

“……”

“是这样，你们厂领导最近来了函，希望学校能把你分回原单位。你们那儿算个中等厂子吧？培养个大学生也不容易，何况你过去在那一贯表现不错，人家要让你回去挑大梁哩！”她笑了几声，“怎么样，说说你的想法吧？”

我无言以对。

“好，你再考虑考虑。”她停了一下像不经意似的说，“这次咱们系还有两个西北名额，上头点着名要一男一女，方菁，你还没有朋友吧？”

我看了她一眼，她不说话了。郑轩远远地走过来。

“知道吗方菁，实习报告和论文的成绩都下来了。”等杨老师一走，郑轩立即告诉我，他显得有点沮丧，“这种教育方法真他妈出不了人才！费了半天劲搞了个程序图出来，才闹了个良！人家在家待着避暑的倒得了优！”他气呼呼地把脚跟碰得噔噔响，“郗小雪这人真是太鬼了！你知道吧？咱班论文和报告都得优的就她一个！”

“何必这么大动肝火，她不是在你的帮助之下才得优的吗？”我冷冷地盯着他，他脸红了。

“方菁，我知道那次惹你生气了，别耿耿于怀好不好？”他迅速地瞥瞥四周，放低声音，“告诉你个消息，这回多亏你们原单位来函要你，不然的话，你很可能被分到大西北！”

“我为什么会有这种殊荣？”我冷若冰霜。

“很简单，由于‘唐放事件’，党支部、系领导都对你印象不好，他们都认为是你挑起的事端，把袁敏给坑了，知道吗？再加上这次实习你的表现……”

“别说了，我明白了。”我冷冷地打断他。

然后我十分平静地转身走去，十分平静地写了一份要求去大西北的申请报告。正当我想把这份报告交到系里的时候，小雪走进来，看了看那几页纸，然后带着一种冰冷恶毒的快意把它们撕成了粉末，就像那次我孤独地撕毁那封信一样，雪白的粉末和灰尘一起扬起来，久久飞舞不落。

我一语不发地走向海。

在石林那里她追上了我。

又是那轮浅黄色的温馨的月亮！

海风轻拂，天空沉闷得像是在慢慢压下来。石林勉强地支撑着天空，闪着一道道孤寂的紫光。海惨白的边缘在慢慢向石林靠拢。石林在飘移，在岩石上踏出巨人的旋涡。垂死的海生物被海水无情地抛出，用最后的生命力在啮咬着岩石。

我们默默地站住了，石缝中似乎在升腾着紫色的雾霭。

“又是这么个晚上。”我说。

“什么？”

“我是说，同样的月亮，同样的雾，可并没有出现那天的幻觉。”

“是吗？”她盯着我，然后平静地、几乎是不动声色地脱掉裙子，解开内衣。

现在她是完全光裸着站在我面前了。

她像是有了些变化，比先前丰满了，她全身的肤色在黑夜中白得发亮。腹部就像一尘不染的白瓷，柔软的腰肢和修长柔美的双腿都充满了女性的魅力，那分明是处女的形体！就像玉兰花那线条柔美，色泽洁白的花瓣，她全身的每一条曲线都令人心旷神怡，然而却又带着一种洁白的高贵，使人可望而不可即。

我认出了她，那个美丽的幻影，她却早已认识了我。

她平静如水的眼睛把我的话止住了。

像是一种催眠术的功能，我机械地脱下了自己的裙子，然后像她那样解开内衣。我的手在抖，我全身都在抖。

她仿佛微笑了一下，然后转身走向大海。

“跟我来。”

这平静的声音就是一道命令。我紧跟着那洁白的形体，海水淹没了脚面、双膝，海水齐腰深了，我有点儿害怕，但是有一种古怪的力量推着我向前走。终于，海水没过了我的双肩，像是一领冰凉的丝绸轻轻拂过我的身子，那一种柔软飘逸把我轻轻地举了起来。我划动双臂，仿佛是在天空中飞翔，躺在深蓝色的云彩上，自然地起伏，浪花的迷茫中我能看见那轮浅黄色的月亮，也在随着我上下浮动。“可惜没有星！”

我忍不住说出了声。“很快就会有的，”她的声音离我这样近，吓了我一跳。

是的，很快星星就出来了，星星很大，很亮，和三年前那个灿烂的北方星空没什么差别。天空这时就像浸在海洋里，活脱脱一块通明透亮的蓝水晶。我奇怪星星为什么显得这么近，可我什么也没问。我一声不响地划着水，前面是那个若隐若现的白色影子。

忽然，那个声音又响起来了：“潜进去，方菁！……”那声音那么大，就在耳边，我怀疑那是不是她的声音。但是我毫不犹豫地照办了，要知道我从来没游过潜泳啊！我把头深深地扎进水里，原来水下并不冷！那柔软冰凉的水丝绸样拂着我的身子，我全身在自由自在地运动，感觉到那样一种高度的和谐优美。我闭着眼睛享受着这无与伦比的美妙时刻，皮肤上每个毛孔都舒适地张开着，心悠然沉寂，变得像一泓静水，只觉得体内一股温暖的气流在循环，循环中血液慢慢变得清澈，像红宝石一般晶莹，五脏六腑都被洗得纤尘不染，所有的经络都疏通了，流动了，像日升月落一样循环不已。从寂静中我渐渐听出各种声音，那纷繁的千百种声调恰似交响曲分解成许多乐章和乐句，那是奇怪的声音，就像是宇宙深处最隐秘的一扇门洞开了，我听到的大概就是宇宙灵魂的赋格曲。

“……把眼睛睁开……”那个声音又在说了。可这回变得很弱，仿佛突然离我远去。

不，这不是她的声音！这回我可以断定了。

这是个成熟女性的声音，有点喑哑，但是非常的沉郁柔美。很近的时候，我能辨出一种类似金属的共鸣。去远了，我听见那声音唱起歌来。那是支单音节的歌，非常简单又非常古怪。它不断地用不同音部重复着两句歌词，无限升高，却又不知不觉地过渡到开头。我立即想起那个晚上，小雪打开窗帘，随着什么冥冥之中的声音哼唱的那支歌。

那支歌催得人昏昏欲睡，我始终没听清她唱的是什么。

我睁开眼，在瞬息的黑暗消失之后，我渐渐辨出周围原是一个纯净透明的碧绿世界。这样一种美到极致的朦胧的碧绿！像云雾一样把一切都笼罩着，又像蝉翼一般的纱，薄薄的，从碧绿中可以望见游在我身边的那个洁白的影子。她沉默如月，像一条静静游动的白色的鱼。渐渐地，我能分辨出碧绿中那些紫色和白色的珊瑚，长着许多触角的海葵和像毒蕈一般美丽的海星了。这些海底的花朵我看了并不奇怪，好像本来就应当看到的。从海底仍可看见星星，好像一颗颗正向下沉落，耀得人眼痛。

忽然，一颗星飘悠悠地向我旁边那个白色的影子掉落。她像鱼一样灵巧地转过身，这时她的长发像水母的髯一般在水中舞动。我看见她的眼神像是在说："别出声！"一瞬间我清清楚楚地看到她的整个身子都是透明的，能看见所有的血管经络甚至五脏六腑，就像一个透明的淡绿色水母。

我想抓住她，我碰到了那白色的影子，可什么也抓不住。就像是一缕月光，一丝清风。我望望她，她也望望我；我伸展双臂，她也做出同样的动作，刹那间我惊疑不已。难道这是一面巨大的魔镜？伴随着我的难道竟是我自己的影子？

我又一次想抓住她，我明明白白地抓住了她，可什么也没有。那不是一个实在的肉体，只有一缕珍珠贝似的白光从我的指缝中流出来。

那古怪的单音节的歌声在遥远的地方低低地唱。

海生物们懒洋洋地游动。深海是这样的静，仿佛都在静听着那古怪的歌声。

爱

啊爱

啊无爱之爱……

我们的爱之舟触礁沉没……

只有这两句。是的，我听清了。奇怪的是：这分明是我喜欢的诗人汉蒂的两句诗。

爱

啊爱

啊无爱之爱……

我们的爱之舟触礁沉没……

不快乐也不悲伤，像生活本身一样平淡无奇。

这不肯露面的神秘女人是谁？她就是盘踞深海的那个美丽的海妖吗？她生着一头透明的蛇发还是长着一对诱惑的肉鳍？此刻，她大概正在冥冥中看着我们，她可以识别一切。

许多年之后，我也没弄清楚那天我所经历的一切是不是真的。当我和她在夜色中游上岸，穿上衣服时，两个人都竭力躲避着对方的目光，一声不响，仿佛仍然在静静听着什么。无论是那首单音节的歌还是那首复杂的赋格曲都已中断，我猜想我以后再也不会听到它们了。

那扇门关闭了，无数的精灵都飞进了门里，大概还给了我一个调皮的微笑。

我不知道她是不是仍然听得见那乐声。

只有一点是真实的：我有生以来真正地活了一个晚上，真正的，为了这个我感激她。

梅姐姐的信总是我第一个发现。这些日子她的信少了，哥哥嘴上不说，但心里常嘀咕。“牛郎织女要是凡人的话也早变心了。”郎玉生有一次悄悄对我说。

哥哥康复之后变得心事重重，一天到晚闷在实验室里。宾馆的垃圾污染问题初步得到解决，不知情者以为是哥哥的功劳，可许多社会经验丰富的智者都心领神会：“这是上边哪位尊神说了话了。”我心里一动，莫非是祝培明实践了诺言，想到他，我心里就难过得要命。

他现在在哪儿？没人知道，即使知道也是枉然。谁能原谅一个连爱都不敢爱的胆小鬼？每逢想象他怀着轻蔑想到我，我心里就疼得发抖。假如那是遗憾，那是恨，或者别的什么都无关紧要，可恰恰就是轻蔑。他常常游上来的那片海岸成了我的禁区，我绕开它，心却笔直地被吸引过去，被那海岸撞得流血。

爱

啊爱

啊无爱之爱……

我们的爱之舟触礁沉没……

不知从什么时候起，我心里常常不断地重复这个旋律，欲罢不能。我知道这是冥冥中那股力量使然。

我必须摆脱。我写诗，可一拿起笔来就有种自我欺骗和行骗的感觉；我交朋友，可一交谈便感到自己在不知不觉地扮演着某种角色。我放弃一切投入到专业中去，把电视机厂搜集来的全部材料汇总一处，真的写成了一篇报告文学。

“我”终于消失在冷峻实在的数字材料里，感谢妈妈让我学了经济。

报社的回信全班都知道了，很快又传到了全校。杨老师的脸拉长了三天之后又变圆。我猜想这三天之内我的名字往“大西北”起码跳了三次。而全文发表之后大家反而安静了。从此后我晚上在银石滩散步总有同伴相陪，据说是怕出危险。因为那个厂在渠州的能量是非常之大的，处处都有他们的耳目。我在感激之余有种煞有介事的滑稽感。

袁敏却从此对我好起来，就像“唐放事件”初期那样，带着一种程式化的笑容，可这笑容只留在嘴上。终于有一天她问了：“你还准备写什么？不打算写点儿咱们班的事吗？”

“很想写，咱们班的事儿不用加工就是一篇好小说。”我看着她的眼睛回答。然后看见她的笑容凝固起来，苍白从下巴那里升上来，一直升到脑门儿。

梅姐姐的信很厚，哥哥拆信的时候显得有点儿急不可耐。我趁他看信时翻翻他的实验日志，他似乎最近对研究“海火”现象有了某种突破性的进展。“海火的发生必须具备下列条件。”他写道，“一、生物学前提——足够浓度的发光生物。二、动力学前提——通过某种途径产生的引起浮游生物发光的水的运动。三、光学前提：（1）水的透明度；（2）海面有丰富的泡沫；（3）总照度较小；最后一项又取决于许多条件（a）天文条件：无月或弱月；（b）地理条件：无极光发生；（c）气象条件：

浓密的不透光的云，（d）沿海无人工照明……”这次研究海火他表现出的前所未有的毅力和耐心不能不令人惊异，而且，据说现在学校已停止了拨款，那么他的经费从何而来呢？作为妹妹我不能不关心了。

可是哥哥读着信，脸色渐渐阴沉了。

“怎么了？”我问。

他面部的肌肉全拧绞在一起，变得凶暴。

“怎么了？”

他把信“啪”地扔在我眼前。

……你还以为他是个老头吧？不，他还只有三十岁。三十岁的副教授在这里一点不稀奇。中国人的青年时代被规定得太长了，按他们的标准，我们都该是老头老太太了。

可布朗却一直认为我非常年轻。他们认为问女士的年龄是不礼貌的！因此只是前几天偶然地谈起来，他才知道我甚至比他还大一岁。他感到不可思议，当然有恭维的成分。我说这大概同中国女人比较规矩、没有吸大麻亦无频繁的性生活有关。他哈哈大笑。

谈到性，我想坦率地说，我发现自己的观念正在或已经改变。我现在更相信马尔库塞的理论，实际上，艾罗斯的解放是人类的一个重要问题。艾罗斯不解放，人类的潜能和创造力就无法发挥。我们都是人，何必生活得这么沉重？一个真正热爱生命的人，是不会让各种陈腐观念捆住手脚，灰溜溜地活着的。我们应该广交朋友，开拓新的视野和领域，特别是异性朋友。我们是人，我们有人的需要。只要我们互相信任，只要我们能够把握自己就行了。不知你以为如何？

……

我放下信，回头看哥哥。他背对着我，一动不动地坐着。一头乱蓬蓬的头发像一丛剑麻似的直刺刺地竖起来。过了不知多久，他突然不动声色地把右手里那个喝水的玻璃杯捏碎了，手上渗出了鲜血。我不知说什么好，哥哥在狂怒的时候是听不进任何劝解的。然后，没等我缓过劲儿来，他突然像一头暴怒的狮子一样跳起来，狠狠地摔碎那个他视若珍宝的录音机。那是梅姐姐给他买的，他把它放在实验室，常常听点外国音乐。接着他冲出实验室，扑进自己的小屋，我怎么敲他也不开门，只听见里面噼里啪啦的摔东西声。在这里他可以肆无忌惮地砸。那声音尖锐刺耳，我堵住了耳朵。他把他的小屋毁了。哥哥，这就是爱情吗？大概所有的爱情都没有好结局。

七月初，分配方案公布了。我仍回原单位，两个去西北的名额摊到了郑轩和张丹的头上。郑轩的脸又涨成了紫棠色，他正在上上下下地频繁活动，誓死不去西北。张丹倒很沉着："去就去吧，我应该为我父亲赎罪。"她的父亲当了二十二年"右派"。

袁敏倒分了个符合心意的工作，到一家著名的经济出版社当编辑。郎玉生赶在分配前和那位法律系教师登了记，自然被照顾留校，留校的还有李宝明和吴德志。其他如王妮妮、何小桃等都分到部级机关工作。妮妮和她那位风流倜傥的小朋友分手了，哭得肝肠寸断。何小桃和那位艺术家也终于绝交，但很快又爱上了另一位艺术家，这位艺术家的艺术对她更有吸引力。

小雪被分在渠州市海洋研究所搞财务管理，她似乎称心如意。

哥哥在愤怒中给梅姐姐写了信，然后慢慢地怒火平熄下来。最后一个暑假了，小雪提议我们一起去银石滩痛痛快快地玩一次，要玩个通宵，看看魔鬼出没的时候，哥哥也赞成。于是仍是我们三个老搭档，在月亮升起的时候去了银石滩。

不知从什么时候起，我对小雪总有些提防着了。特别自上次在海中游泳之后，我虽然感激她，却又有些疑惧。她一定是对我施行了什么致幻术一类的法子，或者是我本身有着什么尚未被发现的特异功能，否则一切无从解释。我没告诉哥哥，即使告诉他，他也不会相信，就像祝培明不会相信我看见“幻影”一样。

月亮很暗淡，云层很厚很浓，石林以西的地方蒸腾着一股股潮热的湿气。我们点了几次火都没能燃起来，于是只好默默地坐着喝酒。小雪带来很多酒，有茅台，有花雕。我又想起祝培明。他若是知道我分回原单位会怎么想？从原点出发绕了一个大大的圈子又回到原点，这一切究竟有什么意义？他一定会告诉我这是一次否定之否定的完成，我回到的并非原点。大概是吧，师傅们一定认不出我来了，这四年大学比四年工厂更锻炼人。

我原是滴酒不沾的，今天却拼命地喝，喝得他们俩目瞪口呆。小雪说：“听说菁菁差一点儿分到大西北呢！为她这次虎口脱险干一杯！”我咕嘟嘟地一气喝完，尖锐地笑起来。说真的，我宁肯分到大西北！分到一个远离世俗的蛮荒地带！何必说呢？我的真实想法说出来，他们也不会相信的！于是她又笑着说：“菁菁比过去成熟了。”哥哥也同意。我又笑起来，笑声连自己听起来也刺耳：“成熟是什么呢？大概是把一个活人的灵魂耗尽了，剩下一个空的躯壳，然后变成风干的木乃伊，像所有人一样，那么他就成熟了……”

他们的脸在我眼前晃动，他们在笑，大概以为我是在说笑话，我也希望他们这么理解。可是渐渐地，他们不笑了。

“这地方真的闹过鬼呢！”小雪向周围望望，好像又响起了那种奇怪的呼哨声，“在这儿过夜，你们怕不怕？”

“我今天就是来看鬼的。在这儿四年了，没见到鬼划不来。”我阴险地向她笑笑。她像是有点怕，连哥哥也奇怪地瞪着我。

然后小雪绘声绘色地讲起鬼的故事，我一点也不害怕，只觉得好笑。这时月亮已经被浓云遮住，只露出一丝淡青色的弱光。周围的岩岸漆黑一片，海像一只潜在黑暗中的阴险的恶兽，慢慢地向我们扑来。他们的面容渐渐变得模糊不清了。

“……今天……大概会出现海火的……”我费劲儿地说。他们大概没听见。我昏昏沉沉地闭上眼睛，始终有一种奇怪的呼哨声在我耳边凄厉地响，那难道就是海妖歌声的前奏吗？

我不知昏睡了多久，直到眼睛被一种奇怪的光照亮了。我努力睁大眼睛，四周又是那种可怕的寂静，海和天又变成了枯叶似的色彩，喝醉了酒似的飘飘摇摇。在漆黑的海面，有一簇光在暗暗地闪，周围高大的石林在反光中变成一支支点燃的蜡烛。巨大的、通体透明的蜡烛在神秘地燃着，又像是在慢慢地飘移。渐渐地，光线变强了。石林像一座巨大的、辉煌的祭幛，背景是天空的帏幕。一种蝙蝠似的鸟在帏幕边飞着，发出怪叫，难道它们就是海妖的化身？或者是那种叫作鸱枭的夜行者？一声呼哨，箭似的，它们飞过我的头顶，那大概是一群美丽的刺客，去匆匆执行上天的密杀令。这时，忽的一下，那帏幕揭开了——大海发出雪也似的一片白光，明亮得如同白昼。

“海火！”我在心里轻轻地叫了一声。从透明的燃着的石林背后，又走出那个洁白如雪的幻影。在这片强烈如白昼光芒的照耀下，那幻影像一条透明的鱼，我甚至能看到她全身淡青色的血管，她没有像前日那样舒展双臂游进大海，而是似乎在等待着什么。终于，从另一座石林背后走出一个高大的黑色幻影。这时天空的帏幕忽然关闭，所有的烛光都微弱下来，只剩下海白雪似的一片，似有金色的液体在中间流动。那两个幻影走近了，重叠了，像远古的一个神秘而拙朴的符号，带着一种极美的韵律，相携走向海。

一切都不复存在了。在这巨大的苍穹之中，只有这个男人和这个女人。一切都极其简单。天空、海洋、男人和女人。后来，在他们中间又出现了孩子，于是一代代繁衍至今。

那男人和女人慢慢地向海走去。在这个发光的夜晚他们又返回到人类的童年，像刚刚出生的婴儿，赤条条毫无牵挂，就像走进母亲袒露的怀中那样自然。他们走进去了，走进去了，他们的肉体也在发光了，和海洋一起发光。他们自由舒展地和海浪一起嬉戏，自己也变成了海浪。冥冥中的那扇门似乎又打开了，那神秘的音乐又在回旋。这时我看清原来有无数的小精灵在海面上伴随着他们，那发光的便是它们嗡嗡振响的深金色的翅膀。

我被什么深深地打动了。

那古怪的、单音节的歌声又响起来。

爱

啊爱

啊无爱之爱……

我们的爱之舟触礁沉没……

既不快乐也不悲伤，重复地无限递增，却又回到原点，画出一个个单调无奇的怪圈。

这歌声很近，就在耳边，我睁大眼睛寻找这唱歌的女人。没有，什么也没有，只有闪闪发光的大海和天空。

爱

啊爱

啊无爱之爱……

我们的爱之舟触礁沉没……

歌声远去了，那怪鸟突然钻进了帏幕。光线弱下来，一切又都变得像平常一样。

我心里充满了疑惧。

是的，这一定又是她的幻术，她诱惑了哥哥。她一定是叫银石滩的鬼附了体，或者说，她本身就是魔鬼。一切都是她的阴谋。当看到我们在黑暗中束手无策的时候，她一定躲在暗处在狞笑。

可无论如何，我看到了海火！

我告诉我周围的人，他们都用惊疑的眼光在盯着我，或者在偷偷冷笑。我翻了第二天所有的报纸，上面都没有关于海火的任何报道。我打电话给渠州市海洋研究所，接电话的人竟认为我神经不正常——他们没有观察到海洋的任何异常迹象。

“什么‘海火’，你们是做梦吧？”那位男士不客气地嚷着，“……迷信传说你们也相信……‘海火’现象是寒冷带海洋的特有迹象，我们这儿的海从来没出现过什么‘海火’……”

可我宁肯相信自己的眼睛。看来，海火真的不是人人都能见到的！

同学们带着各自不同的表情离开学校。欢送去大西北同学的光荣花业已做好，郑轩的官司还没有打完，再打下去这对鸳鸯恐怕也要散伙了，而郑轩大概是宁肯散伙也不去大西北的。分了满意工作的同学都在欢天喜地打包行李。袁敏离校的前天晚上突然找到我，很友好地露出两个虎牙："方菁，咱们再见了，过去的就让它过去吧，希望以后咱们还是朋友。"

"过去的就让它过去吧"这句话在当时颇时髦。其实，不让它过去又能怎样？反正它已经过去了。但是我永远不想第三次被同样的石头绊倒。于是我也笑了笑："你放心吧，我这人记性不好。何况，我也成不了诗人或小说家。"她呆了一呆，露出一脸尴尬的神色。

最想不到的是几乎全班的男生都来向我辞行。四年工夫，我和他们接触极少，连说话都有限。这时，他们却给我买了各种小礼物，上面还题了词。诸如"诚恳、真实、纯洁无暇"、"你有着一颗透明的心"及"璞玉浑金"等，我惭愧至极，真想告诉他们我这四年来的变化。"日久见人心，方菁，你是个好人，就是太清高了，弄得我们都不敢跟你讲话。"我真想告诉他们那种"清高"实际上是一种羞怯，由于怕被识破而用"清高"掩护着。和妮妮、小桃分手时我着实哭了一鼻子。小桃哭着说："这四年大学我真想重新上，那样我一定会换个面貌出现了。"妮妮也有同感。"老天爷，我可是一天也不愿再上什么大学了。"我说。

也巧了，正在难分难舍，一辆正开往宾馆的银灰色小汽车几乎在我们身边停住了。

"菁菁！"一个穿深色连衣裙的女子跳下车来，一把拉住我的手。

是梅姐姐!

“这是布朗·琼斯先生！”她向我介绍。这时我才发现她身后站着一位黄头发蓝眼睛的高大“夷人”。

他在向我友好地微笑。

秋天的银石滩，天空蓝得就像刚刚挤出的纯净的蓝油彩。海的颜色反显得淡，白的浪花很轻柔活泼地舞着，天气好极了，石林上的每一块斑痕和孔穴都清晰地显现出来。

梅若行站在这里久久不动。一头乌黑厚重的美发，波涛似的冉冉涌来，一根一根被阳光滤得清清楚楚。她穿着美国女学生很时兴的那种单片式连衣裙，白色上面有些不规则图案，浅色衣服使她看起来比刚见时年轻了些，她双臂交叉抱在胸前，丰满的肩膀和胸脯透出无限的活力。她高大、健壮、美丽，像画家鲁本斯笔下那些血肉丰满、情欲旺盛的人物，像雅典神庙里那些端庄高雅、充满智慧的女神。

另一个女人轻盈地走来，像一只翩翩欲飞的白蝴蝶。她年轻、娇弱、秀媚，似乎还带着一种孩子式的羞赧。

她们面对面地站住了。

“你就是小雪？你好。”若行打量了她许久才说话。

“您……您好！’她特别咬重了那个“您”字，显得有点慌乱，像个孩子，因此这慌乱反惹人怜爱。

“Wonderful!（奇妙极了）”布朗的头转来转去地看，嘴里念念有词，他完全着迷了。刚见面时梅姐姐就告诉我，他是中国通，他喜欢在美国说汉话，在中国讲英语。

梅姐姐眯细了眼睛：“是啊，是很奇妙。”

哥哥默默无语地在前面带路，他往西走。海蚀地貌的石林渐渐变成低矮的石笋，苔藓霉斑和腐烂的地衣交错，南面上山的路少见的清晰。石头上已找不见牡蛎，水鸟群集掠过水面，发出扑噜噜的沉重的声音，使人感到仿佛有什么东西在坠落。

“这儿更美。”梅姐姐停住了。

“上次我们在这儿野餐，很有味儿。”我说。

“那么我们今天也要在这儿野餐。怎么样？方达？”梅若行的眼光瞟向哥哥，那眼光很淡，但藏着芒刺。哥哥大概感觉到了。

“改天好吗？改天吧。”哥哥厌倦地说。这几天他明显地消瘦了。就在那个发生“海火”的第二个夜晚，他到宿舍去找我，我们对坐着默默无语。然后他把我领到他的小屋，仍然沉默着。最后他说：“我想改变一下我自己。”

“不，你什么也改变不了。”我看着他。

“你现在也这么认为了？”

我点点头。

“我心里乱得很，需要好好想一想。”

“我知道。”

“世上有些事情，大概是不能被各种各样的科学范式所说明和解释的。”

“大概是吧。”我淡淡地说。他还想说什么，但终于没有说。我知道他在犹豫，在怀疑，在猜测，在选择，他的内心在翻江倒海。

现在他见到了他的“狼”。十几年的旧账又翻了出来。他一定又想起了许多年前的那个中午，在北京一条宽阔的柏油马路上，一个少女的声音把所有过往车辆撞得粉碎，在红灯的注视下，飞似的向他跑来，当着马路上无数的行人给了他最初的一个吻。交通警们目瞪口呆，一切都凝固了，连那朵云也凝在蓝天上，不再飘移。这记忆中令他激动的一切现在一定又在搅扰着他。他仰头望着天空，蓝色的天空上也凝着一朵云，和记忆中的多么相像，可时间已经过去整整十六年了。

他轻轻地吐出一口气。

“讲点儿什么吧，狼。”他说。这是他和她见面后第一次称她为“狼”。这当然是一个信号。我看见梅姐姐的眉毛微微扬了一下，绷得紧紧的前额轻松了些。小雪大睁着眼睛越过众人看着海，像一个受委屈受冷落的可怜的小女孩。我忽然想起她展开双臂投向大海时那活泼泼的样子。

“讲什么呢？要讲的太多了。”梅若行说。她断断续续而后滔滔不绝地讲起来。讲纽约的洛克菲勒中心的彩虹厅和《纽约人》杂志上那幅著名漫画；讲麦迪逊广场花园、圣帕特里克大教堂、大都会博物馆、布鲁克林大桥和大都会歌剧院：讲曼哈顿的繁荣和黑人区的贫困；嬉皮士、摇滚乐和“旁客”；同性恋；移民；各色人等、各种帮派的不同利益；不同血裔之间的仇恨；肮脏的街道；被涂抹得乱七八糟的地铁和恶性犯罪……

“最有意思的要算切尔西，那儿既是神学院总院，又是西半球肚皮舞中心的地区。这不是很有趣吗？”她优雅地摆了一下头，向听众们微笑。听众们已经听得入迷了。

她仍然是个出色的演说家！我想起哥哥形容过的和她初次见面的情景。有时，迷人的谈吐和优雅的风度对人有一种难以抗拒的吸引力。

“对纽约还有一个很深的印象，就是人与人之间的那种冷漠。过去在国内就听说过，可总有点儿不信。这回可体验到了。有时候因为电话失灵、罢工或者停电什么的，大家互相表示一下关心就感到很难得了……”

“纽约现在经济情况怎么样？听说二十年内有六十多家大公司离开了纽约？”哥哥问。

“是的，可是纽约依然是全世界最大的金融市场。他们的法宝太多了，像最近韦伯公司把几笔不同货币的国际买卖结合起来，然后利用汇率波动来对付通货膨胀。怎么样菁菁，你这个学经济的中国大学生想得到吗？”她向我微笑了一下，又把目光停留在哥哥脸上，“所以美国经济界人士公认，纽约的金钱是最有创造性的，是这样吧，布朗？”

这时我们才发现布朗·琼斯早就没影儿了。

“这个人！……”梅姐姐哭笑不得地望望我们，“他一定又被这儿迷住了，简直像个孩子！”

果然那人高马大的“孩子”从碧波中钻出来了，向我们笑着挥手：“这样的美景，你们居然还能干巴巴地站着谈话！”他果然讲一口流利的中国话，只有个别字发音不准，“来吧！方先生！有这样三位美丽的女士在身边，你竟然无动于衷吗？”

他那种笑声是我们无论如何也笑不出来的。

小雪第一个响应号召，到岸石后面去换游泳衣。

布朗还在挥手：“How Happy（真快活）！你们不下来体验一下吗？喂！梅！How Happy！”他像个孩子似的大叫大笑。

“我没带游泳衣，很可惜。”梅姐姐也笑着向他招手。

小雪换了件雪青色的游泳衣走出来，向我们嫣然一笑，然后鱼一般地钻进水里。从岩上可以清楚地看到她优美的击水动作，她游得太好了，很快便赶上了布朗。然后两人比肩向远方游去。

梅姐姐两臂交叉抱在胸前，微微一笑：“这个女孩子的确挺讨人喜欢的，你说呢，方达？”

哥哥看了她一眼，瓮声瓮声地说：“是的，我很喜欢她。”

“你的报复心理真强。”梅姐姐挑起一根秀丽的长眉。

“不是报复心理。”

“那又是什么呢？”

“信上不是已经说清楚了吗？”

“可你对于我那封信的意思完全误解了。”她和颜悦色。我想悄悄地走开，她拉住我。

“你在这儿一点关系也没有，菁菁。”她微笑着挽住我，“用不着回避。”

哥哥双手叉腰，晒得黝黑的两条胳膊闪闪发亮。

“这次，我之所以和他一起来就是为了解除误会。你看我们不是一般的好朋友吗？他这次来是学者交流，我当然是度假。本来今年我可以得到一个免费旅欧的机会，可我放弃了。”她淡淡地一笑，托起哥哥那刮得发青的下巴很温柔地吻了一下。当着我的面，她没有一点点不自然。

于是哥哥的下巴好像不那么铁似的硬邦邦了。

“你一点儿也没变，我的大懒熊！”她抚摸着哥哥乱蓬蓬的头发。

“不，我变了。咱们俩都完完全全地变了。”

“什么意思？”

哥哥正想说什么，布朗他们已经游回来，小雪轻松自在地遥遥领先，布朗已经累得气喘吁吁了。

“这美国佬儿外强中干嘛！”小雪活泼泼地笑着，披着湿漉漉的长发往岩岸上爬。梅姐姐转过身，居高临下地俯视着她，就像一个丰美茁壮的女神俯视着一个娇小的少女。

“She is wonderful!（她是非常奇妙的！）”布朗也气喘吁吁地上了岸，他的胸毛和腿毛都很茂密，这时紧紧地贴在身上，湿漉漉地淌着水。

我看见哥哥的目光怜爱地落在小雪身上。

“你游得好极了。”梅姐姐微笑着，那微笑超越了女性的某种局限，因此带有一种包容一切的魅力。

小雪也在笑着，只用嘴唇笑，目光却闪烁不定。我能猜到她在想什么。

那条被船蛆啮咬成白垩质的船静卧在那儿，像一具恐龙的骨架。我忽然神经质地感到，这船似乎有了点什么变化。再细细看去，似乎周围的景色也变了不少。牢牢固守岩石的藤壶等海生物竟死了大半，石缝里到处是牡蛎的遗迹，空气中似乎漾着一种气味。海面上，漂浮着许多死去的浮游生物，又被海浪带到岩岸上来。

“这是怎么了？这儿好像有点变了……”我疑惑不定地望望别人。谁也没理我。布朗和梅姐姐在兴致勃勃地拾那些五彩的干瘪了的海星。小雪脸色苍白地垂着头，大概是刚才游泳又游出毛病了。哥哥很仔细地看着周围的一切，表情很淡。

“这儿真是美极了，熊，”梅姐姐拾起一个五色斑斓的大海星，“那些传说你信吗？关于鬼的？”

“信。”哥哥懒洋洋地笑笑，“没有共产主义，反共产主义者就没事儿干了。没有鬼，无神论者又靠什么吃饭？”

说得大家都忍不住笑了。布朗不大懂，梅姐姐又用英文给他解释了一遍。他想了一会儿，哈哈地笑了，然后跷起大拇指夸奖哥哥说得好。

气氛越来越轻松了。

中午大家一起去鱼餐馆吃饭，哥哥请客，尽地主之谊。吃罢饭梅姐姐提议到宾馆她的房间去小坐，小雪便告辞，梅说什么也不放她走。“好容易聚到一起，大家热闹热闹嘛！”她仍像过去一样喜欢“热闹”。

她的房间比祝培明那间要小些。布朗下午有活动安排因此先走了。梅姐姐按此地人的规矩泡了一壶“铁观音”，又拿了四个小杯子。边倒茶边随口问小雪：“听说当地人喝茶很有规矩？”

“是。”小雪端了杯子却一口不喝，“像这样的‘铁观音’是要用炭火烧水，三滚之后往小泥壶里外一浇，然后泡茶。茶也要泡三泡，以第二泡为最好。”

梅姐姐很感兴趣的样子：“此地人为什么把‘铁观音’尊为上品？我看茶叶店里龙井没人买嘛！”

小雪笑道：“也是各地人的习惯。其实这几种茶叶不过是制法不同。红茶是茶叶经过发酵处理过的，像武夷、普耳、祈门红茶；绿茶是直接烘干或快炒，像龙井；乌龙茶是半发酵，像‘铁观音’就是。现在是不讲究了，听我家保姆讲，过去的上品茶叶是要带露水的，按照道家的说法，露水生于天地阴阳二气交融的那一刻，因此能使人长寿。又讲究烹茶要用山泉，河水次之，井水更次。用清净山泉烹的带露水的茶叶，若能烹出婴儿身上那股奶香味儿，才是真正的上品。”

“原来喝茶有这许多讲究，很有意思，”梅姐姐看看我们，“难怪中国人讲究喝茶，欧美人实在没那么大工夫。”

大家都拿起杯子喝了一口，又都放下了。实在是不好喝。梅姐姐开了一听雀巢咖啡，小雪眼光低低地注意着她的装束。

“您这条裙子是在美国买的？”

“是啊，现在这种样式在美国挺时兴的。”

小雪凑上去翻来翻去地看了一阵，笑了笑。

“怎么？”

“也没有什么难的。”

“哦……听说你还开了个裁缝店，说不定什么时候要去麻烦你呢。你知道，美国的服装太贵了。”

“你去好了。”小雪很痛快，仍看着那条裙子，自言自语似的说，“要是我去美国开个裁缝店，说不定也会受欢迎。”

梅姐姐惊奇地看看她：“你也想出国读学位吗？”

“不，我想出去谋生，一种方式厌倦了，就换一种方式，只要能证明我有独立谋生的能力就行了。”

梅姐姐连连摇头：“很难。如果国外没人资助几乎不可能。”她扫了我们一眼，淡淡地不经意似的，“像我这样没什么根基的，只能靠自己苦挣，读学位之余打工的滋味儿可不好受呢！可有什么法子？要让自己男朋友过得舒服点儿嘛！何况我和方达已经是十多年的马拉松了。”梅姐姐真厉害，她竟装作对什么都一无所知，用这种坦然的态度来对付小雪，“说真的，人一离开久了，有时候还真有点儿不放心呢。”她莞尔一笑，看看一直在低头翻画报的哥哥，“你说呢，方达？”

哥哥苦笑了一下。我看到小雪脸上掠过一种微妙的神色。

“好在现在一切都过来了。”梅姐姐长舒了口气，“现在公寓有了，汽车有了，钱也攒够了——”

“那么这次你是打算——”小雪突然有点沉不住气了。

梅姐姐仍是淡淡的，把头发用发针卡住，笑笑说："咳，商量吧，反正这是我们俩之间的事儿。"她说得轻松自如，可那内里的分量连我也感觉到了。

小雪的嘴唇有些发白了。她强装轻松地笑一笑，拉起我的手说："让他们谈判吧，咱们走。"

她的手指冰凉冰凉的，像死人。

自我认识她以来，她从来没有过今天这种惊惶得近于绝望的表情。

"没想到，这么快就要摊牌了。"她呆呆的，口气冷得瘆人。

"什么意思？"

"你知道！菁菁，你什么都知道！"她疯了似的看着我。

"我说过，玩火自焚。"我冷冷地说。

"可我不是玩火！这次是真的！的的确确是真的！没有他我就完了！菁菁，你总不能眼睁睁地看着我毁了吧！"

"现在我很难判断你的话哪是真哪是假——"

"过去我跟你说的一切都是真的，"她眼泪汪汪。

"可是男朋友呢？你那个国外的男朋友——"

她怔了一下，很快说："我们吹了。我很难过，想缓一缓再告诉你……"

"我很难相信你。"四年来发生的一切一下子涌了上来。我无法原谅她。

她凄凄艾艾地看着我，泪水慢慢流下来，"你说过，你发过誓要跟我永远做好朋友……"

"可你是我的好朋友吗？"怒火一下子从我心里蹿了出来，"祝培明的事儿到底是怎么回事？你明明知道我喜欢他，可你……”

“不，我并不觉得这件事有什么对不住你，你们俩并不合适，即使成了，将来也会分手的……”

“可你在中间玩了什么花样儿？你后来为什么要那么恨他，报复他……”

她低下了头，眼泪倒不流了。

“说实话菁菁，在我所有感兴趣的男人中，他是唯一一个敢于拒绝我的。他太老练了，完全能识破我，所有的花样儿在他那儿都白搭。为了这个我恨他。还怕他把你夺走。你知道你在我心里的位置吗？”她委屈的泪水又流下来，“你永远不知道！”

在这瞬间我真恨透了她！想起祝培明临走前那失望的神情，我真恨不得向她那张雪似的白脸上打一记耳光！

“你在他那儿失败了，就转而追求我哥哥？”我冷冷地盯着她那张流泪的脸。

她猛地抬起脸，模糊的泪眼中显出一种极端痛苦的神色。

我绷得足足的劲儿有些松懈了。

这是她家楼下那间小仓库，就是阿圭隔壁的那间房。在这儿，我曾试过她的连衣裙，那件V形领口的，腰带上还别着银扣环。那时我们好得像一个人。

一切都过去的那么快，连回味都来不及。

“不，对你哥哥，我是真心。”她把头深深地埋下去，“他和我一样，是自然之子……”

“我哥哥和你并不合适。你不了解他，他是容不了一点点虚伪和欺骗的！”

“我从来没骗过他！你不了解我，谁都不了解我……你们都是幸运儿！只有我……只有我……”她拼命忍着眼泪，咬牙切齿地说着。

外面像是突然刮起了一阵狂风，沙石像一阵汹涌的冰雹似的拍打着窗子，她向外看，满眼都是惊惶。

“这风怕是不好……”她的嘴唇变得煞白。一瞬间，这小木楼像是剧烈地摇荡起来。

“以前有过吗？”我紧紧抓住床柱子。

“要出事儿，阿圭前两天就感觉到了，刚才你没看见石林西边那条反扣的船吗？船已经移到古海岸线那里了……”

要出什么事呢？我心里充满了恐惧。

那阵飓风刮了大约二十分钟，突然停了，停得很古怪。望望窗外，一切还是老样子。

“菁菁，你有耐心听吗？我可以把一切都告诉你……”她柔媚的声音像是从很远的地方传来的。

“我对你哥哥……真的是真心，很早，可以说是头一回见到他，我就爱上他了。”她可怜巴巴地小声说。

我冷冷地笑了。

“应该说，头一回见到他就勾引了他吧？你故意向他借一些根本借不着的书，以此来引起他的注意……”

她像是被枪弹打中了一样痉挛了一下。

“真够健忘的！那时候，你正热恋着你的那位男朋友，同时还在和唐放做爱情游戏……”

她神情恍惚地看着我。

“后来，又是祝培明……大概你有过许许多多这样的经历，连自己都搞不清了吧？”我严厉地盯着她。她毫无表情地保持沉默。后来，她的嘴唇慢慢合拢成一条线，变成一个冷冷的微笑。

“假如我对你说，我那个男朋友根本就不存在呢？”

我怔了。

“他是我和你哥哥谈恋爱的保护伞，懂吗？”她嘴角上仍挂着那丝冰冷的微笑。

“那么，你十四岁失身又怎么解释呢？”所有的记忆一起涌来，我无法相信她的话。

她轻轻叹了一声：“我那个家有很多古怪的事儿，从小，我就总是莫名其妙地害怕，总想着能出现一个人，他能爱我，保护我。后来真的有了，他一直生活在我的幻觉里，慢慢地他变得和真的一样，有血有肉，没有他我根本活不到现在，人心里，必须要有点儿什么的，懂吗？她们天天吵架，我一点儿也不喜欢她们，我爱的人只有一个，就是我自己。从小就喜欢在镜子里欣赏自己，按现在的时髦词儿来说，就是自恋吧。可我同时又自虐，我对自己什么事儿都干了。我要不那么干就会去杀人，去放火。真的，你难以想象，我的一半生活都在幻觉里，不然就没法儿活……我从来不信有什么人会让我动真情……直到……直到碰上你哥哥，我对他不仅仅是爱，我明白只有他才能救我！懂吗？是把我从地狱里救出来！……幻影，根本无法代替活生生的人……”

我的心沉入冰点，大概我的脸上也反映着同样的温度。

“你编的那个关于男朋友的故事可真精彩。还有你的那些衣裳，那些书……啐！想起来我都替你脸红！”

她眼睛眨不眨地看着我，上下两层黑睫毛中间镶嵌着一双玻璃镜似的眼睛，毫无表情。

“得了吧！别假清高了！假如你快饿死了，快冻死了，你也会想法子活下去！除非你是个笨蛋！……你什么都不懂！我白说了！”

我怔了一会儿，说：“我懂的当然没你多，不然咱们也做不了四年朋友了！”

我们俩忽然间变成了对峙着的仇敌，谁也不想掩饰那种敌意。

爱

啊爱

啊无爱之爱

我们的爱之舟触礁沉没……

远远地，好像有那古怪的歌声传来。

“菁菁，你真让我伤心！”

我避开她的眼睛。

“如果你了解我的经历就好了！你就不会这么说了！”她的声音在发抖。可我一点儿也不想怜惜她。“我知道你怪我什么都不告诉你，可……可我的身世确实有点儿怪，有些事连我自己也弄不清……比方说……比方说我爸爸……”

“你爸爸……”我吃了一惊。

“你还记得吧，我说过，阿圭婚后不到一年男人就去了外省，那个男人，就是我爸爸……是的，阿圭是我父亲的发妻。按现在的话讲，他们属于那种没有爱的旧式婚姻。父亲不能忍受那种生活，就只身跑到内地，在铁路上混，后来饭碗砸了，多亏了一个有钱的老头儿，他才没饿死。这个老头儿就是我养母的父亲。多可笑，爸爸逃避一场婚姻的结果是卷入了另一场婚姻，照样儿没爱情……”

“她是你的养母？哦……那我就清楚了……”

“我的亲生母亲生下我之后就死了，这是我……后来才知道的，她是个美人，知书达礼，又聪明又高雅，她是无与伦比的……”

“对，是个在海边长大的美人儿，没文化，唱歌左嗓儿但人确实很聪明。”我想起老太婆讲过的那个神秘的年轻女人，“在三年自然灾害期间投奔阿圭想找口饭吃，可是被你的父亲……诱奸了……”

我说这些的时候并没有十分的把握，可从她的脸色能判断出我的话的准确性，于是我越说越自信。

“你为什么不能想象，他们是因为爱情……”

“爱情？哈！哈哈……”我真的觉得十分可笑。她的脸渐渐失去了血色，“谁不知道你父亲不务正业？解放后他还那么胡闹，也不工作，靠吃老婆房产过日子，相好换了一个又一个，你母亲不过是其中的一个……他们的事大概很快被你养母发现了，为了遮丑，你养母和阿圭一起把她送回南方，就在这儿，她生了你，然后她们又把你抱回去，冒充你养母的亲生女儿……”我抑制不住地说着，每说一句都感到一种恶毒的快感。

“不，她是在海里分娩的。她是‘海女’。”（注：福建、广东一带对采珠女子的称谓。）她终于被打垮了。她的头低得不能再低，秀发纷垂，那一对束发的红樱桃微微颤抖。她在哭，没有声音，只有泪水一滴滴地落在地面上。

“你父亲真是十恶不赦！”我摔给她一块手绢，她又摔回来。

“不，我不这么想。他肯定有点什么迷人的地方，不然不会有那么多女人对他着迷……阿圭后来千里迢迢找到他，宁肯当一辈子佣人也不回去。不管父亲怎么胡闹，她都宠他爱他……有好多女人都像阿圭这么真心诚意，他对她们也是真心，都是真心，你能解释这是怎么回事吗？……我想他一定很爱我妈妈，因为……因为阿圭说，我妈妈死后他再没找过别的女人了。我妈妈死的时候十九岁。”

她说得淡淡的。我望望她，明白了在我们之间永远有一道沟，无法跨越。

那古怪的平淡的歌声在远远的地方唱。

爱

啊爱

啊无爱之爱

我们的爱之舟触礁沉没…

“后来，我父亲也死了，我觉得他的心早就和妈妈一起死了……”

“一个多么动人的爱情故事啊。”我冷淡地瞥她一眼，“可是据我所知，并不是这样。”

她苍白的脸上全是仇恨。

“为了那件事，你养母恨透了你父亲，他们天天吵架，后来在‘文革’中，你父亲被当成坏分子游街，回来之后就突然死了。谁都相信他是自杀，可实际上是被你的养母……打那儿之后你的养母就变得神经兮兮的了，对不对？不过，我怀疑你的父亲并没有死，他很可能被人救了！……干吗这么看着我？我触及到你们家的核心秘密了吗？”

我也不知是为什么，我好像突然变成了另外一个人：铁面无情，冷酷凶狠。

“我从来不知道你是这么个人。”

“我只恨自己知道得太晚也太少了！”

“你根本不懂得生活！我爱你哥哥，可也不能因为这个就给你跪下。”

“随你的便。”

“菁菁！……算了，我们各走各的吧！反正我面前只有两条路，或者当疯子坑自己，或者当骗子坑别人。世界上所有真正聪明的人，都只有这两条路！”

“你当然选择了后一条路。”

“过去是。可认识你哥哥之后，我不这么想了……我想当个好姑娘。”她泪水盈盈，“你哥哥……他是我第一个男人！这是真的……”

她泪如雨下，哭了好一会儿。我也差点儿忍不住眼泪。

过了很久，我们慢慢平静下来。

“只有一件事我对不起你。”

“什么？”

“唐放和袁敏去渠州公园的事是我告诉郑轩的，后来他在男生当中传开了。当时我没想到这事会给你带来那么多麻烦，请原谅。”

我心里刚刚回升的温度又降到冰点。不！我永远不能原谅她！永远不能再相信她！永远不能。

“没关系，已经时过境迁了。”我的演技竟也成熟起来。我要趁这个机会了解到她真正的秘密。

“还有个问题，你是不是会一种什么致幻术？”我装作漫不经心的样子。

“致幻术？”她怔了一会儿，然后锐声笑起来，“真是太有意思了！

为什么人们总把幻觉当成真实的，而真实的生活又被当成幻觉呢？……看来，骗术之所以能成功，是因为人类喜欢被骗，讨厌听真话……”

“是这样吗？”

“是这样的。”她突然憔悴了。

哥哥和梅姐姐的谈判已进入最后阶段。我进去的时候哥哥正靠在床上，梅姐姐坐在他身边，竖琴般的女中音在娓娓动听地低语。只开着一盏小灯，这个大约十二平米的房间显得很温馨。

“我打扰你们吗？”我问。

“来得正好，菁菁，坐这儿。”梅姐姐以她那种特有的亲切把我拉到身边，“我和你哥哥都想听听你的意见呢。”

我沉默无语。

“你再让我想想，好吗？”哥哥忽然喃喃地说。

梅姐姐把手插进他乱蓬蓬的头发里慢慢地抚摸，带着一种类似母性的宠爱口气：“随你的便，大懒熊，我从来不急于让你表态。……刚才我说的那些完全是跳出自己的圈子，不带什么个人色彩的，这点大概你也能理解。”

“是。我当然明白。”哥哥点点头。我发现他已经驯服多了。记得有本书上说过男人似乎个个都是孩子，要靠女人哄，大概是的。

“如果你和那个女孩子结合，可以建立一个幸福的小家庭，这点我毫不怀疑。那女孩生活能力很强，她能把你照顾得很好。但是恕我直言，在事业的发展方面……大概就比较困难了。我们都是三十多岁的人了，都是从那个年代过来的人……人生有几个三十多岁？你到底要什么呢？我不知道那些白了头发还一事无成的人怎么想，有时候人缺的不是饭碗，而是缺一条鞭子……”

“但有一条鞭子悬在头上总让人提心吊胆……”哥哥瞥了她一眼。

“像你这样的大懒熊需要有条鞭子。”

哥哥笑了笑：“你那封信，想起来总让我不舒服。”

“这是个观念问题，以后再谈。对我来说你是山珍海味，可长期吃不到山珍海味的时候，你总不能连面条也不让我吃吧？”

我忍不住扑哧一笑。哥哥也笑了：“那么我要是吃面条你又会怎么样呢？”

“你吃好了。你不是已经吃了吗？不过是比我晚一点。咱们俩打了个平手。”

哥哥皱皱眉头：“可我并不认为是在吃面条，我是把她的感情看得很珍贵的。”

梅姐姐不屑地笑笑：“那是因为你太不了解女人了，尤其不了解现在这些年轻小姑娘。”

沉默了一会儿，外面忽然又刮起一阵狂风，就像下午那阵风一样，越刮越猛，好像没有停下来的意思。尽管宾馆的隔音设备非常好，可还是听得见那呼啸的声音。

“这风真有点儿怪呢！”我说。话音未落，一个闪电突然把天空划破，窗帘映出通明透亮的一片，然后爆出一个巨雷，外面仿佛有什么东西倒塌了。没能回过神来，接着又是一连串霹雷，风雨雷电交加，突然，灯灭了。

梅姐姐在暗处找到了储备的蜡烛，点着了。

“你的实验室没关系吧？熊。”

“没事儿，我安装了一套防雷装置。”

“菁菁今晚就别回去了，反正明天你也不上课。”梅姐姐搂着我的肩膀，我闻见她身上有股淡淡的巴黎香水的味道。这回她从美国给我带来了一套很不错的化妆品，把小雪羡慕得什么似的。

“也许将来你会对我失望呢，狼。”哥哥在黑暗里慢吞吞地说，“我这人没什么事业心。我只想过普通人的生活，恋爱，结婚，生儿育女。……记得大串联的时候我们在东北玩儿过雪橇，从高高的山坡上滑下来的时候你哈哈大笑，你知道吗，这快乐来自于速度和加速度，爱要想存在就必须发展，这两个变量如果有一个为零，那么整个函数值也就等于零了……”

梅姐姐搭在我肩上的那条胳膊好像哆嗦了一下。

“她为我做了许多，要是没有她裁衣裳挣来的钱，我这个实验早就做不下去了……她是有点毛病，可她对我一直是真诚的。何况，她把少女的初恋奉献给了我，作为一个男子汉……”

我不能不说话了。

“你上当了，哥哥，”我冷冷地说，“她有男朋友，在国外，最近刚吹。”

黑暗中我感到哥哥的表情一下子凝固了。

门外像是有响动。梅姐姐呆了一呆，推门看看，什么也没有。

不知过了多久，哥哥忽然像一头暴怒的狮子一样冲了出去。外面风雨交加，打开窗子便有白瀑般的暴雨涌进来，声音大得吓人。

暴风雨持续了一昼夜，第二天便有了毕毕剥剥断裂的声音。几乎所有的电缆都被刮断，撩起窗帘，便见到天空呈现出一片可怖的猩红色，像血。那亮出的一道道白光原来并不是闪电，而是一种冰凌一般的寒光，像是有人在空中挥舞无数把宝剑。别的房间的几个女宾跑来说咋夜亲眼见到魔鬼嗜血，有个年轻姑娘吓哭了，直后悔不该到银石滩来旅游。俟到午后，天空的血红色变成混浊的一片，和海连在一起，就像是张得越来越大的血盆大口。哥哥不见回来。布朗也不在房间里，房间里另一位客人说，他昨天下午出去一直没有回来。越来越多的中外宾客从房间里出来，聚在铺着红地毯的大厅里，人头攒动，一种惶恐不安的气氛越来越深地攫住了人们。梅姐姐也有些沉不住气了。

下午两点钟的样子，全身湿透的布朗忽然跌跌撞撞地跑进来，带着一股扑鼻的海水腥味。喝了杯滚烫的热咖啡，他才能张嘴喘息着说话：

“……梅……Very dangerous！（非常危险！）梅……太可怕了！……我……我见到了……”他翻着白眼，几乎晕厥过去。

“你见到了什么？”梅姐姐用干毛巾使劲儿地给他擦身，渐渐地，四肢像是出现了一点儿血色。

“我见到了魔鬼！”他大声地、清楚地用汉语表达。

我已经不感到怎么害怕，因为说见了鬼的，今天已不下十个，而且大家对鬼的说法，描述不一。我带着种疲倦的麻木神情望着他。梅姐姐似乎很平静。

“……我亲眼见到他们……还听到他们说话……上帝呀！”他在胸前画了个十字，“愿上帝拯救他们，饶恕他们的罪孽吧！”

昨天下午，他的官方活动结束之后就一猛子扎到了银石滩。他一来就被这儿迷住了，他的好奇心极强，而且具有典型的美国式冒险精神，他想在这儿发现点儿什么。他感到这儿的地貌太奇异了，于是想到在联合国工作的朋友、水文地质专家特耐先生，想为他提供点什么。中国近年来的开放政策叫人放心，他想能干的特耐先生一定能说服中国人签订合同，合资开发银石滩，这片近于原始的处女地是多么富于诱惑力啊！

于是他竭力地寻找，正当他自以为发现一点什么的时候，怪风起来了，后来又停了，他不以为意，以为那不过是他冒险生涯中的调味品——胡椒面儿或者辣酱油什么的。他仔细观察了那条船，感到那船很像是一具恐龙的骨架。他上去摸了摸，谁想轻轻一触便有一小片船骨化为齑粉。一会儿，他的手指肿起来，像是被毒蛇咬了似的。他多少有点害怕，又转而去看石林，他被那块卧石身上那种奇异的斑纹吸引住了，接着他突然发现附在岩石上的藤壶等海生物已经突然干瘪、死去，一个个地脱落。他带着一种孩子式的好奇，贪婪地寻来找去，流连忘返。后来，暴风雨突然来了，他躲在一块探出的岩石下面。

"……当时，天已经全黑了。"他边说带比画，一头金黄的头发湿漉漉地贴在头皮上，显得有点儿滑稽，"我缩在那里不知过了多久，风暴越来越猛，我忽然听见很近的地方有说话的声音，在暴风雨中发出一种嗡嗡的响声。我听不清那声音在说什么，只听出那是一男一女。

"想想看，女士们，那么漆黑的夜，那么猛烈的风暴，耳边听着这种声音简直……用你们的词来形容，简直是毛骨悚然！而且那么近，我想起你们给我讲的银石滩的传说，我断定那就是石林下面镇压的魔鬼，在这个可怕的夜晚跑出来了！

"果然，那种嗡嗡的声音持续了一会儿，忽然，那个男鬼从岩石里跑出来了，从我躲着的那个地方可以清清楚楚地看到他高大的影子，这时天空好像流着混浊的血，我非常害怕。然后是那个女鬼飞快地追了出来，死死地拽住男鬼，不知在说什么。一道电光照出那个女鬼的一头黑发，她好像很美并且很激动，那个男鬼像要挣脱她跑掉，突然，她跪下了，跪在那个男鬼的面前！那个男鬼大声说：'我什么都可以容忍，就是不能容忍欺骗！'

“她好像在哭，说什么我始终听不清，可是后来一阵狂风把她的几句话刮进我耳朵里。她竟然发出人的声音，断断续续的她像是在说：‘那个人根本不存在！不存在！……他是我幻想中的人！……我没有遇到真正的男人……就找了一个情感和信仰的替代物……人心里不能没有神……可现在你是我的神！他早就粉碎了！……’我只听到了这几句话。当时我怀疑他们不过是一对恋人，可后来……后来我明白那不过是魔鬼的幻化。除了我，谁也不会在这个魔鬼出没的夜晚走出大门的……”

布朗还在滔滔不绝地讲。梅姐姐和我交换了一下眼色。

我心里隐隐地有种什么东西在翻腾，搅得我不安。

银石滩的坍陷在当时是一件大事，国内外都为此做了报道，外电还赞扬了中国方面对于银石滩宾馆的中外宾客采取的及时、有效的营救措施。他们当然不知道哥哥的实验室已被毁得片甲不留。石林陷入海中，露出的部分变成了普普通通的礁石。一切和普通海域没有什么两样，就像是那奇异的海蚀地貌从不曾在这儿出现似的。

哥哥为自己受了一场欺骗而感到羞辱，他一怒之下很快和梅姐姐登记了。其实，梅姐姐一直隐而未发的是，她已经把哥哥的陪读手续基本办好，只等美国领事馆发放签证即可出行。她之所以不说，是由于怕给哥哥增加压力，影响他的选择。我再次对梅姐姐的大将风度钦佩不已。

一切如愿。可我向他们祝贺的愉快却是乔装出来的。心里乱得很，理不出头绪。“对于有些人你一辈子也别想了解！”祝培明说得对。是的，我对小雪越来越不了解了，而且我怀疑以前对她的了解也是瞎扯淡。

梅姐姐容光焕发地应酬着一批批的客人。他们选择这样的时候订婚真是太好了，这种时候有一种大危机过去之后的安静，每个人都在庆幸着自己的脱险，正是由于这种幸存的概念，使大家都变得善良多了。

“菁菁，”梅姐姐在应酬的间歇悄悄捏捏我的手指，“你怎么光发呆，帮我照应照应啊。”

这是临时搭起的一间小屋，有一张床和十几把椅子，还有桌子、水壶和茶叶。

“菁菁给我们朗诵一首诗吧。”恍惚间有人在说。他们好像在一个接一个地表演节目。

崩溃不是片刻的行动／不是一个基音的停顿／所有坍崩的过程／都是有组织的腐烂……

真奇怪，我想也没想就背诵起这首诗。梅姐姐轻轻地皱了皱眉。

……废墟是标准的——魔鬼的著作／连续而缓慢——没有人能够在片刻中／溜走——是毁灭的法则……

一张张脸的表情都凝住了，一个人噼噼啪啪地鼓起掌来，我循声望去——是哥哥。

大灾难之后，银石滩所毁掉的房屋建筑不计其数，小雪家那座摇摇晃晃的小木楼自然也在其中。阿圭被砸得很重，送进了医院。奇怪的是老太太倒安然无恙，不过是突然变老了。那个蜡制的美妇人形象也跟着银石滩坍塌下来，变成了一尊衰老的泥塑。那个可怕的夜晚小雪不在家，第二天她回来了，变成了另一个人，憔悴、呆滞。老太太以为是被银石滩的鬼附了体，于是给她按照老办法叫了一夜魂儿。

这些自然都是老太太对我说的，她躺在一间临时搭起的棚子里，一说话便牵动一脸松懈下来的皱皮，像是有人在扯动一张黄色皱纹纸。

爸妈来了电报，对我和哥哥的安全表示关心。回京前一天下午，我买了许多高档食品去看阿圭。正是探视日，病房里熙熙攘攘的。

小雪也在这儿！她弯身坐在阿圭的床头边。床边同时挂着输液瓶和输血瓶，两个人似乎在低声交谈。她瘦了，那本来就比花瓶颈子粗不了多少的腰更细瘦了，从背影看她像个孩子。我心里一动，停住了脚步，不知为什么我再也不能像过去那样坦然地出现在她面前了。

我轻轻地坐在阿圭的床脚。她躺得很低并且很专心地注视小雪，因此看不见我，可我分明看见她那双深陷下去的眼睛和高凸的颧骨。小雪的背影在轻轻抽动。

阿圭翕动着嘴唇，发出沙沙的喉音。小雪更低地弯下身，轻轻地说："……别说了，我心里全明白……"

"……你父亲……不会再回来了，这是最后一次……"

"不回来也好。"

她的父亲？难道黑框里的那个男人真的一直在追踪着这个家庭？这个幽灵究竟隐匿在哪儿？哪是他的藏身之处呢？她们像是在打哑谜。

"……你妈妈……还有件纪念品……放在我箱底的……"阿圭的声音越来越弱。

"我知道，我知道……那是件绣品，我早就翻出来看过……我知道那一定是她绣的，除了她，再没第二个人……”她哀哀地哭着，那么伤心。我眼窝里有什么滚烫的东西在慢慢地淌下来。

“……还有太太……她虽有过害人之心，可这么多年……也够她受的了……你就饶了她吧……”

“不，我谁也不饶。”她不哭了，声音冰一样冷。

停了停，阿圭的脸色转为灰白，挣扎着说：“那……那房产要收回来了……”

她点一下头。“过些日子我要去趟北京，把它卖掉，听说能卖个好价钱。……这是她欠我的，应该还我。这笔钱，我将来有用……”

“这事不怪你的爸爸，别恨他……”阿圭挣扎着欠起身，被小雪按下了。两个人轻轻地耳语，听不见在说什么。

我把东西放在那儿，悄悄离开了。

在大夫值班室里我了解到阿圭的真实情况。

“砸是砸了一下，并不重。”那大夫从镜片下面盯着我，“她的关键问题不是砸伤，是宫外孕引起的大出血，懂吗？”

我惊得说不出话来。

旁边的一位中年女大夫冷淡地看看我：“你有什么话快去说吧。她必死无疑，现在我们不过是尽尽责任而已。”

我流着泪扑进阿圭的病房，小雪转过身，看见了我。

“你！……你还敢见我……”她站起身，一双眼睛喷吐出毒焰，我再一次想到斯芬克斯——那美丽阴狠的怪兽，“你这个白痴！你这个爬格子动物！流鼻涕的好人！你给我滚！滚！”她拎起那一网袋东西狠狠地摔向我，“拿着你的东西滚吧！和那帮和你一样的白痴一块儿滚吧！和那帮连孩子都不会生的笨蛋……一块儿滚吧！”

她脸色白得可怕，每说一句话胸部就像拉风箱一样地抽动，好像马上就要晕厥过去，就像那天跑完一千米一样。

阿圭已死在床上。脸上的鬼气被带走了，死给予她的面目是善良。

地处福建省深水港湄州湾南岸的惠安县，是一个尚未被现代文明所冲击的偏僻角落。它保留着史前期母系氏族的痕迹，人类初期的婚俗仍统治着这个贫瘠的渔乡。

惠安女人世世代代经历着悲惨的命运。她们新婚第二天便要回娘家，只有生了孩子，才有权利在婆家长久居住。这种古怪的风俗酿成了多少悲剧！许多惠安女为了渴求一个孩子，为了被家族所承认，付出了难以置信的代价。

这些戴黄斗笠裸露腰肢的女人有她们自己的内心世界，对于旁人来讲这永远是个谜。

大概是因为那个终身所爱的男人终于使她受了孕，阿圭是幸福安详的。她得到了女性的证明，死而无憾了。

那个男人——那个一直追随着这个家庭的幽灵，又在哪里？

三年之后，在一九八五年法国秋季时装大赛的表演台上，竟奇迹般地出现了中国惠安女的形象。她们戴着黄斗笠，系着银腰带，四根彩色丝织带紧贴在鲜艳的花头巾上，肩膀和胸前加缝各种彩色替布，令人眼花缭乱。

我准时回京去原单位报到。

城市面貌是大变了。动物园的那个摊贩市场已经变成很大的集贸市场，像这样的集贸市场在全市星罗棋布，每逢下班时候更是热闹非凡，到处都是讨价还价的声音。在外面吃饭用不着像以前那样站着等了，个体户开的饭馆遍布全市主要街道，走几步便是一个。特别是东黄城根那“一条街”，对美食家们极有诱惑力。到处都是集体、个体的商业网点，有些个体户开的发廊价钱虽贵些，却能理出顾客满意的发型，因此生意很好，诸如西四的“露美”发廊即是一例。城市街头新开辟了许多街头绿地，一片片的高层建筑群拔地而起。一线和二线的地铁环行线已全部连通，许多住宅用上了管道煤气。家家都有电视机，彩电、冰箱、洗衣机、高档录音机什么的已不算新鲜，收入丰厚些的都在想着买钢琴、先锋音响和高级录像机。人们的观念和生活方式确实在变，并且快得惊人。连一贯俭省节约的爸爸妈妈也取出存款，张罗着要买一套角式组合沙发了。

改革使社会繁荣、生活富裕；利益欲带来人情冷漠，贪求私利；这是个鱼龙混杂的时代。变革时代总是如此，因此关于道德进步与退步之争便具有格外的魅力。有一天，我偶然在书摊上发现一本关于新时代道德观的小书，署名竟是唐放。拿起来翻了翻，满篇的义正词严，谴责当今许多人的道德堕落，真不知他什么时候又变成道学家了。旁边两个女学生模样的人也拿起那本书翻了一会儿，一个说：“这个唐放，不是搞文学评论的吗？”另一个撇撇嘴：“是他，我叔叔现在和他在一个办公室。就是这本书，出版之后有个美籍华人控告他是剽窃，人家现在已经起诉了，热闹着呢……”那女孩子捂起嘴嘀咕了一阵，两人嘻嘻笑着走了。

假如有熟人在旁边，我一定也会和他或她一起笑的，有些事真是太好笑了。

没想到我那篇关于电视机厂的报告文学在北京倒引起很大反响。一家重要刊物转载后，我每天都收到许多信。妈妈的脸上像漾起一层光，她把我的毕业证书和那张报纸很炫耀地摆在组合柜的珠宝格里，而且逢人便夸我如何如何，令人汗颜。

不知为什么，尽管到处是溢美之声，在单位也倍受重用，可我心里像是害了一场大病。我惴惴不安，仿佛有什么重要的东西遗失在了银石滩，再也找不回来了。

有一天，我发现在许多信里夹着一封寄自青海玉树藏族自治州的信。一见字迹，我的心突然腾腾地跳起来，好一会儿，我不敢拆封。

难道是他吗？他怎么到了青海？这封信是凶是吉？他现在怎么样？他……是不是……千万个念头一起涌上来，这一瞬间我体验了上千种情感。颤抖着拆开信，两页薄薄的信纸飘落下来，是他！是他！我把信纸贴在脸上，一会儿，它便被泪水浸透了。

我爱他！爱他！爱他！我不能再欺骗自己，再压抑自己，再捆绑自己的心灵了！

仍是那带刺儿的强硬口气，毫不客气，好像是昨天刚刚分手似的：

方菁：

看到你的报告文学。大概最近听的好话不少吧？恕我直言，这篇东西实际上并没有触到当前改革的要害。表面化的东西一多，难免落套，这和你接触社会太少有直接关系。思想内涵的深刻并非读几本书所能解决的，必须被变革时代的滚水煮三次，才有可能成熟。

我也一样，过去在京城天天纸上谈兵，下来之后才感到问题严重。我现在黄河流域实地考察。黄河水土流失每年在渤海湾造陆，大面积河床已变成沙滩。黄土高原支离破碎的地貌愈演愈烈，河底泥沙积到一定程度可在河床上自行开道，像一面泥墙般轰然倒塌，惊心动魄。黄河流域四百七十三万平方公里还有许多贫瘠的土壤。我想在这儿干下去，起码要解决一两个实际问题。

记得我们一起讨论过世界观的问题，你问我的时候，当时我说，旧的已经打碎，新的还没建立。现在我认为，无论是通过永恒宇宙来吞没人生还是用“我”来吞没宇宙都无法实现超越。超越呈现于“我”与“宇宙”的关系之中，“我”与“宇宙”同时升华自己，才能超越自己。你现在开始反抗了，反抗只是超越的起点，超越的完成只可能存在于比“我”更高的境界中。

很高兴你开始反抗了。但愿你早点把你内心的东西释放出来，那能量会大到让你害怕。

好，以后再谈！

又及：我现在晒得漆黑，你大概认不出我了，来找我的时候别认错人。

又及。

祝培明

9月4日

我反复地、一遍又一遍地看着，透过泪水，像是要从那些字里看出字来。他什么都没写，又什么都写了。哦，爱使一个人变得多么聪明，又变得多么傻！他是爱我的！他还在爱我！我伏在信纸上，一动不动。忽然，仿佛有一种健康的体味在身边弥漫开来。恍惚间，我触到了硬硬的肩胛骨——那一种被晒热了的岩石的感觉。一阵微风把薄薄的信纸吹落了，洁白的，像银石滩衔浪的水鸟。

一个月之后，梅姐姐忽然风尘仆仆地来了。父母对她的接待仍然是冷淡而客气的。她仍然以那种宽和平静来对付他们，然后她告诉我，她的假期到了。

“……哥哥的事怎么样了？”

她像美国人那样耸了耸肩。

“……你那个郗小雪不知使用了什么手段，竟然在这么短的时间内把布朗给勾上了，想得到吗？”她嘴角上挂着讥讽的微笑，“现在他们已经登记了，很快就要出国。熊的陪读手续虽然是全的，可单位阻力很大，出去还要费一番周折……我无能为力了！”她摊开双手摇摇头，“怎么样，这个戏剧性变化让你吃惊了吧？”

我淡淡地摇摇头：“不，我并不吃惊。她这个人……唉！这么说吧，现在你要是告诉我她能摘天边的月亮，也不能让我吃惊了！”

她有点惊讶地看看我：“你老了，菁菁。”

“是吗？那就是说，我成熟了。”

她的假期到了，该走了。走的时候去机场送行的只有我一个。

我决心已定。

单位批准了我留职停薪的申请，我觉得心里那块沉重的东西像是减轻了些。我张大口呼吸，试着慢慢舒展四肢，那感觉就像那天夜里在海里游泳一样。我现在才真正相信它们都属于我。

我并不想向父母或任何一个熟人解释什么。我将远离京城，到黄河源头去寻找那本来属于我然而又失落的东西。不，我指的不是祝培明，不是他的爱，他和我一样，也不过是偶然在这个世界停留的匆匆过客。我要寻找的是那种古老而又永恒的东西，那种支持着人类从远古走到今天并且永不堕落的图腾。我依然相信它的存在，正如在童年的时候，我们都做过的那个梦。它一代又一代地活在孩子们的心里。可惜，孩子一旦成人就把心里那个秘密忘了，而且一点儿也不懂得自己的孩子，一点儿也没想到那孩子便是自己的过去。而孩子，却一直被那可怕的秘密烧灼着，直到成年。这大概就是人类的悲剧所在。

如果有一个成年人懂得了孩子的秘密，那么他一定是世上最聪明的。他应该被算作“得有神助的人物。”

十月里的一天，天气很好。我在家收拾行装。有人敲门。

我已经习惯于在开门之前透过门镜看一看来客，以免发生摩登的意外事件。

一个穿白色长裙的少女，那两粒红樱桃似的装饰珠仍然像我头一次见到她时那样鲜明夺目，在黑发的光波里，对比强烈有如幻影。

我闭上眼睛，把双手慢慢插进衣袋。

可是敲门之声却不绝于耳。

一种饱含着希望的声音，一种带着侥幸的声音，一种渐渐失望的声音，直到微弱的声音。

没有声音了。她走了吗？

“菁菁。”她没走，她叫我了。仍然是过去那种温婉柔媚的声音，又带着一点忧郁，带着一点悲伤。

“菁菁，我知道你不会再理我了。……我要走了。……过去，我答应过要送你一首诗。……我写了，写不出，只好送你一首别人的诗吧。你喜欢的诗人西门尼斯的《最后的旅途》……”

然后她轻轻地背诵着。

……我将要起程

我会是孑然一身

没有家园，没有绿树

没有白色的水井

没有蔚蓝和宁静的苍穹

……而那留下的小鸟依然在啼鸣

……

没有家园，没有绿树

没……没有……白色的……水井

……而那留下的小鸟……

依然在……依然在……

她念不下去，她哭成了泪人儿，我的不听话的泪水也一个劲儿地朝外涌。我使劲咬住下嘴唇，免得自己哭出声来。

许久许久，我颤抖着双手打开门。楼道里空荡荡的，她已经走了。

当天夜里我做了个梦。

我梦见了银石滩，梦见了海火，梦见了那个奇异的夜晚，我和她像刚刚脱离母体的孩子，裸身游进大海。在朦胧的碧绿中，我想抓住她。我碰到了那白色的影子，却什么也抓不住。

我问她："你是谁？"

"我是你的幻影。是从你心灵铁窗里越狱逃跑的囚徒。"

随着她的声音，海水越来越明亮，终于变成了一片熊熊的白色火焰，耀得人眼花。

"到底发生了什么？我想知道真相！"我固执地问。

“世上没有真相。一切都发生过了，一切又都没有发生。”

海水重又变得碧绿，她在我身边自由自在地游着，那样纯洁美好，就像从夜空中倾泻下来的一束洁白的月光，随着从宇宙之门中传来的神秘的赋格曲，悠然在海中游荡。

跋

《海火》投影

张志忠

一

在那秋天的原野尽头
我向迷途的蝴蝶问询
你翻飞着双翅翩翩翱翔
都在梦幻与现实间往来

〔日〕北村透谷《蝴蝶的芳踪》

读小说是需要方法的，如果说我们先前对此不曾注意的话，要么是我们面对的作品过于简陋，要么是我们自身的阅读能力过于寒碜。这是我在读徐小斌的长篇小说《海火》时所想到的。这是一部不曾引起过热烈反响的作品，却又是一部可读性和耐读性都很强的作品——它的耐人寻味，首先意味着，它是对读者的能力提出了挑战的，类似于某种智力测验。而我自己，在近年的阅读和评论中，亦非常看重由作品而破译作家心灵的猜谜式的快感。于是，当这位以《对一个精神病人的调查》而引人注目的女作家，想就《海火》对我说些什么的时候，我要她什么也别说，且让我自己去读。

它是一部描写二十世纪七八十年代之交的大学生活的作品。这是一个特定的历史时期，即我们通常所说，十年动乱结束、拨乱反正和改革开放的航船起锚扬帆的日子，这是曾经在喧嚣与骚动中荒芜了十余年的大学校园，这是一群在血水中泡过、在碱水中浸过的、在某种意义上来说是空前绝后的“老学生”……作为曾经跻身于其中的一员，我一直希望看到描写 77 级、78 级大学生的作品，这不只是因为它维系过我的生命和情感，更是为了能在一定的时间距离之外对此进行回味和反思，去识得庐山真面目。但是，尽管这一代人才济济，出了许多有才有识的作家，却鲜有寄情于校园者，《海火》正在一定程度上满足了我的这种期待。

它是一部描摹世态人心的社会小说，这是相对于心理探索小说而言。天真无邪的少女方菁，以初涉人世的幼稚和无知，感受着作为社会群体和个体的人们之间的恩恩怨怨、浮浮沉沉、熙熙而来，攘攘而去——如果说，作为书中人物的方菁，显得那样少不更事，那么，作为小说的叙述人，她却取一种佯谬的态度，在装痴作呆中，烛见着人情冷暖，世态炎凉，仿佛一面镜子，正因为其晶莹澄清，才使每一位过路人都留下了清晰的投影。

它是一部荟萃了大量信息，同时又透露着作家才情的力作。时代转折之际关于社会发展的政治策略和经济变革的讨论，历史蜕变之中人们关于生活价值的思考和迷惘，北京街头个体商业街区的匆匆掠影，银石滩这昔日的荒凉之地在时潮冲击下的惊人变迁。诗歌、音乐、美术等融入小说而绝无卖弄和掉书袋之嫌，却提高了作品的典雅风度，评茶、品酒、谈玄、说佛，则充实了作品的丰厚性和生活情趣。它可以置于“成长小说”的序列之中，讲述一个少女的青春觉醒和人生感悟的成长历程。它或许还有着女权主义的色彩，尽管作品中并不掩饰对于某些女性的鄙薄之情，但它却的的确确是站在女性的视角看人生世界的，这不只是表现在当唐放（尚未显露其丑陋面目之前）肆意褒贬全班女同学时遭到方菁的严厉斥责，还在于作品中对女性肖像的描写——在男权社会里，男性作家在描绘妇女形象时都是自觉不自觉地含有潜在的性意识的，甚至许多女作家也往往采取同一话语，《海火》中的女性形象，却是纯净的，纯美的，用作品中的话说，“美得令人丧失了情欲”……

然而，这种“八面受敌”法固然帮助我们拓展了思路，廓清了作品的外围，却不能切中作品的内核，拨动它最扣人的心弦。最重要的在于，由雾霭和朦胧中把握主要人物郗小雪的精神气质，理清她与周围人物的关系结构，从而发掘出作品的深层蕴涵。

二

无论罪孽或善行，
都无法促进诗。
“它们自生自灭，
像山若四季的变幻。”

〔美〕邓肯《诗，一个自然的东西》

上引这一节诗，可以用来移赠小雪。

郗小雪无疑是作家最用心刻画的人物。虽然她的往事遮遮掩掩、断断续续，但这种欲还不隐、欲盖弥彰法，反而使这一部分格外地得到强化。一个因爱情而出生的私生女，一个在爱与恨、阴暗与猜忌、谋杀与复活的矛盾纠织中成长的孩子，一个过早地用自己稚弱的肩头担负起家庭重负的少女，一个因深味辛酸而变得我行我素、玩世不恭的现代“嬉皮”，一个以美艳和才情征服社会、以摆布和戏弄他人为乐事的骄横女王……总之，她的社会人的一面虽然扑朔迷离，但仍是有迹可循的。

困难在于较深入地理解她的亦人亦巫性。指出这一点，不算费解，她先后几次出现在银石滩，都给它带来恐怖而又惊奇的景观：全班同学的快乐野餐，被一阵狂风恶浪、飞沙走石搅得粉碎；方氏兄妹与小雪三人的露宿，使“我”——方菁得以看到辉煌而神秘的海火；在小雪与方菁交恶、与方达决裂的夜晚，银石滩遭到了毁灭性的自然力的扫荡，屋陷陆沉，面目全非。需要进一步探讨的是，这种巫性的真谛之所在。

姑且让我们承认这并不完全的解释——小雪是采珠的海女所生，并且是在海中出生的，奇特的身世给她以奇特的禀赋。姑且让我们相信小雪所言，“‘因为我就是在海里生的，将来也会死在海里——’看见我们惊奇的目光，她又急忙温柔地一笑，‘咱们都是海的孩子，人类的祖先不就生在海里吗？’”她的玲珑剔透，晶莹皎洁，经常会使我们想到安徒生笔下的白色的美人鱼，仿佛海的女儿并没有化作泡沫飞向太阳，而是死里逃生地寄形于人间。

这样说开去，恐怕有溢美之嫌。值得注意的是，作品中对小雪的描写，总是在交错地使用两种话语系统，与“美丽的精灵”、“美人鱼”等并行而且出现频率更高的，是“魔鬼”、“恶”、“斯芬克斯”、“莎乐美”、“蛇发少女”，最恰当的，则是海妖——

“海火。听……”她仿佛随着什么声音低唱起来，那是一种不优美却很古怪的单音节，有些像杜鹃的腹语术，很难判断声音的方位，很有欺骗性……“4”和“7”两个音符重复地出现，主题也非常简单，仿佛只有两句，只不过用不同音部在重复地歌唱，那音部是递增的，像是在无限升高，然后神不知鬼不觉地进行变调，使结尾又很平滑地过渡到开头，就像用一种特殊的卡农技巧构成的怪圈。

这里所说的海妖，或许便是古希腊神话中的塞壬。她们以优美的歌声捕获过往的水手，奥底修斯为了能平安通过，不得不用蜂蜡把同伴的耳朵封住，又让他们把他绑在船桅上，才闯过难关。神话的时代，人们创造出斯芬克斯、莎乐美和海妖的时候，似乎都是表明，人在从自然界中分化出来、逐步认识自己和确证自己的旅途上充满艰难险阻，人对于随时会吞噬自己的大自然无限恐怖同时又持无限乐观的心态。黑格尔说过：“狮身人面的斯芬克斯，正是表明人类处于灵魂已经从自然挣脱出来，肉体却依然受着大自然的束缚之矛盾境地。”孰料，距老黑格尔之后不足二百年，这一命题在《海火》中忽然倒转了。人们对于斯芬克斯、对于海妖们，忽然感到新的诱惑力，先前是或趋避之，或征服之，如今却不由自主地向之倾倒，为之迷恋——准确地说，它并非始自今日，但今天这种倾向却分外强烈。陷入情网的袁敏承认“恶有一种魅力”，似乎为了应和她的论断，“我心里一震。忽然听见海潮声汹涌澎湃，海风发出一种怪异的呼哨声，天色陡然变得黑暗，海那边是一片灰红色。她的发被风吹得直刺刺地立起来，像一丛乱蓬蓬的灌木”。“我”——方菁，在多次窥见小雪的隐私和无端受到她的伤害之后，却依然为她的神秘、为她的气度所迷恋，亦是不能不如此。在小雪那里，她感到了一种超乎常人的力量，一种与大自然浑然合一的质性。她很难以世俗的价值观去评判她，她无法像厌弃袁敏一样厌弃她，虽然后者给方菁的伤害要比袁敏所造成的苦痛更为严重。正如小雪自己所断言的，她是“自然之子”。当人面对自然的时候，不得不产生某种无力摆脱的被吸附状态，而且在人类文明摆脱自然的拘禁、自以为是步步登高地上升的时候，他却在给自身和环境带来无穷的灾难，因此不能不向往和追慕上古人与自然相近相通、宇宙万物同生同息的和谐。这或许可以解释何以海火是一个首尾相续相合的怪圈吧。

三

我沿着命运张开的枝干，

为了生存，

生存，

生存，

不断地向高空生长。

〔莫桑比克〕桑托斯《生命的欢乐》

自然之子，在文学中是一个饶有兴味的命题。

它不等于老庄的“人法地地法天天法自然”的清静无为，也不只是陶潜那种“久在樊笼里，复得返自然”的悠然自得，它更多地包含的，是一种个人与社会积极的对抗，是人凭借自己的生命潜能而张扬个性、体验人生，体验人生的无限丰富性和可能性的精神。

如果笔者的判断不为错的话，《海火》是在中国当代文学中率先描写和塑造自然之子的艺术形象的，只是不知她是否受到过世界文学的启示。无论如何，把小雪放入自然之子的人物画廊中，加以考察和比较，足以使我们在某些方面的思考得到深化。

易卜生把他笔下的培尔·金特同名剧作中的主人公称作自然之子。剧本的第一句台词是："培尔，你在撒谎。"用我们通常的观点看，培尔无足称道。他与女友索尔薇格相爱，却在他人的婚礼上诱拐新娘出走。他曾经陷入山神的王国，并当上国王的女婿，他也曾被囚于埃及的疯人院，参与一场闹剧。直到老年，他才一事无成地回到索尔薇格身边，带着悔恨和悲伤。但是，易卜生所赞赏的，是他与贫乏而平庸的市民生活格格不入的、生气勃勃的想象力，即他被别人视作"撒谎者"的那些丰富幻想，和他的类似于浮士德式的不避邪恶和沉沦的不懈追求。虽然他是失败者，但他的天性却得到充分的展示，走了一条与世俗的人生截然相反的道路。

当代法国戏剧家克洛德·普兰把他笔下的爱丝贝塔（同名剧作中的主人公，中译本译作《浴血美人》）称为自然之子。爱丝贝塔美貌非凡，为青春永驻，她用少女的鲜血美容和沐浴，她的古堡里尸骨累累，她狂吟的是："洗一场青春浴，沐浴在鲜血中。"剧作家说："爱丝贝塔惊扰着我们的时代，尽管我们毫无意识。我也一样，终于抵不住她致命的魅力。这个女人狂热地为自己的姿色拼斗，一道道皱纹，一滴滴鲜血，使人们瞬即领受到一种不可名状的吸引力。……事实上，她就是宇宙的化身，弱者被强者吞噬，滚滚血流，从最弱小者身上流向最强大者，其中的原因以及最后的结果是那美不胜言的自然的存在。"血泊维系的青春，恶之花，在剧作家笔下，既残酷又瑰丽。

易卜生是以天赋的幻想和冒险精神鞭挞社会的委顿和心灵的麻木，克洛德是在对人类社会的残暴血腥取以恶抗恶，为美而恶的态度。《海火》中的小雪，在某些方面与他们有相近之处，譬如说，她的关于“进化偏袒骗子”和关于目的与手段之关系的论述，她为了个人需要而不惜损害他人乃至最要好的朋友方菁，她自己所意识到的血液中充满毒药，只毒杀他人、不毒杀自己。不过，她毕竟是东方女性，她毕竟出自一位当代中国的青年女作家之手，她永远无法像培尔·金特和爱丝贝塔那样走得极远极远，那样以生活的征服者的面目出现，那样冥顽不化、一意孤行。她是一个弱女子，她不单单是曾经饱受过社会与家庭的侵害，而且，在她与生活搏斗、损害他人的同时，邪恶如一柄双刃尖刀，也损伤她自己。因此，她不只是在天性上属于自然，还多次地投身于大海中，获得新的力量和支持。在面对方菁之时，她又会情不自禁地进行忏悔，她在自我辩护时所言，她之所以破坏方菁与祝培明的爱情，是害怕因此失去方菁的友谊，虽然显得勉强，却也符合她的关于只计目的不计手段的行为逻辑。更为重要的是，她的种种劣迹，说到底不过是她对于社会加诸她的伤害的一种反击，一种自卫。她的骨子里，仍然是软弱而善良的，她所寻寻觅觅的，是至高的爱，天然的爱，是世事沧桑未曾磨洗尽的少女的纯情。方菁说她有时像十七岁的少女，有时像七十岁老妪，此言极是。

于是，在秘密地追求她的唐放和郑轩那里，她可以像对弄臣一样摆布他们，在她想以自己的魅力诱惑之却未能奏效的祝培明那里，她不惜使用造谣诽谤的手段报复他。但是，在她真正地忘情投入与方达的相爱中，她却显得那样专注和认真——她以独特的借书方式去吸引他的注意，她几乎搭上性命地参加运动会的长跑比赛，同样是“意在沛公”。她与他在对人与自然的关系上找到那么多共同的话语，甚至以自己做裁缝的收入去支持方达的海生物实验室；当方达为海洋污染愤懑不已却又一筹莫展时，又是她从中斡旋，求得解决……她本来是父母之爱的产物，但母亲早逝，父亲失踪，她在极度的伤痛之中，为了拯救自己，给自己想象出一个她深深爱着的男子，自恋而又自欺。“真是，你难以想象。我的一半生活都在幻觉里，不然就没法活……我从来不信有什么人会让我动真情……直到碰上你哥哥，我对他还不仅是爱，我明白只有他才能救我。懂吗？是他把我从地狱里救出来！”

由于这种爱，“海火”才获得了充实的内涵——

爱
啊爱
啊无爱之爱
我们的爱之舟触礁沉没……

由于这种爱，方达和小雪的结合才显得那样纯真，那样迷人，充满一种非人间的魅力。“那男人和女人慢慢地向海走去。在这个发光的夜晚他们又返回到人类的童年，像刚刚出生的婴儿，赤条条毫无牵挂，就像走进母亲袒露的怀中那样自然。他们走进去了，走进去了，他们的肉体也在发光了，和海洋一起发光。他们自由舒展地和海浪一起嬉戏，自己也变成了海浪。冥冥中的那扇门似乎又打开了，那神秘的音乐又在回旋。这时我看清原来有无数的小精灵在海面上伴随着他们，那发光的便是它们嗡嗡振响的深金色的翅膀。”

自然之子，享有自然的爱，伊甸园中的爱，海火，便是生命之火，纯爱之光，至此，应是不难理解的了。

四

像胆怯同时又像谎言

像一棵新竹同时又像

压倒新竹的猛虎

最后像我自己

更像不是我的人

〔法〕朱肖《回忆》

在理出了小雪的察性和蕴涵之后，我们便有可能重新构建起小雪与其他人物的结构图了。即是说，在作品的情节冲突后面，有着深层的人物关系网。

首先应当述及的，是方达。他从数千里之外来到银石滩，就是为着大海而来，为着这奇特的海岸线和古老的海生物而来。他和小雪一样，都是自然之子，不过，一个是固守着自然的本性而未曾迷失，一个是企图以现代科学方法重新进入自然——他尝试着以实验的手段揭开海火的成因，她却用直观的自然的生命和自然的爱去说明它，二十世纪的科学精神和神秘主义在某一点上契合，这便是他们并肩奔向大海的辉煌之夜。

小雪和唐放的共同之处，在于他们的不加掩饰的“恶”，他们都赋有“恶”的毒性——这是作品中在评述二者时都使用过的一个词，他们也都具有玩弄他人于股掌之上的才能，都是逸出社会常规而追求自己的目标的强者。二者的优劣，不只是清浊高下之分，而是骨子里的不同，一个是会流眼泪会装可怜的“狼”，一个则是清纯的为爱而存在的海妖；同属自然，却迥然有别。

梅姐姐也是一条“狼”。这是就她的强悍、她的凌厉而言。有趣的是，在方菁看来，她和郗小雪不知在哪点上有点儿相通。是的，在她们的美丽、丰富的多层次的性格侧面，以及她们的优雅的风度上，都有相通之处。若不是因为方菁的从中作梗，方达选择小雪是自然而然的，比起梅姐姐的赐予者地位来说，小雪的能施能受、能妖能痴，更容易接受，何况，选择梅姐姐意味着要在现代生活中永远做不倦的弄潮儿，选择小雪，则是归依自然的。

方菁与小雪的关系是最为复杂的。天真未凿与洞察人生，善良无知与工于心计，孤独无援与生活导师，构成她们的友谊之基础。但是，她们毕竟是同龄人，面临着共同的人生课题，都在尽力地寻觅和争得爱情，都把爱看得无比珍重，并且为此产生冲突。但是，忽然间，她们之间的关系发生了转换，小雪所使的小手腕最终并没有切断方菁与祝培明的情愫，小雪却由于方菁之故永远地失去方达，她们之间，到底谁善谁恶，谁强谁弱？

把她们连接在一起的另一个带结，是生活的真与幻的重重迷宫。在小雪看来，方菁往往是把幻影当作生活真实，而把真实却当作一种幻觉，这话不无道理。方菁不晓得人情世故，不明社会真相，只是依据自己的善良心愿去判断，因此才一次又一次地被同一块石头绊倒。在方菁看来，小雪似乎过着一种多重的生活，是魔鬼和天使所生的女儿，从其表象到进入其心灵，是如此艰难。直到最后的时刻，小雪向她袒露自己，却使我们觉得，原来一直嘲笑别人是生活在幻想之中的小雪，自己却也一直是生活在幻想的天地之中。她对方达的爱，便是由幻想中挣脱，去获得一种真实，却又未能如愿，幻想又一次破灭，她追求的真实仍然只是一个幻影而已。此乃是真真幻幻真真幻，幻幻真真幻幻真。

且让我们根据作品提供的蛛丝马迹做一次大胆的假设：小雪和方菁，也许只是同一个人物的两种不同形态，两种不同的可能性。当方菁与小雪同游于大海的时候，作品中有一段颇费琢磨的文字，“我想抓住她，我碰到了那白色的影子，可什么也抓不住，就像是一缕月光，一丝清风。我望望她，她也望望我，我伸展双臂，她也做出同样的动作，刹那间我惊疑不已，难道这是一面巨大的魔镜，伴随着我的难道竟是我自己的影子。”这种奇特的恍惚迷离之中，却可能藏有作家的“机心”，以一种有魔力的分身术，以一种隐隐显显的投影法，把一个人的生活劈作两半，如同贾宝玉与甄宝玉的互生互补那样。方菁“生下来就是被捆着的，即使解开了绳子，我也不懂得胳膊腿儿怎么使”。小雪却是从小就承受生活的重负，并以独特的自我放纵的方式与之抗争的。方菁感觉到自己心灵的老化，新鲜的细胞一个个死去，沉淀成岩石状的物质，如同古老的银石滩一样，小雪却是洋溢着生命的活力，给这片海滩带来蓬勃生机。方菁不谙人事，小雪练达世故。方菁几乎没有自己的历史，却醉心于了解小雪的以往。甚至，在她们追求的祝培明和方达二人那里，也可以看到一种偶生性，他们分别代表生活的两极——这里不适宜于再用相当篇幅去论述这一点，只看他们二人对银石滩的态度，一个要开发新旅游区，一个却要保护古海岸线，建海生物博物馆，便可见一斑——但又难脱对立的两极相通的定律。同理，外显与内隐，显性行为与潜在本性，现实生活与幻想天地，也许便是方菁与小雪合二而一又一分为二的生存方式，对海滩奇景的一次又一次的认同和融入，则是她们的共生状态。要不，为什么由小雪所导源的海火，也永远地注入方菁心头？要不，为什么在小雪吟诵过“你不知道全部历史 / 就是 / 因为照下太多面孔而发疯的一面 / 镜子”，这样以自然生命嘲弄所谓历史的诗句之后，方菁会以“废墟是标准的——魔鬼的著作 / 连续而缓慢——没有人能够在片刻中 / 溜走——是毁灭的法则？”这样充满不祥之音的诗创作远远地回应呢？

作家也许会说不是那么回事。

我的回答如下，何妨给我们也保留一点儿再创造的权利？

让我们也引几句诗，作为对海妖之歌声的回应——

宇宙的竖琴弹出牛顿数字，
无法理解的回旋星休把我们搞昏，
由于我们欲望的想象的潮水，
塞壬的歌声才使我们头晕。

〔美〕威尔伯《闲述拉马克》